अवध नारायण मुद्‌गल
की
लोकप्रिय कहानियाँ

AF622413

अवध नारायण मुद्गल की लोकप्रिय कहानियाँ

अवध नारायण मुद्गल

प्रभात पेपरबैक्स
www.prabhatbooks.com

प्रकाशक

प्रभात पेपरबैक्स

4/19 आसफ अली रोड, नई दिल्ली–110002

फोन : 23289777 • हेल्पलाइन नं. : 7827007777

इ–मेल : prabhatbooks@gmail.com ❖ वेब ठिकाना : www.prabhatbooks.com

संस्करण

प्रथम, 2020

सर्वाधिकार

सुरक्षित

मूल्य

एक सौ पचहत्तर रुपए

अ.मा.पु.स. 978-93-5322-955-9

मुद्रक

आर–टेक ऑफसेट प्रिंटर्स, दिल्ली

———— ★ ————

AVADH NARAYAN MUDGAL KI LOKPRIYA KAHANIYAN

Published by **PRABHAT PAPERBACKS**
4/19 Asaf Ali Road, New Delhi-110002

ISBN 978-93-5322-955-9

₹175.00

प्रिय चित्रा

को

जो मेरी जिंदगी की मजबूत पतवार है,

प्रेम के साथ।

मेरी कथायात्रा का एक पड़ाव

मैंने अपनी लेखकीय यात्रा की शुरुआत कविता से की थी। कविता के प्रति मेरे मन में शुरू से ही काफी सम्मान का भाव रहा है। मैंने कविता को कभी दोयम दर्जे की चीज नहीं माना। मेरी स्पष्ट धारणा है कि कविता को नकारना 90 प्रतिशत साहित्य को, और विशेष रूप से क्लासिकी साहित्य को नकार देना है। यदि हम थोड़ी देर के लिए विश्व साहित्य को भूल जाएँ और सिर्फ हिंदी साहित्य की ही बात सोचें तो परिणाम और भी ज्यादा तकलीफदेह हो सकते हैं। कविता की अस्वीकृति से अपने (हिंदी के) साहित्य के प्रति गर्व का आधार ही समाप्त हो जाएगा।

स्कूली दिनों में कविताएँ लिखने का शौक अकसर लोगों को हो जाता है, मुझे भी हो गया था। यह शौक आगरा से लखनऊ तक मेरे साथ रहा। सन् 1958 में लखनऊ पहुँचने पर मेरी रुचि कहानियों के प्रति बढ़ गई। हो सकता है, इस रुचि-परिवर्तन का कारण नागरजी रहे हों, क्योंकि लखनऊ में नागरजी मेरे अभिभावक थे और मैं उनके पारिवारिक सदस्य के रूप में वहाँ पहुँचा था। दो-तीन साल तक कहानियाँ लिखने और उन्हें फाड़ने का क्रम लगातार चलता रहा। सन् 1960 तक मैं करीब दो या तीन दर्जन कहानियाँ लिख और फाड़ चुका था। अपेक्षाकृत संतुष्ट लेखन का क्रम सन् 1961 में शुरू हुआ और 1974 तक चला। धीरे-धीरे मेरे कथा-लेखन पर प्रोफेशनल प्रेशर हावी होता गया और मैं व्यंग्य-कथा रिपोर्ताज लिखने लगा। इस संकलन में मैंने अपनी कथायात्रा के प्रतिनिधि मुकामों को स्थान दिया है। इससे मेरे लेखन और विचार-क्रम को समझने में आसानी होगी।

हालाँकि मैंने सन् 1953 में एक कहानी लिखी थी, जो आगरा के 'युवा लेखक संघ' की एक छोटी पत्रिका में प्रकाशित हुई थी। बाद में वह मुझे एक बचकाना प्रयास लगा। लेखन की अपनी एक संतुष्टि होती है और उसका संबंध हर रचना के साथ होता है। इस आधार पर मैंने अपनी पहली कहानी सन् 1961 में 'दस्तकें' शीर्षक से लिखी और उसी वर्ष दूसरी कहानी 'बेतुका आदमी' शीर्षक से लिखी गई, जो बाद में, शायद सन् 1963 में 'नीहारिका' में प्रकाशित हुई। लेकिन अधिक संतुष्टि के साथ प्रकाशित होनेवाली मेरी पहली कहानी 'और कुत्ता मान गया' है। यह 1962 में 'धर्मयुग' में प्रकाशित हुई थी। और इसी के प्रकाशन ने लगातार कहानियाँ लिखने के लिए प्रेरित किया था। इस कहानी में मैंने पारिवारिक और सामाजिक रिश्तों की 'स्वीकृतिपूर्ण पहचान' को सांकेतिक और व्यंग्यात्मक अर्थ देने की कोशिश की है। मेरी मान्यता यही थी कि निम्न-मध्य वर्ग के आदमी की अपने आप में कोई पहचान नहीं होती। वह दूसरों के द्वारा निर्णीत होती है। जिंदगी में इससे बड़ी विडंबना और क्या हो सकती है कि आदमी की पहचान 'सांकेतिक पशु' द्वारा कराई जाए। दरअसल, इसे हम आक्षेपित या आरोपित पहचान ही कह सकते हैं।

लेखन और प्रकाशन के क्रम में दूसरी कहानी 'बेतुका आदमी' है, जो एक तथाकथित बुद्धिजीवी की मानसिकता को उजागर करती है। मैंने एक तकिया-कलाम और असामान्य स्थिति, तर्क और संभाषण के सहारे एक खास किस्म की मानसिकता को निरूपित किया है। बहुत संभव है कि कहीं-न-कहीं इस मानसिकता के साथ आपका भी टकराव हुआ हो। यह मानसिकता किसी व्यक्ति की भी हो सकती है और किसी वर्ग की भी। उससे ज्यादा अंतर नहीं होता है। महत्त्वपूर्ण व्यक्ति या वर्ग नहीं, मानसिकता ही है।

इसके बाद कहानियों के लेखन और प्रकाशन का क्रम वही है, जो सूची में निर्धारित किया गया है। मैं मानता हूँ कि लेखक को अपनी कहानियों की व्याख्या स्वयं नहीं करनी चाहिए, क्योंकि इससे कई विवाद खड़े हो सकते हैं और कई खामियाँ पैदा हो सकती हैं। कहानी के बहुआयामी और अंतर्धाराओं के बहुस्तरीय स्वरूप को नुकसान पहुँच सकता है, लेकिन इससे किसी भी लेखक की कथायात्रा को सही रूप में समझने में मदद भी मिलती है। आखिर

किसी लेखक की रचना यात्रा कोई स्थूल यात्रा तो नहीं होती। वह विचारों और वैचारिकताओं की सूक्ष्म, भावात्मक और संवेदनात्मक यात्रा होती है। मुझे यह स्वीकार करने में कोई संकोच नहीं कि मेरी ये कहानियाँ मध्यवर्गीय या निम्न-मध्यवर्गीय स्थितियों और चरित्रों की कहानियाँ हैं। फिर भी, इनका स्वरूप मध्यवर्गीय नहीं है।

'पीर, बावरची, भिश्ती, खर' किसी भी ऑफिस के, किसी भी बड़े बाबू के इर्द-गिर्द घूमती है। मजबूरियाँ हमसे जो भी काम करवा लें, हम कर लेते हैं। चुनाव का अधिकार और स्वतंत्रता हमें नहीं है। और यही मजबूरियाँ हमें समझौतापरस्त बना देती हैं। समझौतापरस्ती ही किसी भी आदमी को चार, चौदह या चार सौ खानों में खड़ा कर सकती है। उस स्थिति में और उस जगह हमें अपने बचाव में कुछ कहने का अधिकार भी नहीं रह जाता।

मैंने मांसल प्रेम की भूमियों पर बहुत कम लिखा है। अगली दो कहानियाँ ही ऐसी हैं, जिन्हें इस वर्ग में रखा जा सकता है। ये दोनों ही दो अलग-अलग स्थितियों की कहानियाँ हैं। 'टूटी हुई बैसाखियाँ' में भावात्मक सूक्ष्मता और एक खास किस्म की कायरता है। इसे हम परिस्थितिजन्य अनिवार्यता का नाम भले ही दे दें, लेकिन यह है तो मध्यवर्गीय चिंतन और चरित्र की मजबूरी ही। 'गंधों के साये' में भी मध्यवर्गीय चरित्र की एक दूसरी मजबूरी है; इसमें जो कायरता नजर आती है, वह आत्मविश्वास की कमी के कारण है। स्थूल मांसलता की ललक, आत्मविश्वास की कमी और स्वप्नजीवी होने की आर्थिक मजबूरी, ये तीनों मिलकर मध्यवर्गीय व्यक्ति के मन में एक अजीब-सी लिजलिजी कायरता पैदा कर देते हैं। मैंने बंबई में छोटे-छोटे होटलों की जो जिंदगी देखी और महसूस की, उस पर एक कटाक्ष भी इस कहानी में मौजूद है। इस कहानी तक आते-आते मेरी कथायात्रा में कस्बाई और महानगरीय सोच का एक मिला-जुला पड़ाव उपस्थित हो गया था। यह दरअसल एक कस्बे के आदमी का महानगर में प्रवेश था।

'रिटायर्ड अफसर' में मुख्य पात्र की मानसिकता और स्थितियों का स्वरूप कुछ बदला है। यह शायद इसलिए भी हुआ होगा कि बंबई जैसे महानगर में पहुँचकर भी लखनऊ मुझे छोड़ नहीं पाया। इस कहानी की बुनावट भी थोड़ी अलग है। एक रिटायर्ड आदमी की जिंदगी चिड़चिड़ाहट और अपमान-बोध से

भर उठती है। स्थितियाँ सामान्य होते हुए भी उसे बदली हुई नजर आती हैं। उसके पास करने को कुछ नहीं होता, सिवाय स्मृतियों में जीने के। एक रात में ही उसके लिए दुनिया बदल चुकी होती है। यह स्थिति आदमी की दिमागी बनावट पर भी निर्भर करती है। यह कहानी सन् 1965 में 'नई कहानियाँ' में प्रकाशित हुई थी। उस समय नई कहानी और अकहानी के बीच टकराव की स्थिति पैदा हो चुकी थी। महानगर-बोध लेखकों पर हावी होने लगा था और सातवें दशक की कहानी ने अपना स्वरूप ग्रहण करना शुरू कर दिया था।

'शताब्दियों के बीच' को मैं कहानी के रूप में नहीं लाना चाहता था। मेरे मन में इतिहास-बोध और काल-बोध के धरातल पर एक उपन्यास का खाका था। इसे मैंने चार स्थानों और स्थितियों में विभाजित किया था—पहला था—सड़क-गलियारे, हाट-बाजार, दूसरा—दफ्तर, तीसरा—घर-परिवार और चौथा—खुद के अंदर। इसका मुख्य मुद्दा यही था कि इन चार स्थितियों और स्थानों पर एक आदमी एक दिन में कितनी शताब्दियों के बीच गुजरता है और कितनी शताब्दियाँ उसके अंदर गुजरती हैं? यह कहानी दरअसल इसी उपन्यास की रूपरेखा मात्र थी, जो थोड़े से भाषाई हेर-फेर के साथ कहानी बन गई। मैं आज भी इसे उपन्यास के रूप में बदलना चाहता हूँ।

इसके बाद मेरे रचनात्मक लेखन में लगभग पाँच साल का अंतराल या व्यवधान आ गया। उस बीच व्यावसायिक और पत्रकारिता से संबद्ध लेखन ज्यादा हुआ। सन् 1971, 72 और 74 में मैंने 'संपाती', 'कबंध' और 'चक्रवात' कहानियाँ लिखीं। 'संपाती' के साथ मेरी सोच में और लेखन में मिथकीय प्रतीकों का प्रवेश हुआ। आज जब मैंने अपने आपको दोहराना शुरू किया है, यानी कि कविता के माध्यम से फिर से लिखना शुरू किया है, तब मेरे सामने बार-बार मिथकीय प्रतीक ही खड़े हो जाते हैं। ऐसा जान-बूझकर नहीं हो रहा। अनजाने ही वे प्रतीक पकड़ में आ गए हैं। तभी मुझे इस बात का एहसास हुआ है कि इसकी शुरुआत 'संपाती' से ही हो गई थी। इसमें भी मैंने मध्यम वर्ग को ही अपना आधार बनाया है, क्योंकि संपाती जैसे असमर्थ महत्त्वाकांक्षाओं के परिणाम का शिकार सबसे अधिक हमारा मध्यवर्ग ही हुआ है।

'कबंध' मिथकीय प्रतीक की अगली कड़ी है। इसमें किसी राक्षस जैसे

दुर्दांत चरित्र को नहीं लिया, अपितु मध्यम वर्ग के एक निरीह चरित्र को लिया है, जो धड़ के सारे कार्य कर सकता है, लेकिन सिर के कार्य करना उसके लिए निषिद्ध कर दिए गए हैं। उसके पास आँख, कान, नाक, मुँह और मस्तिष्क है, लेकिन उससे उम्मीद की जाती है कि वह इनका इस्तेमाल नहीं करेगा। इस्तेमाल करने के लिए उसके पास मात्र धड़ है, अर्थात् वह हाथों से काम कर सकता है। दिल की धड़कन महसूस कर सकता है। पेट भर सकता है। चल-फिर और भाग-दौड़ सकता है। सेक्स एन्जॉय कर सकता है, इससे अधिक कुछ नहीं।

'चक्रवात' मैंने अनाथ बच्चों की समस्याओं और ईसाई समाज के रीति-रिवाजों तथा मिशनरियों के सामाजिक कार्यों को लेकर लिखी थी। इसका विचार और प्रेरणा मुझे अपने एक मित्र से मिली थी। दरअसल, ये स्थितियाँ ईसाई समाज में ही नहीं, किसी भी समाज में हो सकती हैं। इसके लिए व्यक्ति उतने जिम्मेदार नहीं, जितनी कि परिस्थितियाँ और बाहर-भीतर का माहौल है। मिस्टर कोटियन जैसे चरित्र किसी भी धर्म, जाति या समाज में हो सकते हैं, लेकिन हर धर्म, जाति और समाज में उन्हें अपवाद के रूप में ही माना जाता है। कोटियन तो मात्र एक नाम है। यह व्यक्ति या चरित्र किसी भी घर में अपवादस्वरूप पैदा हो सकता है।

इसके बाद मेरे नियमित रचनात्मक लेखन में, फिर से एक लंबा अंतराल पैदा हो गया, जो अब समाप्त हुआ है। अब मैंने फिर काफी गंभीरता से लेखन-कार्य शुरू किया है। फिर भी, मैं उस अंतराल को भरने की लगातार कोशिश करता रहा। परिणामस्वरूप मैंने व्यंग्य-लेखन शुरू किया। 'एक अहसास शताब्दियों पहले का' से लेकर 'जून की एक शाम' तक व्यंग्य-लेखन का यह सिलसिला लगातार चलता रहा। इनमें कुछ स्थिति-चित्र हैं, कुछ कथा-रिपोर्ताज और कुछ स्पष्टत: व्यंग्य-कथाएँ।

व्यंग्य-लेखन मुझे शुरू से बाँधता रहा है। आज जब मैं अपनी रचनाओं को दुबारा पढ़ता हूँ तो मुझे इसका प्रमाण स्पष्ट मिलता जाता है। बाधाओं, व्यवधानों और अंतरालों से भरी मेरी कथायात्रा का एक पड़ाव समाप्त हो चुका है। मुझे लग रहा है कि मेरी सबसे महत्त्वपूर्ण लेखन-यात्रा अब शुरू हो रही है। इसमें कितने पड़ाव आएँगे, यह कह पाना बहुत मुश्किल है। मैं तो यही चाहता

हूँ कि अब कोई पड़ाव न आए। यात्रा लगातार जारी रहे। मेरी कोशिश और इच्छा यही है कि मैं अपनी ही जमीन (सामाजिक, सांस्कृतिक और वैचारिक) के नए स्थलों, नई स्थितियों और नए अर्थों को खोजता और खोलता चलूँ। इसमें कितनी सफलता मिलेगी, यह तो वक्त ही बताएगा, लेकिन इतना मैं जानता हूँ कि मुझमें आत्मविश्वास की कमी नहीं है। मैं आशावान भी हूँ और मेरे मन में वक्त, आदमी और समाज के प्रति गहरी आस्था भी है। मुझे आप सबकी शुभकामनाएँ और बड़ों के शुभाशीष भी प्राप्त हैं। ये सारी चीजें मिलकर मेरी क्षमता, शक्ति और सामर्थ्य का विकास ही करती हैं।

—अवधनारायण मुद्‌गल

अनुक्रम

दस्तक

अभी तक 'पूत कमाऊ' होने पर पिता धन्य होता रहा है, लेकिन आज 'बीवी कमाऊ' होने पर पति धन्य होता है। यदि पति बेकार हुआ तो आप उसे निकम्मा और बेकार या बुरा न समझिए, वह बहुत बड़ा स्वाभिमानी है। आप उससे काम-काज की बातें करेंगे भी तो वह बिगड़कर बोलेगा, "मुझसे किसी साले की गुलामी नहीं की जाती। गुलामी और स्वाभिमान, दोनों साथ-साथ नहीं चल सकते।" और आपको चुपचाप मान लेना पड़ेगा—वाकई गुलामी और स्वाभिमान साथी या मित्र नहीं हो सकते। उस समय यदि आप कामकाजी आदमी हुए, यानी नौकरी-पेशा हुए तो आपको लगेगा कि या तो इस आदमी ने किसी-न-किसी रूप में आपको स्वाभिमानहीन बताकर आपके मुँह पर तमाचा मारा है और आप भविष्य में उस व्यक्ति से मिलते हुए सावधानी बरतेंगे या आप ज्ञानी अथवा जिज्ञासु 'टाइप' हुए तो अपनी आँखें खुली हुई पाएँगे और आँखें सबसे अधिक तो तब खुलेंगी, जब आप स्वाभिमानी गुरुदेव का अमृत-मंत्र पान कर, फलस्वरूप अपनी नौकरी छोड़कर, स्वाभिमानी बनने के लिए अपनी मुट्ठियाँ भी खोल लेंगे।

इस तरह कुमार धन्य है, स्वाभिमानी और भाग्यशाली भी है, जो उसे कमाऊ बीवी मिली है। नया युग है, नई संस्कृति-सभ्यता है, नई प्रगतिशीलता है—सभी कुछ नया है। रीतिकालीन और अन्य रूढ़िवादी परंपराओं में पति परदेश जाता था, पत्नियाँ पत्र लिखा करती थीं, लेकिन कुमार की बीवी परदेश में है, कुमार खत लिखता है—विरह की आग में जले-भुने धूम-धुआँरे खत, खर्च मँगाने वाले खत।

वह बेकार (बेरोजगार) है, लेकिन भूखा और मोहताज नहीं, क्योंकि

उसकी बीवी कमाऊ है। उसने बीवी को सिर्फ बराबर के नहीं, अपितु पत्नियों पर पतियों के अर्थपति के रूप में होनेवाले सभी अत्याचारों का पुराना लेखा-जोखा लगाकर सर्वाधिकार दे रखे हैं। वैसे वह हमेशा बेरोजगार भी नहीं रहा, लेकिन स्वाभिमान की सुरक्षा के लिए नौकरियाँ बदलता रहा है। वह जब अपनी नौकरियों का इतिहास बताने लगता है तो बड़ी शान से अपनी मूल ऊँचाई में भी दो फुट ब्याज जोड़कर कहता है, "मैं बहत्तर नौकरियाँ छोड़ चुका हूँ।" आप सोच सकते हैं, वह व्यक्ति कितना भाग्यशाली है, जिसे इस बेरोजगारी के युग में भी एक-दो नहीं, पूरी बहत्तर नौकरियाँ उलटने-पलटने को मिल गई हों।

कुमार एक पेंटर और कहानीकार है, लेकिन जनता में अभी वह रुचि और संस्कार पैदा नहीं हुए, जो उसकी पेंटिंग और कहानियों को समझ व स्वीकार कर सकें। आगरा के एक छोटे से रेस्तराँ में उसकी जिंदगी गुजरती है। उसकी बीवी उन्नाव के पास एक गाँव में ग्राम-सेविका है। उसके शब्दों में, वह गाँव महाकवि निराला के गाँव से सिर्फ एक मील दूर है। वह अपने दोस्तों को चाय पिलाते समय उस गाँव, अपनी बीवी और अपनी कहानियों की बहुत तारीफ करता है। दो बच्चे हैं, जो उसकी बीवी के साथ रहते हैं।

एक दिन कुमार से उसके दोस्त रफीक ने पूछा, "दोस्त, यह बताओ, भाभी जान कब से नहीं मिलीं?"

"क्या बताऊँ, यार, इधर तो छह महीने हो गए, उसे छुट्टी ही नहीं मिलती।"

"या वे आना ही नहीं चाहतीं? कहीं किसी और से तो आँखें नहीं लड़ गईं?"

"क्या मतलब? वह मेरी बीवी है, मेरे दो बच्चों की माँ है।" उसने बिगड़कर कहा।

"अमां यार, तो बिगड़ते क्यों हो? बीवी और माँ तो वह बाद में है, पहले औरत है।"

"क्या...क्या मतलब, तुम समझते क्या हो? वह औरत है तो क्या मैं मर्द नहीं हूँ?...औरत पानी माँगती है मेरे सामने..." उसकी आँखों से गरम चाय का धुआँ उड़ने लगा। रफीक उठकर चला गया।

रात में सोते समय कुमार बड़बड़ाने लगा, 'वह औरत है...पहले औरत

है···।' और उसे लगा—किवाड़ों पर दस्तक पड़ी है। वह उठ बैठा। किवाड़ खोल दिए—कोई नहीं।···हवा के ठंडे झोंके, सामने सड़क पर जलते बल्ब की पीली बीमार रोशनी और पास की गली में भौंकते हुए कुत्तों की आवाजें। वह किवाड़ बंद करके फिर लेट गया, लेकिन उसे नींद नहीं आ सकी। उसके दिमाग में रफीक की बातें चक्कर काटती रहीं, 'कहीं किसी और से तो आँखें नहीं लड़ गईं···बीवी और माँ तो वह बाद में है, पहले औरत है···औरत है···औरत है···'

उसके बाद हर रात उसकी नींद उचट जाती है। उसे लगता है—किवाड़ों पर दस्तक पड़ रही है, लेकिन जब वह किवाड़ खोलता है, उसे सिवाय सन्नाटे, हवा और कुत्तों के भौंकने की आवाजों के और कुछ नहीं मिलता—अपनी बीवी कांता नहीं मिलती।

कुमार आगरा आने से पहले इलाहाबाद में अंग्रेजी के एक पत्र में सहायक संपादक था और उसके शब्दों में यही एक ऐसा काम था, जिसे वह तीन साल तक लगातार कर सका था। नहीं तो दो-दो, तीन-तीन महीने से अधिक और कोई काम उससे नहीं हुआ था। जब वह इलाहाबाद में था, तब भी उसकी बीवी उसी गाँव में ग्राम-सेविका थी, लेकिन हर महीने उससे मिलने आती थी। जब से वह इलाहाबाद की नौकरी छोड़कर आगरा आया है, वह सिर्फ एक बार ही उससे मिलने आई है, वह भी छह महीने पहले।

वह सोचता है, 'वह क्यों नहीं आती? उसे आना चाहिए। उसके न आने से ही रफीक की आज यह कहने की हिम्मत हुई।' और वह स्वयं बीवी से मिलने चला गया।

□

कुमार जब से बीवी से मिलकर लौटा है, उसका अजीब-सा हाल हो गया है। उसे देखकर लगता है, जैसे अभी-अभी कब्र से उठकर आया है। बात-बात पर दोस्तों से बिगड़ने लगता है। भाँग पीने लगा है। सिगरेट तो होंठों से हटती नहीं। खर्च दूना हो गया है, लेकिन सब उधार। क्योंकि उसे आशा है कि बीवी अबकी बार भी मिलने नहीं आई तो कोई बात नहीं, पैसे तो समय पर ही भेज देगी।

उसे कांता के पास से लौटे भी एक महीने से अधिक हो गया, लेकिन अभी तक उसका कोई पत्र नहीं आया और न मनीऑर्डर ही। अब कुमार जिस मित्र को

देखता है, हें···हें···हें करके कुछ-न-कुछ पैसे उसकी जेब से निकाल ही लेता है। अब तो दोस्तों का मिलना भी कम हो गया है।

कुमार एकांत के हर क्षण में सोचता है, '···रफीक कहता था—वह पहले औरत है, लेकिन मुझे लगता है, बीवी या माँ कुछ भी नहीं—सिर्फ औरत है··· औरत···तो फिर मैं···मैं··· ?' और वह बार-बार अपने सिर को झटक देता है।

रफीक हमेशा पत्थर मारता है। एक दिन फिर मिल गया और बोला, "कहो, आजकल स्वाभिमान का क्या हाल है ? भाभी मिलीं या नहीं ?"

"देखो रफीक, भाभी की बात भाभी से पूछना। रही स्वाभिमान की बात, तो तुम ध्यान रखो, मैं निराला का वंशधर हूँ—अंतिम वंशधर। मेरे मरने के बाद स्वाभिमान भी मर जाएगा।" उसने गंभीर होकर कहा था।

"अच्छा तो तुम अभी तक अपने आपको जिंदा समझते हो!"

"हाँ, सिर्फ इसलिए, क्योंकि मेरा स्वाभिमान जिंदा है।"

"यार, क्यों अपने-आपको धोखा दे रहे हो? तुम वे रास्ते छोड़ चुके हो, जिन पर तुम्हारा उधार चलता है और कभी-कभी तो भागता भी है, दोस्त। स्वाभिमान इस तरह जिंदा नहीं रहता और फिर यह स्वाभिमान है भी नहीं, यह वास्तव में झूठा अभिमान है। तुम इसे भूल जाओ और कोई नौकरी कर लो। अर्थशास्त्र में अच्छे-खासे एम.ए. होकर भी ऐसी बेवकूफियाँ उछालते हो।" रफीक कहे जा रहा था।

"भाई रफीक, लगता है, तुम मुझे समझ नहीं पाए। मैं आर्टिस्ट पहले हूँ, और सब बाद में।" कुमार इतने शांत और गंभीर भाव से कह रहा था, जैसे उसकी सारी गरमी समाप्त हो गई है और रगों में शीत लहर दौड़ रही है, "भाई, मेरा विश्वास है···"

"···कि स्वाभिमान और नौकरी साथ-साथ नहीं चल सकते।" रफीक बीच में ही बोला और जोर से हँसने लगा।

"हाँ, लेकिन इसमें हँसने की कोई बात नहीं।" कुमार ने गंभीर और शांत रहते हुए कहा।

रफीक भी गंभीर हो गया, "इसका अर्थ तो यह हुआ कि तुम्हें छोड़कर और सारी दुनिया बेवकूफ है, स्वाभिमान हीन है और उसे स्वाभिमान की रक्षा के

लिए काम करना ही छोड़ देना चाहिए, लेकिन मेरे दोस्त, सबकी बीवियाँ कांता भाभी नहीं हैं, जो कमा-कमाकर अपने शौहरों को खिला सकें और यदि यही बात है तो तुम कांता भाभी से नौकरी क्यों करवाते हो? क्या उनका स्वाभिमान नहीं है? जानते हो, वह नौकरी छोड़ दें तो क्या हो? तुम, तुम्हारे दोनों बच्चे और स्वयं कांता भाभी भी भूख से तड़प-तड़पकर और नंगे रहने की शर्म से सिकुड़कर ही मर जाएँ। यदि तुम कुत्तों की तरह जीना, दूसरों की थाली और जेब की ओर ताकना, और अंत में कुत्ते की तरह मर जाना स्वाभिमान समझते हो तो मैं तुमसे कुछ भी कहता, यहाँ तक कि बात भी करना पसंद नहीं करता, क्योंकि मैं आदमियों से बात करता हूँ, कुत्तों से नहीं।" और रफीक मुँह बिगाड़कर चला गया था।

कुमार को लगा, हजारों त्रिशंकु आसमान से टूटकर रेस्तराँ की छत के साथ उसके ऊपर गिर रहे हैं और उसके चारों ओर की जमीन कान फोड़ने वाले धमाके के साथ फट गई है, वह उसमें धकेल दिया गया है। सैकड़ों जहरीले, भयानक साँप और बिच्छू उससे लिपट गए हैं। उसे सुनाई दे रहा था, '··· झूठा अभिमान ···कुत्ते की जिंदगी···कुत्ते की मौत···कुत्ते···कुत्ते···कुत्ते···बीवी के कुत्ते··· दूसरों की जेब और थाली पर लपकनेवाले कुत्ते···स्वाभिमानी कुत्ते···।' और वह भी उठकर चुपचाप अपने कमरे की ओर चला गया था।

कमरे में लेटने पर भी रेस्तराँ की आवाजें उसके कानों से टकरा रही थीं। उसके दरवाजे पर जोर-जोर से दस्तकें पड़ रही थीं—रफीक की आवाजों की दस्तकें।

□

आज कुमार आगरा के एक प्रसिद्ध डिग्री कॉलेज में अर्थशास्त्र का प्राध्यापक है। एक साल ही में वह बहुत बदल गया है। एक कोठरी की जगह अब उसके पास अच्छा-खासा मकान है। दोस्तों में वह सिर्फ रफीक से मिलता है। आज शाम को छह बजे आकर रफीक कुमार के घर पर ही जम गया और दस बजे रात में गया।

कुमार अब कांता की बातें नहीं करता। रफीक भी अब उसे कांता के नाम पर नहीं छेड़ता। कुमार लाइट ऑफ करके लेटा है और सोच रहा है, 'आज

रफीक को क्या हो गया था? यह जानते हुए भी कि मुझे कांता और बच्चों की बातों से कष्ट होता है, उसने महीनों बाद वही बातें क्यों छेड़ दीं? ···बच्चे एक साल और बड़े हो गए होंगे···कांता कैसी होगी?···हुं! होगी, अपनी बला से! ग्रामसभा के प्रधान ठाकुर हरिवंशसिंह के रहते उसे क्या तकलीफ हो सकती है··· ? रफीक को क्या पता कि मैं कांता के पत्रों का उत्तर तक नहीं देता···क्यों?'

···रफीक कह रहा था, "कुमार, अब तो भाभी को बुला लो। बच्चों को ही ले आओ।" और कुमार को लगा था, जैसे सामने रखी मेज बहुत ऊँची हो गई है। उसके हाथ मेज पर रखी चाय की प्याली तक कुरसी पर उसके खड़े हो जाने की स्थिति में भी नहीं पहुँच रहे हैं। रफीक कहे जा रहा था, "···जाड़े का यह मौसम अकेले नहीं कटता···स्वाद खाने में थोड़े ही होता है, बीवी के हाथों में होता है।" और कुमार सोच रहा था, 'कल से मैं किसी और अच्छे, बहुत अच्छे होटल में खाने का प्रबंध कर लूँगा···।'

···और रफीक ने अंत में कहकहे लगाते हुए कहा था, "अमां यार, तुम्हें तो लखनऊ जाकर तालियाँ बजा-बजाकर नाचने वालों की फौज में भर्ती हो जाना चाहिए···।" और कुमार चीख उठा था, "निकल जाओ मेरे घर से···निकल जाओ···मैं तुम्हारी सूरत भी नहीं देखना चाहता···।" रफीक चला तो गया था, लेकिन कल फिर आने के लिए कहकर, हँसता हुआ।

कुमार सोच रहा है, 'मैं रफीक से भी नहीं मिला करूँगा। बीवी···बीवी··· बीवी···जैसे वह मुझसे नहीं, मेरी बीवी से ही मिलने आता है—कहो कमाऊ बीवी के शौहर··· ?' उसे लग रहा था, जैसे उसके चारों ओर ज्वालामुखियों से बहकर आया हुआ गरम लावा भरा है। उसके दिल, दिमाग और शरीर की रग-रग में लावा भर गया है और वह चारों ओर मजबूती से लिहाफ दबाकर सो गया था।

दिन चढ़े जब उसकी नींद खुली तो उसे लगा, किवाड़ों पर दस्तकें पड़ रही हैं। उसने सोचा, रफीक ही होगा, मैं नहीं खोलता और उसे वे रातें याद आने लगीं, जब नींद से चौंककर दरवाजा खोल देता था—शायद कांता आ गई है।

दस्तकों की आवाजें तेज हो गईं। एक औरत की पहचानी आवाज आ रही है, "किवाड़ खोलिए।" साथ ही दो बच्चों का शोर और आवाजें भी थीं, लेकिन उसे याद आ रही थीं वे दस्तकें, जो हवा में बजती थीं और वह दरवाजा खोलकर

देखता था—सड़क पर जलते हुए बल्बों की पीली बीमार रोशनी, सूनेपन की भयानक आकृतियाँ और पास की गली में भौंकते हुए कुत्तों की आवाजें··· ! और दरवाजे पर दस्तकें अब भी पड़ रही हैं, जानी-पहचानी तीन आवाजों के साथ—एक औरत और दो बच्चों की आवाजों के साथ···और कुमार कफन में लिपटे मुरदे की तरह लिहाफ में लिपटा पड़ा है—अविचल, निर्विकार, किसी स्वप्न के कुहासे में डूबे टूटे हुए बुत की तरह।

□

बेतुका आदमी

उस दिन मैं अचानक ही खन्ना के घर पहुँच गया था। कौशल वहीं था। चाय का दौर अभी शुरू ही हुआ था। मिसेज खन्ना मेरे बैठते ही अंदर से एक खाली प्याला उठा लाईं।

खन्ना मेरी ओर देखते हुए बोला, "यार, तुम्हीं कौशल को समझाओ कि अब इस बेतुकेपन को छोड़कर सही ढंग से और 'ग्रेसफुली' जिंदगी का सिलसिला शुरू करे ̈इस तरह कब तक चलेगा ?"

"भई, मैं क्या समझा सकता हूँ ? कौशल कोई बच्चा तो है नहीं। जगाया तो सोते हुए को जा सकता है, लेकिन जागते हुए को कैसे और क्यों जगाया जाए ?" मैंने कौशल की ओर देखकर कहा।

कौशल शांत और गंभीर ढंग से बोला, "आप लोग क्यों वाहियात और बेतुकी बातें लेकर बैठ गए हैं ? जिंदगी का सही और ग्रेसफुल ढंग क्या होता है ? तुम्हारे लिए किसी सेठ या अफसर की जिंदगी सही हो सकती है और मेरे लिए दिहाड़ी पर काम करनेवाले मजदूर या कुली की जिंदगी सही हो सकती है; किसी के लिए सुविधाएँ पाने के लिए समझौते करना 'ग्रेस' हो सकता है। यह तो अपनी-अपनी समझ और आदत पर निर्भर है कि 'सही' और 'ग्रेस' किसे माना जाए ? रही समझाने की बात, तो मैं इससे सहमत हूँ—मैं न तो बच्चा हूँ, न नासमझ और न सोता हुआ आदमी। आप अपनी समझ से कुछ भी मानते रहिए, इससे मेरी सेहत पर क्या असर पड़ता है।"

कौशल से यह मेरी पहली मुलाकात थी। यों कॉफी हाउस में और खन्ना के घर अकसर उसका जिक्र सुना था, लेकिन आमना-सामना आज ही हुआ

था। परिचय पर कौशल ने कोई खास ध्यान नहीं दिया था। उसके चेहरे से अपरिचित होने का भाव एक क्षण के लिए भी नहीं झलका था, लेकिन मुझे बातों की अंतरंगता से जुड़ने में असुविधा हो रही थी। मुझे कौशल बड़ा अजीब और नीम-पागल सा आदमी लग रहा था, लेकिन उसकी बातें तीखी होते हुए भी बड़ी साफ और तर्कसंगत थीं। मैं निश्चय नहीं कर पा रहा था कि बातों में हिस्सा लूँ या नहीं, तभी खन्ना की आवाज सुनाई दी।

खन्ना कह रहा था, "तुम्हारी साइकिल टूटे तीन महीने हो गए, न तो अब तक तुमने उसे ठीक ही कराया और न दूसरी ही ली, यों ही पैदल घिसट रहे हो। महीनों से रहने-खाने का भी कोई सलीकेदार इंतजाम नहीं किया। क्या इस अभाव और आर्थिक असुरक्षा की स्थिति को तुम सही जिंदगी मानते हो?"

और कौशल भड़क गया, "अभाव का मतलब यह तो नहीं कि मैं माँगता फिरूँ? साइकिल के अभाव में मैंने तुम्हारी गाड़ी कभी नहीं माँगी, न मैंने कभी किसी के रहने-खाने के बारे में बात की। अभाव तो मुझे बीवी का भी है···क्या तुम मुझे जिंदगी भर के लिए न सही, दो-चार दिन के लिए भी अपनी बीवी दे दोगे? बोलो, ले जाऊँ? जब कुछ कर नहीं सकते तो इस तरह की वाहियात, बेतुकी और सड़ी हुई बातें क्यों करते हो? बोलो, क्या तुक है इन बेमतलब बहसों में—सिवाय अपमान करने और अपमानित होने के?" कौशल झटके से उठा और गुस्से से काँपता हुआ सा चला गया।

"पागल है साला, दिमाग का स्क्रू ढीला हो गया है।" खन्ना ने बेहद कमजोर आवाज में कहा

माहौल काफी कड़वा और गंभीर हो गया था। मैं सोचने लगा। खन्ना को ऐसी बातें नहीं कहनी चाहिए थीं। न तो कौशल कुछ माँगने आया था और न खन्ना कुछ दे रहा था, फिर इस थोथी सहानुभूति का क्या मतलब था? अभाव-अभाव चिल्लाने से उसके अभाव तो दूर नहीं हो सकते। फिर क्या वह उसे रोज खाना, कपड़ा और दूसरे खर्चे के लिए पैसा दे सकता है?···उसे बीवी के अभाव में तकलीफ होती है तो क्या···और यदि खन्ना यह सब नहीं दे सकता तो उसका दया-भाव बेतुका ही तो था।

मैं माहौल के उस बोझ को सह नहीं सका और चला आया। मैं सोचता

रहा, क्या यह कौशल की गरीबी, परेशानी और तकलीफ का मजाक नहीं था? कौशल ने अपने स्वाभिमान को अपमानित अनुभव कर एक कठोर बात कह दी, इसमें उसका पागलपन या दिमाग का स्क्रू ढीला होना कहाँ दिखाई देता है? खन्ना ने अनजाने ही विनम्र दया से उसका अपमान किया और कौशल ने कठोर सत्य से उस अपमान का प्रतिकार किया, हिसाब बराबर। इसमें बुरा मानने की क्या बात थी?

मिसेज खन्ना उठकर चली गई थीं। शायद स्वयं को अपमानित अनुभव कर विवशता में रोई भी हों, या अँधेरे में पलंग पर औंधा गई हों। हो सकता है, मेरे चले आने के बाद खन्ना को, उसके जंगली लोगों से मित्रता रखने के लिए डाँट भी पिलाती रही हों; लेकिन उस सबमें तुक क्या थी? पढ़ी-लिखी, समझदार होकर भी क्या सचमुच अपने-आपको साइकिल के समान ही समझती थीं? क्या उन्होंने समझा कि कौशल सचमुच उन्हें पकड़कर ले जाएगा? यदि ऐसा होता भी तो क्या खन्ना अपनी ऐकांतिक, लेकिन ढोल बजाकर लाई हुई महत्त्वपूर्ण संपत्ति पर डाका पड़ते देखकर चुप रह सकता था? हाथापाई करने में अपने को कमजोर अनुभव करने पर, 'बचाओ, बचाओ' चिल्लाकर सारे मोहल्ले की सहायता और सहानुभूति तो पा ही सकता था और मुझे हँसी आ गई थी। मेरे कानों में कौशल कह रहा था, "क्या बेतुकी बात है?"

□

उसके बाद मैं करीब पंद्रह दिन तक परेशान रहा। जब बेबी पैदा हुई थी, तभी से उर्मी का पेट कुछ गड़बड़ा गया था। कभी-कभी उसके पेट में दर्द उठ जाता तो तीन-चार दिन तक उसी को दबाए चारपाई पकड़े रहती। दर्द हलकाता तो सारे काम फिर ठीक चलने लगते। इधर न जाने कैसा दर्द उठा कि दस-बारह दिन चारपाई न छोड़ सकी। बेबी को ज्वर ने धर दबाया। चार-पाँच दिन तक वह भी सिर न उठा सकी। मैं अकेला कभी डॉक्टर के यहाँ भागता, कभी कैमिस्ट के यहाँ। ऑफिस से पंद्रह दिन की छुट्टी लेनी पड़ी। दोस्तों से मिलना-जुलना भी रखा ही रह गया और सच तो यह कि इस बीच मुझे किसी का ध्यान नहीं आया।

ठीक चौदहवें दिन उर्मी ने घर सँभाला; तब मुझे लगा कि जेठ का महीना है, धूप बहुत तेज पड़ रही है। अखबार पर दृष्टि पड़ी—'लू लग जाने से 99 व्यक्तियों की अकाल मृत्यु'। मेरे शरीर पर काँतरें-सी रेंग गईं। दिनभर आराम

करता रहा। शाम को लगा, सब घर ठीक है, मैं ही ठीक नहीं, जैसे चौदह दिन की बीमारी के बाद उठा हूँ। कमजोरी है, मुझे आराम करना चाहिए और कहीं न जा सका।

रात में उर्मी से कहा, "तबीयत होती है, पंद्रह दिन की और छुट्टी ले लूँ। मैं ही बीमारी से बच गया हूँ, तो लगे हाथ बीमारी के नाम पर ही कुछ दिन चारपाई तोड़ लूँ, फिर का झंझट मिटे।"

"कैसी बेतुकी बातें करते हो!" उर्मी ने डाँट दिया।

मुझे कौशल याद आ गया, "क्या बेतुकी बात है!" व्यंग्य में सिकुड़ा रूखा चेहरा। बाप रे, बोलता है कि थप्पड़ मारता है। सच्चाई का मतलब थप्पड़ मारना तो नहीं है। बड़ा विचित्र है। मैं समझता हूँ, उससे मिलना भी जीवन की अविस्मरणीय घटना है। मेरे ही लिए क्या, शायद सभी के लिए वह ऐसा है और मिसेज खन्ना के लिए? कान के पास मच्छर भनभनाने लगे, 'क्या बेतुकी बात है'''क्या बेतुकी बात है।'''क्या बेतुकी बात है?' और मैं कब सो गया था, पता नहीं।

□

दूसरे दिन शाम कॉफी हाउस पहुँचा था। शायद मित्रों के समय से कुछ पहले ही पहुँच गया था। झाँककर देखा, कोने की एक मेज पर कौशल बैठा था, अकेला। मेज के तीन ओर की कुरसियाँ खाली पड़ी थीं। जाने क्यों उससे मिलने की इच्छा प्रबल हो गई! उसके स्वभाव का थोड़ा-बहुत परिचय होने के कारण पास जाते डर-सा लग रहा था, लेकिन चला ही गया। शिष्टता निभाते हुए कहा, "नमस्ते कौशलजी, क्या मैं बैठ सकता हूँ?"

कौशल की व्यंग्य भरी आँखें मेरी ओर उठीं, ओठ सिकुड़े। मुझे लगा, अभी एक थप्पड़ मेरे गाल पर उछलेगा और सुनाई दिया, "आप डॉक्टर को अपनी आँखें दिखाकर आइए।"

"जी, मैं आपका मतलब नहीं समझा।" मैंने गंभीरता से पूछा। मुझे आश्चर्य हुआ। चारों ओर कनखियों से देखा—किसी का ध्यान इधर नहीं था। एक क्षण के लिए विचार आया, ऊपर भी देख लूँ—छत थी या उड़ गई, लेकिन आँखें कौशल के चेहरे पर ही गड़ी रहीं।

"'''तब तो आपके दिमाग की भी जाँच करानी चाहिए। अरे भाई, क्या मैं

आपको लड़की लग रहा हूँ, जो मेरे पास बैठते झेंप लग रही है? न कुरसियों पर मेरा ही नाम लिखा है। खाली पड़ी हैं, बैठिए। इसमें पूछने और मतलब न समझने का क्या तुक?" वह एक ही साँस में इतने थप्पड़ जड़ गया कि मेरे कान सुन्ना गए। मुझे लगा, बल्ब फ्यूज हो गए थे, मेरे मुँह पर अँधेरा जम गया था, कंधों पर हवा का दबाव इतना बढ़ गया था कि मैं अपने-आपको सँभाल नहीं सका और चुपचाप बैठ गया।

एक मिनट चुप रहकर मैंने कहा, "आपने शायद मुझे पहचाना नहीं, मैं मिस्टर खन्ना के यहाँ आपसे¨।"

"फिर वही बेतुकी बात! पास-पास बैठने के लिए क्या यह जरूरी है कि हम खन्ना या किसी के यहाँ मिल चुके हैं अथवा नहीं? अरे भाई, बातचीत करने के लिए जरूरी नहीं, किसी अनुपस्थित व्यक्ति की टाँग घसीटकर बीच में लाई जाए। बात करने की तबीयत है तो अपरिचित से भी की जा सकती है। और तबीयत नहीं है तो परिचित से भी बतियाते अनख लग सकता है। और फिर परिचय करना या होना ही कौन सी तुक की बात है? परिचय तो एक फॉर्मेल्टी है, जो महज बतियाने, मतलब साधने या मेरी समझ में बेतुकापन बढ़ाने के लिए निबाही जाती है।"

बैरा दो गिलास पानी रख गया था। कौशल ने दो कॉफी का ऑर्डर दे दिया था।

मैंने पंखे की ओर देखा, पंखा चल रहा था। गला सूख गया था। एक ही साँस में गिलास खाली कर गया। गिलास देखते-देखते मुँह से निकल गया, "आप बड़े विचित्र आदमी हैं।" अभी तक मुझे प्रकृतिस्थ होने का अवसर ही नहीं मिल पाया था। कौशल के होंठ कुछ गोलाई में विचित्र ढंग से फैलने के लिए सिकुड़ते देख विचार आया था—सचमुच मैं ही बेतुका हूँ, नहीं तो इसके पास बैठने की क्या तुक थी? और सुनाई दिया, "मेरी समझ से 'विचित्र' शब्द मूर्खों ने अपना अज्ञान ढकने के लिए गढ़ा है। हमारे ज्ञान या समझ से बाहर जितनी चीजें हैं, सब विचित्र हैं, वैसे विचित्र कुछ भी नहीं। हाँ, आप बेतुका कह सकते हैं। बताइए, ये पंखे चल रहे हैं, बल्ब जल रहे हैं, इतनी कुरसियाँ-मेजें हैं, नौकर हैं, इतना खर्च करते हैं, इस सबमें क्या तुक है?"

"यह तो अपना धंधा है। पैसे आएँगे, बाल-बच्चों का पालन होगा, अच्छी तरह जिंदगी बिताएँगे।" मैंने उत्तर दिया था।

"अच्छा, तो जैसे लोग तीतर, बटेर, कबूतर, मुरगियाँ और कुत्ते, बिल्ली, सूअर पालते हैं, वैसे ही इन्होंने कुछ बाल-बच्चे पाल रखे हैं। मेरे भाई, बाल-बच्चे पालने के साथ इतने झंझट पालते-पालते मर जाएँगे, क्योंकि मरना सबसे अधिक जरूरी है और होना भी चाहिए। फिर मेरा मतलब है कि इस सबमें तुक क्या है?..."

मेरे मन में आया, कह दूँ, 'तुम्हारी ऐसी-तैसी!' लेकिन कह न सका। वह कहता गया, "हम लोग, कोई दो-चार मील पैदल चलकर आता है, कोई साइकिल भगाए चला आ रहा है, कुछ स्कूटर पर रिक्शा, कार और बस में बैठकर आते हैं। यहाँ बैठते हैं, गप्पें हाँकते हैं, चाय-कॉफी पीते हैं और समय में लपेटकर पैसे दे जाते हैं, इसमें क्या तुक है? हम सब खाते-पीते-सोते हैं, काम करने के लिए और काम करते हैं, खाने-पीने-सोने के लिए और यह सब करते हैं, मर जाने के लिए। बस, यह कौन सी तुक की बात है? मैं आपसे इतनी बातें कर रहा हूँ, सच जानिए, ये सब भी बेतुकी ही हैं। मुझे तो यह बड़े-बड़े दर्शन, विज्ञान, साहित्य के पोथे, दुनिया, मैं, आप सभी बेतुके लगते हैं।"

"इसका मतलब तो यह हुआ कि कुछ करना ही नहीं चाहिए?" मैंने पूछा।

"क्या मूर्खता की बातें करते हैं आप!" उसका स्वर और अधिक रूखा हो गया था, "जब कुछ भी करना बेतुका है तो कुछ न करने में ही क्या तुक है? इसलिए आपकी कॉन्शस, जो कुछ भी एलाउ करे, करते जाइए, क्योंकि जब तुक का कुछ भी नहीं कर सकते, तब अपनी कॉन्शस को ही क्यों दबाया जाए? सब काम किसी-न-किसी स्वार्थ की प्रेरणा से होते हैं, होते रहेंगे और होते रहने चाहिए, क्योंकि स्वार्थ स्वयं एक बेतुकी बात है और बेतुकी बात न कभी नष्ट हुई, न नष्ट होगी, इसलिए न होनी चाहिए।"

बैरा कॉफी रख गया था। ठंडी हो रही थी। मैं कॉफी पीने लगा, कौशल भी सिप करने लगा था। मैं सोचता जा रहा था—दुनिया बेतुकी हो या न हो, लेकिन बेतुका बकते-बकते कौशल जरूर बेतुका हो गया है। झटपट कॉफी समाप्त कर मैं उठ खड़ा हुआ, "अच्छा कौशल भाई, नमस्कार! आपके बेतुकावाद पर फिर

बातें होंगी, अब क्षमा करें, नहीं तो खाना नहीं खाया जाएगा और खाना पड़ेगा ही।" मेरे होंठ भी कौशल के होंठों की तरह ही कुछ गोलाई में फैलने के लिए सिकुड़कर बंद हो गए।

□

कुछ क्षण ऐसे होते हैं, जिनमें आदमी को केवल गंतव्य याद रहता है, गमन की प्रक्रिया और मार्ग का भान नहीं होता। इसी प्रकार, कुछ क्षण ऐसे भी होते हैं, जब आदमी के आगे केवल लंबे, बोझिल रास्ते ही होते हैं, उन्हीं की उसे याद रहती है, लेकिन यह पता नहीं रहता कि उसे जाना कहाँ है? और कभी वह कहीं की सोचकर कहीं पहुँच जाता है।

एक इतवार की शाम। मैं खन्ना के यहाँ जाने की सोचकर चला था और पहुँच गया कॉफी हाउस। कुछ मित्र कौशल को घेरे बैठे थे। एक सज्जन, शायद कौशल की बेतुकी बातों के चाँटे से तिलमिलाकर कह रहे थे, "आप में आदमियत की बू बिल्कुल नहीं।"

"क्या आपने मेरी बगलें सूँघी हैं?" कौशल ने अपनी बाँहें उठा दी थीं। तली हुई मछली जैसी गंध मेरी नाक में भर गई। लोग हँस पड़े।

बिगड़ने वाले सज्जन और भी बिगड़कर बोले, "इस असभ्यता का क्या मतलब?"

"मेरे भाई!" अपनी आदत के अनुसार होंठ सिकोड़कर कौशल बोला, "आपको मालूम होना चाहिए, आदमियत में बू नहीं होती। आदमियत कोई फूल या पका हुआ फल नहीं। आदमी होने का एक भाव है, इसमें बिगड़ने की क्या तुक है? आप चाहें तो अपनी ही बगलें सूँघकर आदमी की बू पहचान सकते हैं, यदि आप अपने को आदमी मानते हैं तो।" लोग फिर हँस पड़े। बिगड़ने वाले सज्जन बगलें सूँघने की जगह बगलें झाँकने लगे। कौशल कहता गया था, "समझे! क्या समझे? पसीने की बू ही आदमी की बू है। बाकी आप जो कुछ सूँघते हैं, वह वास्तव में आदमी की बू नहीं; क्रीम, पाउडर, इत्र या टॉयलेट साबुन की बू होती है।"

मुझे अनुभव हो रहा था कि कौशल की बातें ठीक थीं, लेकिन न जाने क्यों, स्वयं 'मैं' सुनने की सामर्थ्य अनुभव नहीं कर रहा था। मैं बिना कॉफी पिए ही खन्ना के यहाँ चला गया।

खन्ना कमरे में बैठा 'फिल्मफेयर' की तसवीरें देख रहा था। अंदर स्टोव भरभरा रहा था। मिसेज खन्ना किसी काम में व्यस्त थीं।

खन्ना ने पहला प्रश्न यही किया, "कहो भाई, आजकल दिखाई नहीं देते? कहाँ रहते हो?"

"घर में सब लोग बीमार थे, फुरसत नहीं निकल पाई।" मैंने उत्तर दिया।

"ऐं, ऐं··· क्या हुआ था···हमें खबर तक नहीं दी।" खन्ना ने आत्मीयता की झिड़की पिलाई।

"हाँ भाई, अकेला था, डॉक्टर को खबर देता या तुम्हें देने आता?"

"अच्छा, तो तुम भी कौशल का लहजा सीख गए।"

"क्या बेतुकी बात है?" और हम दोनों ठठा पड़े। मिसेज खन्ना भी ठहाके सुनकर चली आई थीं। बिखरे बाल, अस्त-व्यस्त साड़ी, माथे पर पसीने की बूँदें, आँखों में आश्चर्य, भोलापन और न जाने क्या? कुल मिलाकर सामान्य से अधिक अच्छी लगती थीं। मैंने कह दिया, "भाभी, आज आप बड़ी विचित्र लग रही हैं और कौशल की भाषा में बेतुकी। कहीं वह आ जाए तो अभाव बताकर आज आपको जरूर ले जाए।"

जाने क्यों, खन्ना झेंप गया और मिसेज खन्ना हँस पड़ीं। बोलीं, "हाँ भाई, सोचती हूँ—इनका (मिस्टर खन्ना का) मन तो भर चुका, अब उस बेचारे का ही अभाव दूर कर दूँ। और हाँ, तुम चाहो तो तुम भी उर्मी को मैके भेजकर अभाव पाल लो, तब शायद तुम्हारे ऊपर भी दया आ जाए।"

"क्या बेतुकी बातें हैं?" खन्ना बोल पड़ा। मुझे लगा, एक सूखा, लिजलिजा टमाटर फटकर मेरे और मिसेज खन्ना के गालों पर जोर से लग गया था, लेकिन मेरी कल्पना के विपरीत मिसेज खन्ना और जोर से खिलखिला पड़ीं। खन्ना ने गरदन झुका ली। पता नहीं उसकी आँखों और चेहरे पर कैसे भाव आए, लेकिन उसकी आवाज शराबी की टाँग हो गई थी, "मे···मे···रा मत···मतलब था, कुछ चाय-वाय पिलाओ, बातें तो फिर भी हो जाएँगी।" और मिसेज खन्ना अंदर चली गई थीं।

हम लोग, मेरा मतलब है—मैं, मिस्टर और मिसेज खन्ना, चाय पीने बैठे। खन्ना प्रकृतिस्थ हो चुका था, बोला, "भाई, कौशल को लेकर मजाक मत किया

करो। जब कोई उसे लेकर मजाक करता है, मुझे दुःख होता है।"

"क्यों?" मैंने पूछा।

मिसेज खन्ना बहुत गंभीर थीं।

"क्योंकि मुझे उसके बेतुकेपन का इतिहास मालूम है। पहले वह ऐसा नहीं था। वह हमेशा प्रथम आता था। स्कॉलरशिप लेता था, उसी में से आधा घर भेजता रहता था और आधे में अपना गुजारा करता था। यहीं, इसी यूनिवर्सिटी से मैंने और कौशल ने बी.ए. किया था। बी.ए. में भी वह फर्स्ट आया था। बी.ए. के बाद ही मेरी शादी हो गई।" मिस्टर खन्ना और मिसेज खन्ना और अधिक गंभीर हो गए, "मैं पढ़ाई-छोड़कर यह सर्विस करने लगा और कौशल ने एम.ए. ज्वॉइन कर लिया। उसी साल एक लड़की पूर्णिमा कौशल की क्लासफेलो हो गई। पूर्णिमा सचमुच पूर्णिमा थी। यूनिवर्सिटी चकोर बनकर उसके लिए अँगारे चुगने को तैयार थी और वह कौशल के पीछे पड़ गई। कौशल बेचारा नया मुसलमान बना था। इसलिए प्याज ज्यादा खाने लगा। चारों ओर गंध फैलने लगी।

"पूर्णिमा के बाप को पता चला। उन्होंने कहा, 'मैं ऐसे फटीचर को अपनी लड़की नहीं दे सकता।' और न जाने कैसे, इतनी देर बाद पूर्णिमा की समझ में भी अपने बाप की बात आ गई। वह साली आजकल खानदानी आई.ए.एस. के साथ दिल्ली में ऐश कर रही है और बेचारा कौशल पढ़ाई-लिखाई छोड़कर बेतुकेपन पर रिसर्च कर रहा है।" हम तीनों की गहरी श्वास एक साथ निकल पड़ी। मुझे लगा, बेमौसम बादल घिर आए, ओले गिरने लगे। धरती, आकाश और दिशाएँ जम गईं। मिसेज खन्ना थोड़ी देर मुँह फेरे बैठी रहीं और फिर धीरे-धीरे अंदर चली गईं। मेरी चेतना कहीं सो गई थी। लग रहा था, एक श्मशान, श्मशान में मैं, मुझमें कौशल, कौशल में भयानक सन्नाटा और सन्नाटे में एक लाश जल रही थी, पता नहीं वह लाश मेरी थी या कौशल की अथवा श्मशान की?

□

गरमी बढ़ गई थी। सोचता था, शायद ऐसी ही गरमी के लिए कहा जाता है—चील अंडे छोड़ रही है। बेबी और उर्मी की तबीयत फिर ढुलमुलाने लगी। मैं एक महीने की छुट्टी लेकर बेबी और उर्मी के साथ नैनीताल चला गया था। नैनीताल जाने के दो दिन पहले (कई दिनों के गैप के बाद) खन्ना के घर गया

था। खन्ना और कौशल सरकस देखकर लौटे थे और लॉन में बैठे चाय पी रहे थे। मैंने भी एक कप ले लिया।

कौशल कह रहा था, "भाई, आप लोगों को अच्छा लगा, मैं तो बोर होता रहा। यह बताओ, उसमें तुक की क्या बात थी? तार पर चलने-नाचने में कौन सी तुक थी? इतनी बड़ी धरती है। आराम से चलिए, नाचिए, उछलिए, कूदिए, कुछ भी कीजिए। आराम की धरती छोड़कर तारों पर, बाँसों पर चलना मूर्खता नहीं तो क्या है? इस झूले को छोड़कर उस पर कूदना, उससे इस पर··क्या बंदरों-सी उछल-कूद मचा रही थी? बंदर आदमी की नकल करे तो ठीक है, मौलिक काम करने की उसमें अक्ल कहाँ? लेकिन आदमी जानवरों की नकल करने लगे, इसमें क्या बुद्धिमानी है? नाखून कटे पालतू शेरों के बीच में बिजली का हंटर लेकर खड़े होने या शेरों को कंधे पर बिठाने में समझते हैं, जैसे टार्जन के बाप वे ही हों। बताओ, इन सब बातों में क्या तुक थी?"

मिसेज खन्ना एकटक कौशल को देख रही थीं और कौशल की बात बड़े ध्यान से सुन रही थीं। उनके होंठों पर खामोशी थी और आँखों में पता नहीं क्या? तभी मिस्टर खन्ना ने कहा, "अमां यार कौशल, कभी-कभी तो अपने इस बेतुकावाद को फिर के लिए बनाए रखा करो!"

"फिर··फिर··फिर! यह फिर क्या बला है? बीते हुए कल के लिए आज के यह क्षण फिर थे। इन क्षणों के लिए आनेवाले क्षण फिर होंगे। इस फिर के चलते तो कुछ भी नहीं हो सकता।"

मिसेज खन्ना फिर हँस पड़ी थीं। कोमल किसलय दलों के बीच नन्ही-नन्ही ओस की बूँदें झिलमिला गईं। शायद कौशल के गले में कुछ अटक गया था। घुटककर निगला और खन्ना की ओर देखने लगा। सभी ने मुसकराकर कहा, "कौशल भई, अब तुम शादी कर डालो, जिससे तुम्हारा यह बेतुकावाद थोड़ा-बहुत आराम पा सके।"

"वाह-वाह, आप समझते हैं, आपने बड़ी अकलमंदी की बात कह दी? सरकस, बेतुकापन और चाय के बीच में शादी की कौन सी तुक थी? और फिर शादी से आपका मतलब क्या है? किसी भी एक्स, वाई, जैड लड़की को जबरदस्ती पकड़कर रात-रात भर सुलाता रहूँ और दिन-दिन भर जुतियाता

रहूँ यानी औरत नहीं, नीलामी में काँजी हाउस से कोई गाय, भैंस या बकरी ले आऊँ?"

"नहीं-नहीं, मेरा मतलब ऐसी लड़की से था, जो तुम्हें प्यार कर सके, तुम्हारी भावनाओं की कद्र कर सके और तुम्हारे घावों की मरहम-पट्टी करके इस बेतुकेपन के बुखार को उतार सके।" लगा, खन्ना रिरिया रहा था।

"आपके हिसाब से कोई लड़की मुझसे प्यार कर सकने के लिए पहले कहीं जाकर प्यार की ट्रेनिंग ले, फिर मेरी भावनाओं की कद्र करने के लिए सीखे कि पुरुष की भावनाएँ कितने प्रकार की होती हैं? उनके हिसाब से या नाम से कुछ कद्रदानियाँ बनवाए, उसके बाद मेरे घावों पर मरहम-पट्टी करने के लिए नर्सिंग की ट्रेनिंग भी ले, तब मुझसे शादी करे। यह बताओ, इस सबमें क्या तुक है?"

खन्ना बुरी तरह झेंप गया था। मिसेज खन्ना बुरी तरह खिलखिला उठी थीं और मैं···मुझे नैनीताल जाने की तैयारी करनी थी, इसलिए उठकर चला आया था।

□

मैं एक महीने बाद कल नैनीताल से आया था। लंबा सफर और छत्तीस घंटे की जगार मेरी रग-रग में दर्द बनकर समा गई थी। मुझे नहीं पता, रात उर्मी ने क्या बनाया था, बेबी ने क्या खाया था, वे लोग कब सोए थे? मैं बेहोश सोता रहा था।

आज शाम कॉफी हाउस गया था। कौशल वहाँ नहीं था। मन खन्ना के यहाँ जाने को उतावला हो रहा था। विचार था, शायद कौशल भी वहीं मिल जाए, लेकिन एक कप कॉफी पीने बैठ गया। तीन-चार मित्र और बैठे थे। मैंने यों ही पूछ लिया था, "मिस्टर कौशल उर्फ बेतुका नहीं दिखाई दे रहे?"

मित्र मेरी ओर ऐसे आश्चर्य से देखने लगे, जैसे भूगोल के किसी अध्यापक के मुँह से कक्षा में निकल गया हो, 'भारत एशिया की राजधानी है।'

एक ने कहा, "क्या तुम्हें नहीं मालूम, कौशल साला तो बड़ा हरामी का पिल्ला निकला। बेचारे खन्ना की बीवी को भगा ले गया। अभी पंद्रह दिन की ही तो बात है। खन्ना का भी उसी दिन से पता नहीं। कोई कहता है—आत्महत्या कर ली, कोई कहता है—पागल होकर कहीं रम गया और कोई कहता है—शर्म और

बदनामी से बचने के लिए किसी दूसरे शहर में चला गया है।"

मुझे जैसे साँप सूँघ गया था। तभी कानों में हलकी-सी भनक पड़ी, "भाग नहीं जाती तो और क्या करती बेचारी?"···रीते घड़े से आग नहीं बुझती···शादी हुए सातवाँ साल चल रहा था।"

मुझे लगा, यहाँ बैठा हर आदमी आग का गोला है, जो उछल-उछलकर मेरे ऊपर गिर रहा है और खंड-खंड होकर बुझता जा रहा है। कोयला बनता जा रहा है। मेरे चारों ओर कोयलों का ढेर लग गया है। मैं उसमें दब गया हूँ, कोयला मेरे अंदर भरता जा रहा है—काला, किरकिरा, बेडौल और मैं बिना किसी ओर देखे, उठकर चला आया।

भूख नहीं लगी। सिर दर्द कर रहा है। मैं लेटा हूँ। बार-बार एक ही बात मस्तिष्क में आ रही है, 'क्या बेतुकी बात है?' और मैं सोच रहा हूँ—कौशल, खन्ना, मिसेज खन्ना, मैं या कॉफी हाउस के मित्र? अचानक मैं चिल्लाया, "उर्मी, दो एनासिन दे जाओ!"

उर्मी एनासिन दे गई, साथ में एक लिफाफा भी। अनमने भाव से लिफाफा फाड़कर पत्र पढ़ने लगा। पत्र खन्ना का था। कश्मीर से लिखा था, "तुम नैनीताल से आ गए होगे। हम लोग कश्मीर की सैर कर रहे हैं। कौशल भी हमारे साथ है, बड़ा सुहावना मौसम है। छुट्टियाँ बढ़ा सको तो भाभी और बेबी को लेकर चले आओ।" और मेरे मुँह से बेसाख्ता निकला था, "क्या बेतुकी बात है?"

□

…और कुत्ता मान गया

दिन-रात घटते रहते हैं, ऋतुएँ बदलती रहती हैं। भूगोल में लिखा है तो किसी-न-किसी के लिए ठीक ही होगा। शायद मेरी बीवी, मेरे साहब या भूगोल पढ़ानेवाले मास्टरजी के लिए ही ठीक हो, क्या मालूम? मैं जब तक काम करता हूँ, दिन ही दिन लगता है। मुझे हर ऋतु में पसीना आता है, हर ऋतु में जाड़ा लगता है, इसलिए कभी अनुभव नहीं हुआ कि ऋतुएँ बदलती हैं। या शायद हुआ ही हो, जब मेरी बीवी किसी से मेरी तारीफ करती है…याद नहीं। फुरसत भी नहीं कि यह सब अनुभव कर देखूँ। मुझे अपनी बीवी को देखकर और कुछ देखने की जरूरत ही नहीं रहती।

मेरी बीवी श्रीमती है, लेकिन मैं श्रीमान नहीं। बीवी जवान है, जो दूसरों के लिए खूबसूरत भी है। शायद वह भी अपने को वैसा ही समझती है। मेरे समझने-न-समझने का प्रश्न ही नहीं, मेरी तो बीवी है ही…।

ऐसी बीवी भाग्यशालियों को मिलती है। मुझे मिली है, मैं भी भाग्यशाली हूँ। बड़े-बड़े आदमी उसे देखकर, उससे मिलकर अनजाने-पहचाने मुझसे मेरे भाग्य से ईर्ष्या करते हैं, इसलिए मैं छोटा आदमी भी नहीं। हाँ, बीवी के सामने लगता है, जैसे अपरिचित बौनी आकृतियाँ मुझसे ही नहीं, मेरी कल्पना के भीमसेन से भी आठ हाथ बड़ी होकर मुझे चिढ़ा रही हैं। मेरा कुबड़ा व्यक्तित्व एक बिंदु में सिमटकर दृष्टि से ओझल हो जाता है।

मैं बीवी की तुलना में छोटा हुआ तो, बड़ा हुआ तो, आखिर वह है तो मेरी बीवी ही। आजकल अपनी बीवी के आगे कौन म्याऊँ नहीं करता! नानियों ने कहा है, आदमी अपनों से ही डरता है, अपनों से ही छोटा होता है। बीवी

से अधिक कौन अपना हो सकता है ?

मुझे बचपन की एक बात अकसर याद आती रहती है—अम्माँ पिताजी से कहा करती थीं—औरतें जिन्स सेंतकर अपने लिए थोड़े ही रखती हैं ? उनके पास जो कुछ बचा होगा, वक्त-जरूरत घरवालों के ही काम आएगा। संतोष अनुभव होता है—बीवी का बड़प्पन वक्त-जरूरत मेरे ही काम के लिए है।

मैं हाई स्कूल हूँ, बीवी इंटर। मैं मामूली क्लर्क या क्लर्क से भी छोटा, कुरसी- मेज पर बैठकर काम करनेवाला कोई नौकर हो सकता है, तो समझिए नहीं हूँ। बीवी समाज-सेविका, विशेष रूप से नारी समाज-सुधारिका है। बड़े-बड़े बँगलों के बड़े-बड़े आदमियों में उसकी इज्जत है, शोहरत है।

मेरी बीवी मेरे साहब के घर भी कभी-कभी समस्या में सहयोग, परामर्श या किसी सामाजिक कार्य के लिए चंदा लेने आती-जाती रहती है। मैं भला इतने बड़े देश की समस्याओं, बड़े-बड़े लोगों और इतनी बड़ी समाज-सेविका के उत्तरदायित्व को क्या समझ सकता हूँ ? समझता हूँ सिर्फ एक बात—मेरे साहब भी मेरी बीवी को मानते हैं। और वैसे न जाने कितनों के कितने साहब उसे मानते हैं !

संध्या समय, प्रायः ही सुपरिंटेंडेंट या हैडक्लर्क मुझे साहब के बँगले पर दस्तखत करवा लाने के लिए अर्जेंट फाइलें देकर भेज देते हैं। साहब की कृपा-दृष्टि पाने के लिए बँगले के छोटे-मोटे कामों में हाथ बँटा देता हूँ। अकसर साहब का सामीप्य पाने और उनकी नजर में बने रहने के खयाल से ड्राइंगरूम में चाय लगाने का काम मैं सँभाल देता हूँ। कभी-कभी चाय के समय मेरी बीवी भी वहाँ पहुँच जाती है। साहब और उनके बीवी-बच्चों के साथ या कभी अकेले साहब के ही साथ बैठकर चाय पीती है। मैं आँगन में बैठा फाइलों की प्रतीक्षा करता हूँ।

साहब के यहाँ बड़े-बड़े भूरे बालोंवाला ठिगना-सा एक कुत्ता है। जब साहब चाय पीते हैं, कुत्ता उनके पास पहुँच जाता है। साहब पुकार उठते हैं, “भाई, वहाँ ब्रोनी को भी कुछ दे दो। ब्रोनी, बाहर जाओ (आँगन में मेरी ओर इशारा करते हैं, वहाँ मिलेगा)।” दीक्षित कुत्ता, साहब की सिफारिश उगाह लेने के लिए आँगन में आकर मेरी ओर देखने लगता है। मैं उसे साहब

के बेबी का छोड़ा हुआ जूठा दूध या कभी-कभी (उसी के लिए) मँगाया गया सैपरेटा का दूध और एक-आध बिस्कुट साहब के घरू नौकर बुद्धू (बुद्धसेन) से माँगकर देता हूँ।

□

जब मेरी बीवी साहब के घर आती है और यदि मैं कुत्ते को दूध पिलाता होता हूँ, मेरा ध्यान कुत्ते से हटकर उनकी बीवी और अपनी बीवी के बेतरतीब-बेमतलब कहकहे···हँसी-मजाक···। साहब मेरी बीवी से समाज-सेवा के संबंध में कोई बात छेड़ देते हैं···। कुत्ता मेरे हाथ-पैर चाटकर ध्यान वापस बुला लेता है, जैसे समझा रहा हो—भाई, सेवा कर सेवा। मेरी, अपने साहब की···। वे बड़े आदमियों की बातें हैं, तुम उसमें क्या करोगे? मेरी आँखों के सामने किसी बड़े से अपरिचित समाज का धुँधला चित्र उभरता है और धीरे-धीरे सारा समाज दो आकृतियों में सिमट जाता है—एक कुत्ते की, दूसरी साहब की।

कभी सुनाई देता है—मेरी बीवी साहब और उनकी बीवी से, अपने पति की प्रशंसा कर रही है—मेरे पति बहुत अच्छे हैं, उदार विचार के, मॉडर्न···मुझे पूरे अधिकार दिए हैं···बराबर के ही नहीं, उससे भी ज्यादा···उससे भी बड़े।

साहब की धीमी, दबी-सी आवाज सुनाई देती है, जैसे अपनी बीवी की नजरें बचाकर कह रहे हों—यही। यही तो चाहिए···वाकई आपके पति बहुत नेक इनसान हैं।

साहब की बीवी टोक देती है, "अजी, इनसान नहीं, फरिश्ता कहिए, फरिश्ता ···बहनजी, कभी हमें भी दर्शन कराइए···कभी यहाँ भी लाइए न? और पल भर मुझे लगता है—दिन-रात घट-बढ़ रहे हैं, ऋतुएँ बदल रही हैं···आगे कुछ नहीं सुन पाता। कुत्ता फिर मेरे हाथ-पैर चाटने लगता है।

मैं लगभग दो साल से साहब के घर फाइलें ला रहा हूँ, फिर भी यही लगता है, जैसे नई जगह आ गया हूँ, जहाँ मुझे कोई नहीं पहचानता।

उस घर का असर ही कुछ ऐसा है कि वहाँ मेरी बीवी भी मुझे नहीं पहचान पाती। हाँ, पहचानता है तो वही कुत्ता, जिसका मैं आदर करता हूँ, जिससे मेरी भावात्मक आत्मीयता हो गई है।

मैं जब साहब के घर से फाइलें लेकर काफी रात गए, अपने घर लौटने लगता हूँ, कुत्ता पंजे उठा-उठाकर हाथ मिलाता है, गुड नाइट कहता है, गले मिलता है। मैं प्रसन्नता से भर उठता हूँ। लगता है, जैसे साहब भी हाथ मिला रहे हों, गले मिल रहे हों। फिर सोचता हूँ—मैं भी कितना मूर्ख हूँ, भला साहब ऐसा क्यों करने लगे? साहब कुत्ता थोड़े ही हैं?

कुत्ता मुझे अपना दोस्त मानता है। प्यार करता है, प्यार माँगता भी है। कभी-कभी आँख बचा, मेरे गाल चाटकर चूम लेता है। क्या करूँ? मुझे प्यार करना ही पड़ता है। मेरे लिए उसका दिल तोड़ना, साहब का दिल तोड़ना बराबर है।

मैं जिस तरह साहब को नाराज करके नौकरी नहीं कर सकता हूँ, उसी तरह उसे (कुत्ते को) नाराज करके नौकरी नहीं कर सकता और मुझे नौकरी करनी है। अगर नौकरी नहीं करूँगा तो क्या इतनी सम्मानित, प्रसिद्ध समाज-सेविका का निखट्टू आवारा शौहर होकर भरे समाज में बीवी की नाक काटूँगा? उसकी शान-शौकत और इज्जत की पीठ पर झाड़ू मारूँगा?

अब मैं उस कुत्ते को सचमुच प्यार करने लगा हूँ। उससे अपनी कोई बात नहीं छिपाता।

साहब के घर अकेला कुत्ता ही जानता है—वह औरत, जो समाज-सेविका है, जिसके आदर में साहब मुझसे भी एक हाथ छोटे लगते हैं, जिसके आने पर मैं कुत्ते की ओर ध्यान नहीं दे पाता···मेरे कान, जिसके चाय की चुस्कियों पर नाचते, कहकहे सुनते रहते हैं···और जिसे देखकर मेरे मुँह की लार मेरी आँखों में आ जाती है···मेरी बीवी है। यह बात वहाँ और कोई नहीं जानता। उस बेजुबान कुत्ते के जानने-न-जानने से मेरा या मेरी बीवी का बनता-बिगड़ता ही क्या है? इसीलिए उसे मैंने स्वयं सबकुछ बता दिया है। यद्यपि उसकी छोटी-छोटी पनीली आँखों में हमेशा एक अविश्वास, एक संदेह तैरता है। मैं कभी उसकी आँखों में नहीं झाँकता।

मेरा वह दोस्त कुत्ता कभी नहीं पूछता—मैं अपनी बीवी के साथ बैठकर चाय क्यों नहीं पीता? वह क्यों नहीं बताती कि मैं ही उसका 'फरिश्ता' शौहर हूँ? वह जानता है। आखिर क्यों न जाने? मेरे साहब का कुत्ता होकर इतनी मामूली सी बात भी नहीं जानेगा?

वह जानता है—मेरी बीवी मुझे अपना पति बताकर मेरे मुँह पर तमाचा कैसे मार दे? भला, कोई हिंदुस्तानी औरत अपने पति के मुँह पर तमाचा मार सकती है? वह मेरी बेइज्जती नहीं कर सकती। मेरी बेइज्जती उसकी बेइज्जती है। अपने हाथों अपनी बेइज्जती कैसे कर ले?

वह यह भी जानता है—साहब मुझे इतनी बड़ी समाज-सेविका महिला का शौहर जानकर, मामूली-सी नौकरी मेरी शान के खिलाफ समझेंगे...और...और मैं निखट्टू, आवारा हो जाऊँगा, भरे समाज में बीवी की नाक काटूँगा, उसकी शान-शौकत और इज्जत की पीठ पर झाड़ू मारूँगा...जो मैं पसंद नहीं करता, जिसे वह नहीं पसंद करेगी। फिर भला कैसे कह देती कि...

वह यह भी जानता है—मेरी बीवी पढ़ी-लिखी, समझदार है और कोई भी समझदार बीवी अपना, अपने घरवालों का अपने हाथों नुकसान कैसे कर सकती है! उनकी बदनामी कैसे सह सकती है? मुझे उसका पति जानकर मेरे साहब (गलत होते हुए भी) शायद उससे कहेंगे, "हम चंदा समाज-सेवा के लिए देते हैं, किसी का घर चलाने के लिए नहीं।"

साहब की बीवी, चोट खाई पागल कुतिया की तरह उसे काटने को दौड़ेगी। अपनी और मेरी बीवी की जान-पहचान के हर बँगले की बीवियों के सामने जोर-जोर से, फटी-फटी, भद्दी आवाज में भौंकेगी, "यह चार सौ बीस है—इसे जेल भिजवाना चाहिए।"

मेरी बीवी आज जो कुछ अपनी इच्छा से करती है, शायद तब वही सब उसे अपनी अनिच्छा से करना पड़ेगा, क्योंकि समाज-सेवा के बिना उसका खाना ही हजम नहीं होता।

और वह यह भी जानती है—यदि मेरी बीवी बता ही दे कि मैं ही उसका पति—शौहर हूँ, तो अब विश्वास भी कौन करेगा? भला एक अदना नौकर, एक कुत्ते का (तब दोस्त नहीं) नौकर इतनी सम्मानित समाज-सेविका महिला का शौहर कैसे हो सकता है? लोग हँसेंगे। क्यों न हँसें? यह भी कोई गंभीरता से सोचने, स्वीकार करने और विश्वास करने योग्य बात है? साहब क्या, मामूली-से-मामूली आदमी भी विश्वास नहीं करेगा। कहेगा, "भाई, बड़ों के मजाक भी बड़े होते हैं।" फिर वह विश्वास न करने योग्य सच्ची बात अपनी बड़ी जबान से

कैसे कह दे? वह अपनी बात का वजन जानती है।

अब वह कुत्ता काफी समझदार हो गया है। जब भी मेरी बीवी आती है, कुत्ता संभवतः साहब के आदर में या मेरे परिचय की गहराई जाहिर करने के लिए सहानुभूति में, उसके पास चला जाता है। मेरी बीवी उसे गोद में बैठा लेती है और प्यार से आहिस्ता-आहिस्ता उसके सिर और पीठ पर अपना कोमल हाथ फिराती है तो मेरी पीठ और सिर के बालों में कुछ होने-सा लगता है। मुझे बुरा लगता है कि इस गोद में वह मेरे या अपने बच्चे, 'मुन्ना' को लेकर कभी इतना प्यार नहीं करती, जितना उस कुत्ते को करती है। फिर सोचता हूँ—होगा, वह मेरा या उसका और इनसान का बच्चा थोड़े ही है? वह मेरे साहब का बच्चे से भी अधिक प्यारा कुत्ता है। तब मुझे अपनी बीवी पर शायद गर्व अनुभव होने लगता है। लगता है, मेरी बीवी ने गर्व का सही-सही अहसास कराने के लिए मेरी हमेशा झुकी रहनेवाली गरदन सीधी करके और खींचकर साहब की छत से बाँध दी है। लेकिन न जाने क्यों, उस रात घर जाकर मैं अपने मुन्ने को किसी-न-किसी असली या अकली बात के लिए पीटता अवश्य हूँ।

कुत्ता मेरी बीवी की गोद में चुपचाप बैठा ही नहीं रहता। मुँह उठाकर उसका मुँह, गाल, नाक, कान चाटने लगता है, जैसे जानना चाहता हो—मेरी और मेरी बीवी की त्वचा का स्वाद-गंध एक-सा ही है, एक-दूसरे में घुला-मिला और क्या वह सचमुच मेरी ही बीवी है? फिर न जाने क्या सोचकर चुपचाप मुँह लटकाए, गंभीर मुद्रा में मेरे पास आ जाता है और अपने कान-पूँछ हिलाने लगता है।

मेरे मन में एक टीस-सी अनुभव होती है। इसलिए नहीं कि वह मेरी बीवी नहीं है, मेरी तो बीवी है ही, मेरे लिए इसमें संदेह या अविश्वास की कोई बात नहीं। टीस सिर्फ इसलिए होती है कि वह मेरा दोस्त और विश्वासपात्र होकर भी विश्वास नहीं करता।

मैं उदास मन से कुत्ते को समझाने लगता हूँ। न जाने क्यों, मुझे अपनी बीवी को भी बीवी कहने के लिए अपने उस दोस्त के सामने बार-बार यह कहना पड़ता है, "सच मानो, वह मेरी बीवी है।" लेकिन उसके चेहरे की गंभीरता नहीं हटती, मेरी उदासी दूर नहीं होती।

कुछ सोचकर कुत्ता मेरी बीवी के पास फिर चला जाता है। अगले पंजे सोफा- कुरसी की बाँह पर रख लेता है और कुछ उचककर उसके कानों के पास कूँ-कूँ करता है, जैसे मेरी उदासी न सहकर, दोस्ती और प्रेम की फर्ज-अदाई के लिए मेरी बीवी को 'भाभी' कहा हो और मुझे समझा रहा हो, "बुरा न मानो दोस्त, मुझे तुम पर विश्वास है।" फिर लौट आता है। मैं बिना उसकी आँखों में झाँके प्रसन्नता के उन्माद में उसे अपनी बाँहों में भर लेता हूँ।

रोज मैं दफ्तर चला जाता हूँ। बीवी समाज-सेवा के लिए निकल जाती है। मुन्ना दिनभर पड़ोसिन चाची के बच्चों के साथ उन्हीं के घर खेलता रहता है। पड़ोसिन चाची मेरी रिश्तेदार भी हैं।

कल सुबह, तड़के ही बीवी काम से जाने लगी तो मुझसे कहती गई, "सुनते हो, दाल-चावल चढ़ा दिए हैं। उतारकर खा लेना, मुन्ना को खिला देना। मैं शाम तक लौट सकूँगी।"

मैं मुन्ना को चाची के घर छोड़ने गया, तो चाची बोलीं, "बेटा, आज हम सब देहात जा रहे हैं। न हो, मुन्ना को साथ ही लेते जाओ।"

क्या करता, कपड़ों का पता नहीं कहाँ रखे थे! ढूँढ़ने में देर होती, फिर भी मिलते या न मिलते, इसलिए मुन्ना जैसे भी कपड़ों में था, उन्हीं में उसे ऑफिस लेता गया।

रास्ते भर चाची पर भुनभुनाता गया—आखिर इन्हें भी आज ही देहात याद आया? जाना ही था, पहले बता देतीं, कम-से-कम मुन्ना को कपड़े तो पहना देता।

ऑफिस के पास चपरासियों की कोठरियाँ हैं। मुन्ना को इकन्नी रिश्वत देकर दीनू चपरासी के बच्चों में खेलने को राजी कर लिया। संध्या साहब के घर जाना पड़ गया। मुन्ना को कहाँ छोड़ जाता? साथ ही लेता गया। मेरे वहाँ पहुँचने के कुछ ही देर बाद मेरी बीवी भी आ गई। मैं मुन्ना को किचन में छोड़, साहब के नाम का हौवा उसके अल्हड़ मस्तिष्क में बैठाकर, ड्राइंगरूम में चाय देने चला गया। कुत्ता अपना हक माँगने आ पहुँचा। साहब ने ट्रे में से दो बिस्कुट मुझे देते हुए कहा, "बाहर दे देना। ब्रोनी, गो अवे।"

साहब की बीवी बोल पड़ी, "अरे, ए...क्या नाम है...किचेन में बेबी का

छोड़ा दूध रखा है, ब्रोनी को पिला देना।" मैं कुत्ते के साथ आँगन में आ गया और उसे दूध पिलाने लगा।

मुन्ना आकर मेरी गोद में बैठ गया था। कुत्ता उसे ध्यान से घूरने लगा। मैंने एक हाथ मुन्ने के सिर पर, दूसरा कुत्ते के सिर पर फिराकर जैसे बता दिया—यह मेरा बेटा मुन्ना है। कुत्ता मुन्ने की ओर पंजा उठाने लगा, जैसे आशीर्वाद दे रहा हो या नमस्ते कर रहा हो। कुत्ता कुछ सनक गया था। वह मुन्ना को चाटने लगा। मुन्ना मेरी गोद में सिमटकर रुआँसा हो गया था। कुत्ता जोर-जोर से कान-पूँछ हिलाने लगा। मानो पूरे विश्वास से कह रहा हो, "दोस्त, मानो, चाहे न मानो, यह बच्चा तुम्हारा नहीं।" फिर ड्राइंगरूम की ओर, जिसमें मेरी बीवी बैठी थी, मुँह उठाकर इशारा-सा करने लगा, "और न वह औरत ही तुम्हारी बीवी है। किसी की त्वचा का स्वाद-गंध एक-सा नहीं।"

मैंने उदासी दबाकर, बड़े प्यार से कुत्ते को समझाया, "भाई, मैं पूरा मर्द हूँ, वह औरत है और यह बच्चा। तीनों की अवस्थाएँ और श्रेणियाँ अलग-अलग हैं, फिर त्वचा का स्वाद-गंध एक-सा कैसे हो सकता है ?"

कुत्ता कान-पूँछ हिलाने के साथ-साथ कूं-कूं भी करने लगा, जैसे डाँटकर और जोर देकर कह रहा हो, "····चुप, झूठे कहीं के। मेरी जीभ और नाक झूठी नहीं हो सकती। मुझे दुनिया में उन पर सबसे अधिक विश्वास है, तुमसे भी अधिक। मैं नहीं मान सकता कि···"

मैंने बहुत समझाया, कसमें खाईं, लेकिन उसके कान-पूँछ का हिलना बंद न हुआ।

उसी समय, असावधानी या घबराहट में मुन्ना का दायाँ पैर कुत्ते के दूधवाले तसले में गिर गया। कुत्ते ने पैर में दाँत गड़ा दिए, जैसे मेरी बात पर बिल्कुल विश्वास न हो, मुन्ना का खून मेरे खून से मिलाना चाहता हो। मुझे लगा—मेरे पैर में दाँत गड़ गए हों। क्रोध में मेरी फुंकार छूट गई, जैसे कहा हो, "इतना विश्वास!" और उठकर दूध का तसला कुत्ते के सिर पर दे मारा। कुत्ता कें-कें करने लगा, मुन्ना की ऐं-ऐं और बढ़ गई।

मुन्ने का चीखना, कुत्ते का चिल्लाना और तसले की फन-फन सुनकर आतंकित-से साहब, साहब की बीवी और उनके पीछे-पीछे मेरी बीवी आँगन में

दौड़ आए। मुन्ना की नजर अपनी माँ पर पड़ गई। मेरी बीवी ने भी मुन्ना को देख लिया था। वह चौंक पड़ी, जैसे कुत्ते ने अचानक भौंककर उसे काट खाया हो।

मेरी आँखें मुन्ना और मुन्ना की माँ पर थीं, लेकिन सुन्न हो गए मस्तिष्क के अँधेरे प्रकोष्ठ में भी जैसे दिखाई दे रहा था—'कें-कें' करता साहब का कुत्ता, उससे भी तेज भौंकती हुई-सी साहब और उनकी बीवी की भद्दी भयानक आँखें, आँगन में फैला कुत्ते की लार से चिपचिपाता सफेद दूध।

मुन्ना दौड़कर अपनी मम्मी की टाँगों में लिपट गया था। मस्तिष्क की सुन्नता में भी मुझे अपनी बीवी कुछ कमजोर लगी और छोटी भी—साहब से, साहब की बीवी से, अपने से, मुन्ना से, और शायद कुत्ते से भी अधिक छोटी। लग रहा था, जैसे जन्मजात रोगिणी हो या समाज-सेवा के लिए अपना पँसेरियों खून दान देकर आई हो। एक बार फिर अपने को बीवी से छोटा अनुभव किया।

साहब को देखकर कुत्ते का भौंकना बंद हो गया था।

मुन्ने की दम सधी। वह और जोर से अपनी माँ से लिपट गया। हिचकियों के स्वर में बोला, "मम्मी, मम्मी···कुत्ते ने काट लिया।"

साहब और साहब की बीवी उस समाज-सेविका महिला को, मुन्ना की माँ या मेरी बीवी के रूप में पहचानकर चौंक पड़े। मुझे लगा—उनके पिटे-पिटे, सूजे चेहरे मेरी ओर घूर रहे हैं। साहब का चेहरा विकृत, अनजाना हो गया था। उन लोगों की आँखें अविश्वास, आश्चर्य, घृणा या क्रोध में बिना किसी कारण विशेष के, बेतरतीब फैलकर और अधिक डरावनी लग रही थीं।

मेरी बीवी ने मुन्ने को झकझोरा, दो चाँटे लगाए और ऊबकर उठाए रद्दी के टोकरे की तरह बाँहों से झिझोड़कर कमर पर पटक लिया। वह बिना किसी की ओर देखे, होंठ चबाती-सी तेजी से दरवाजे की ओर मुड़ गई।

साहब और साहब की बीवी की आँखें और भी अधिक फटकर दरवाजे की ओर घूम गईं, घूमी रहीं, जैसे छिटककर मेरी बीवी की पीठ पर जा गिरी हों, और उसे धक्के देकर कह रही हों, "निकल जा, निकल जा···!"

मैं जड़वत् खड़ा रहा। संभवत: उस समय, सीधी खड़ी तराजू के जबरदस्ती हिला दिए गए पलड़ों की तरह, दिन-रात तेजी से घट-बढ़ रहे थे···सारी ऋतुएँ एक साथ, एक ही बिंदु पर सिमटकर नि:शब्द, निरपेक्ष, तेज गति से, बड़े से धब्बे के रूप में बदल गई थीं।

सहसा पैरों पर गुनगुने, चिपचिपे, कोमल स्पर्श ने मुझे चौंका दिया। नीचे देखा—साहब का कुत्ता मेरे पैर चाट रहा था, जैसे सच्ची श्रद्धा और विश्वास के साथ कह रहा हो, "माफ कर भाई, माफ करना दोस्त। मुझे पूरा विश्वास हो गया है—मुन्ना तुम्हारा ही बेटा है और वह औरत भी तुम्हारी ही बीवी है।"

□

पीर, बावरची, भिश्ती, खर

कुछ सूरतें हैं, जो मुझे पकड़े लिये जा रही हैं और मैं बिना विरोध किए उनके साथ चला जा रहा हूँ। मैं उनसे यह भी नहीं पूछ रहा—वे मुझे कहाँ लिये जा रही हैं? क्यों लिये जा रही हैं? वे सूरतें भी खामोश हैं। कभी लगता है, उनकी आँखों में हँसी की चमक दौड़ गई है, जैसे कह रही हों—'बच्चू, बहुत दिनों से तुम्हारी तलाश थी। आखिर चढ़ ही गए न दाँव पर!' मेरी त्यौरियाँ बदल जाती हैं। मन में आता है, डाँट दूँ—'यह क्या बदतमीजी है?' लेकिन आवाज, लगता है कहीं खो गई है। पता नहीं घर में रह गई या ऑफिस में मेज की दराज में रखी भूल आया। फिर याद आता है—नहीं-नहीं, शाम तक तो थी, घर आकर मुन्ने को दी थी, और अपनी छोटी बहन शांता को तो इतनी दी थी कि बेचारी एक घंटे तक रोती रही थी। हाँ, अच्छी तरह याद आया, मुन्ना, मुन्नी और शांता को डाँटने के बाद अपनी पत्नी कुसुम का सामना हुआ था। कुसुम ने आँखों के लाल-लाल बेलन और झनझनाती डाँट का काला तसला फेंककर मेरे सिर पर मारा था और फुर्ती के साथ मेरी आवाज मुझसे छीन ली थी।

मैंने अपने चारों ओर देखा—कोई चीज पहचानी नहीं लगती। न यह सड़क वह सड़क है, जिस पर मैं रोज चलता हूँ, जो कारों, बसों, ट्रकों, रिक्शों, ताँगों और आदमी-औरतों से भरी रहती है। न ये इमारतें वे इमारतें हैं, जिन्हें मैं रोज देखता हूँ और न यह शहर वह शहर है, जिसमें मैं रहता हूँ, या हो सकता है यह शहर, इमारतें वही हों, मुझे ही ध्यान न आ रहा हो, क्योंकि मैंने इन्हें कभी ध्यान से देखा भी तो नहीं और ध्यान देने की जरूरत भी नहीं अनुभव हुई। रोज दफ्तर जाता हूँ, लौटता हूँ—सैकड़ों इमारतें बीच में मिलती हैं, पीछे छूट जाती

हैं। इन सबको ध्यान से देखूँ-पहचानूँ, इतना समय ही कहाँ और फिर मतलब भी क्या है!

एक मोड़ पर कुछ रोशनी मिली—मैं ठिठका, मैंने उन सूरतों को ध्यान से देखा। एक क्षण लाभ—ये मेरी ही सूरतें हैं। फिर निश्चय हुआ—मेरी क्या, मेरी देखी, जानी-पहचानी हुई भी नहीं हैं। मन में यों ही एक शरारती प्रश्न उठा—'क्या मैं अपनी सूरत पहचानता हूँ?' जानते हुए भी कि यह मन की एक शरारत ही है, मैं सन्न रह गया। मुझे लगा, मैं वाकई अपनी सूरत नहीं पहचानता और आश्चर्य यह कि मैंने कभी किसी दूसरे को मि. कमलकांत (मेरा नाम) नहीं समझा। मैं रोज दिन में कम-से-कम एक बार, जब मैं ऑफिस जाने की तैयारी करता हूँ, तो बाल ठीक करने के लिए, टाई की नॉट ठीक करने के लिए या दाढ़ी बनाने के लिए अपनी सूरत शीशे में अवश्य देखता हूँ, लेकिन इसका अर्थ अपनी सूरत को पहचानने का प्रयास तो नहीं, पर उस समय मेरा ध्यान अपनी सूरत पर नहीं, सिर के बालों, टाई की नॉट या दाढ़ी के बालों पर (कहीं कोई फुल्ला उगा न रह जाए) रहता है। हाँ, मैं जब पान खाने किसी पनवाड़ी की दुकान पर रुकता हूँ, उसकी दुकान में सामने लगे शीशे पर मेरी नजर चली जाती है, लेकिन वहाँ भी मेरा ध्यान सूरत पर न होकर सिर के बाल और टाई की नॉट पर ही रहता है। फिर कैसे कह सकता हूँ कि मैं अपनी सूरत पहचानता हूँ? वैसे मैं पहचान भी कैसे सकता हूँ? दफ्तर में साहब के सामने मेरी और सूरत रहती है, अपने सबार्डीनेट क्लर्क्स के सामने दूसरी, घर के बच्चों के सामने तीसरी, बीवी के सामने चौथी और रास्ते में मेरी कोई सूरत ही नहीं रहती।

मुझे बड़े से हॉल में ले जाया गया। हॉल में काफी रोशनी थी। हॉल की छत से झाड़-फानूस लटक रहे थे। फर्श पर कीमती कालीन बिछे थे। बीच में मार्ग छोड़कर उस मार्ग के दोनों ओर चंदन की चौकियाँ पड़ी थीं। उन चौकियों पर भी कीमती कालीन बिछे थे। चौकियों पर मसनदों का सहारा लिये लोग बैठे थे। मैंने जैसे ही हॉल में प्रवेश किया, हॉल में बैठे प्रत्येक व्यक्ति की दृष्टि मेरी ओर उठ गई। सब आश्चर्य से मुझे देख रहे थे, जैसे उनके बीच कोई जंगली भालू पकड़कर लाया गया हो। सब लोग छाती फुलाए, साँस साधे और मूँछों पर ताव दिए ऐसे बैठे थे, जैसे कोई फोटोग्राफर आएगा और उनकी तसवीर खींचेगा। वे

किसी ओर देखते, मुसकराते या बगल की चौकी पर बैठे व्यक्ति से कुछ बहुत धीमे बोलते थे। उससे भी लगता था कि जैसे कोई पोज दे रहे हों। उनकी बगल में तलवारें रखी थीं।

हॉल में सामने एक ऊँचा-सा तख्त रखा था, उस पर सबसे कीमती कालीन बिछा था। उस कालीन पर सोने की एक कुरसी रखी थी। उस ऊँचे तख्त के दाईं ओर की लाइन में दो चौकियाँ छोड़कर एक चौकी खाली पड़ी थी। मुझे उस चौकी पर बिठा दिया गया। मेरी दाईं ओर बगल की चौकी पर बैठा व्यक्ति मुझे बड़े ध्यान से देख रहा था और अपनी घनी मूँछों में मुसकरा रहा था।

मैं सिर झुकाए बैठा था। मेरी समूची कल्पना शक्ति एक ही बिंदु में सिमट आई थी कि सब आँखें मुझे देख रही हैं। उन आँखों की ज्योति एक अव्यक्त भय बनकर मुझमें समाती जा रही है और अब ज्योति के स्थान पर उन आँखों में असंख्य शून्य भरते जा रहे हैं—दैत्य के, दर्द के, भय के और आत्म-प्रवंचना के शून्य। वे शून्य मकड़ी के जालों की तरह मेरे चारों ओर पुर गए हैं। मैं उन जालों में छोटे-से कीड़े की तरह फँस गया हूँ। मकड़ियाँ मुझे निगलने सरकती चली आ रही हैं। दूसरे क्षण मुझे लगा—जैसे मेरा कोई बहुत अपना मर गया है, जिसकी सूचना मुझे नहीं है, लेकिन ये सब उसके संबंध में जानते हैं और इस इंतजार में हैं, कोई दूसरा आकर अभी उस रहस्य का उद्घाटन करेगा या हम सब भयानक अपराधी हैं, अभी मेरी बगल में भी तलवार रखी जाएगी, जैसे इनकी बगल में रखी है और हम सबके पीछे एक-एक जल्लाद खड़ा हो जाएगा, कहीं से एक रूमाल हिलेगा और वे जल्लाद उन तलवारों से हम सबके सिर काट देंगे। मेरे पैरों पर लाल-लाल रंग की बड़ी-बड़ी हजारों चींटियाँ चढ़ने लगीं। लगा, पैरों मैं झनझनाहट हो रही है। वह झनझनाहट ऊपर बढ़ती जा रही है। अभी मेरा मस्तिष्क झनझनाकर शून्य पड़ जाएगा और तब मैं मर जाऊँगा या पागल होकर पता नहीं क्या बकने-झकने लगूँगा? मेरा मस्तिष्क फटने सा लगा। मैंने अपनी पैंट की जेब से रूमाल निकालकर माथे का पसीना पोंछ लिया।

मेरे दाईं ओर बगल की चौकी पर बैठे व्यक्ति ने जब मुझे बाँह पकड़कर खड़ा किया। मेरा ध्यान वापस आया। मैं चौंक गया, शायद अब वह समय आ गया, जिसकी मैं प्रतीक्षा कर रहा था। सबसे पहले मैंने अपनी बगल में चौकी

पर देखा—तलवार नहीं थी। पीछे गरदन घुमाई, जल्लाद भी नहीं थे। तभी मेरा ध्यान सामने और बगल के सब व्यक्तियों की ओर गया। सब खड़े थे, उनकी गरदन झुकी हुई थी, जैसे शोक में दो मिनट मौन धारण कर किसी मरनेवाले की आत्मा की शांति के लिए प्रार्थना कर रहे हों। चारों ओर घूमता हुआ मेरा ध्यान बड़े तख्त पर रखी सोने की कुरसी पर रुक गया। कुरसी पर बैठने की तैयारी में उसके पास बादशाही लिबास में एक व्यक्ति खड़ा था। मैंने उन सज्जन की ओर, जिन्होंने मुझे बाँह पकड़कर खड़ा किया था, कौतूहल की दृष्टि से देखा। उन्होंने थोड़ा सा मेरे पास सरककर कहा, "गरदन झुकाओ, ये शहंशाह अकबर हैं।" अकबर के बैठ जाने पर सब बैठ गए। मैं भी बैठ गया। मेरी आँखों के आगे इतिहास के पन्ने फड़फड़ाने लगे हैं। मुझे लगा—हजारों कबूतर हैं, जिनके पंख काट दिए गए हैं, फिर भी वे उड़े जा रहे हैं। मैं सोच रहा था, मुझे क्यों पकड़कर लाया गया है? तभी सुनाई दिया, अकबर मेरे बगल के व्यक्ति से कह रहे थे, "बीरबल, वह लाए?"

बीरबल ने अदब से खड़े होकर उत्तर दिया, "हाँ, आलमपनाह!" और मुझे फिर खड़ा कर दिया गया। बीरबल कहते गए, "हुजूर, यही वह व्यक्ति है। यह व्यक्ति पीर भी है, बावरची, भिश्ती और खर भी है।"

सब लोग मुझे आश्चर्य से देखने लगे। अकबर का ध्यान चारों ओर से सिमटकर मुझ पर ही जम गया। मैंने व्यक्ति के दोहरे व्यक्तित्व की बात सुनी थी, लेकिन अपने ही चार व्यक्तित्वों की बात सुनकर मुझे भी बहुत आश्चर्य हुआ। मुझे अनुभव होने लगा—मेरे और भी अनेक व्यक्तित्व हैं। वास्तव में मेरा कोई व्यक्तित्व नहीं है। हर आदमी के हजारों व्यक्तित्व हैं और वे सब जानवरों की दुनिया से आए हैं। वास्तव में किसी आदमी का कोई व्यक्तित्व नहीं।

कुछ क्षण मुझे ध्यान से देखने के बाद अकबर के मुँह से निकला, "कैसे?" बीरबल बताने लगे, लेकिन मेरे मस्तिष्क में यही गूँज रहा था, 'पीर भी है, बावरची, भिश्ती और खर भी है।'

मुझे लगा, पहले मेरी पूजा की जाएगी, फिर खाना बनवाया जा रहा है, मशक देकर पानी भरवाया जा रहा है और अंत में डंडे खाकर लादी ढोनी पड़ रही है।

बीरबल कहे जा रहे थे, "हुजूर, यह एक ऑफिस में हेड क्लर्क है। इसके नीचे काम करनेवाले सभी क्लर्क इससे डरते हैं; इसलिए इसका आदर भी करते हैं। उनके लिए यह पीर है।"

मुझे लगा, मैं वास्तव में पीर हूँ। मेरे सामने मेरा ऑफिस है। ऑफिस के गेट पर चहारदीवारी के अंदर दाईं ओर यूकेलिप्टस का पेड़ खड़ा है, जिसके सहारे बैठा ऑफिस का दरबान का काम करनेवाला चपरासी सुरती मलते-मलते सो गया था, मेरे पैरों की आहट पाकर जाग पड़ा है और बाएँ हाथ में सुरती थामे, दाएँ हाथ से आदाब ठोंकने के लिए उठ खड़ा हुआ है। मैं गरदन हिलाकर उसका आदाब स्वीकार कर रहा हूँ और मुझे लग रहा है—मैं मिस्टर कौशिक नहीं, यूकेलिप्टस का पेड़ हूँ। अपने बच्चों के लिए भी पीर हूँ। जब मैं घर पहुँचता हूँ, मुझे देखकर बच्चे जैसे काठ की तख्ती बनकर दीवारों पर टँग जाते हैं, जिन पर लिखा होता है—'कृपया शोर न मचाएँ...शोर मचाना मना है।' मुझे लगा, मेरे गले में बड़े-बड़े रुद्राक्ष की माला पड़ी है।...लेकिन...लेकिन इस तरह तो मेरी बीवी भी पीर है। जब मैं उसके सामने पहुँचता हूँ, लगता है, मुझे भी एक तख्ती बनाकर किसी दीवार के सहारे टाँग दिया गया है और मेरे ऊपर लिख दिया गया है—'नो पार्किंग हियर...'

बीरबल कहे जा रहे थे, "हुजूर, आजकल अफसर लोगों का स्वाद बदल गया है। वे मुर्ग-मुसल्लम की जगह रिश्वत खाना और खुशामद खाना अधिक पसंद करते हैं। आलीजाह, यह शख्स खुशामद के बहुत अच्छे पकवान बनाना जानता है और बना-बनाकर अफसरों को खिलाया करता है..." मुझे लगा, दहकता हुआ कोयला मेरे कानों में भर दिया गया है। मेरी आँखों और नाक में धुआँ भर दिया गया है—मुझे खाँसी आने लगी है। मैं सोच रहा हूँ, 'यह आदमी कितना झूठा और मूर्ख है? कैसे हाथ जोड़े बके जा रहा है। यह भी नहीं जानता—आजकल खुशामद करना ही सेवा-धर्म निभाना है। अगर मैं सेवा-धर्म न निभाऊँ तो मुझे सेवा मैं रखेगा ही कौन? हाँ, कभी-कभी मैं घर पर अवश्य खाना बनाता हूँ, लेकिन वह तो मेरे घर की बात है, उससे किसी को क्या? एक दिन बीवी नाराज हो गई थी। अपने हाथ से खाना बनाकर खिला दिया, तो खुश हो गई। अपनी बीवी को कौन खुश नहीं रखना चाहता? अगर रूठकर कहीं मैके

चली जाती तो? कमबख्त मैका भी तो यहीं है।…इनके कहने से क्या होता है? मैं ही जानता हूँ, एक बार चली गई थी, पूरे एक महीने (तनख्वाह के दिन तक) आने का नाम ही नहीं लिया था। मुझे ही चूल्हा सुलगाना पड़ा था…मुझे अनुभव हुआ—मेरे गले में पड़ी रुद्राक्ष की माला में सुमेरु के स्थान पर भारी सा चूल्हा लटका हुआ है।'

मुझे अपने चारों ओर कहकहे सुनाई पड़े। ध्यान भंग हुआ। देखा, पूरा हॉल मुझे देखकर हँस रहा है और बीरबल कहे जा रहे हैं, "आलमपनाह! यह अपने अफसर को चार गिलास पानी पिलाकर न जाने कितनी फाइलों पर पानी फेर देता है और अपना उल्लू सीधा करता है…" और मुझे दिखाई दे रहा था—मेरी इज्जत और शर्म नंगी खड़ी हो रही हैं। लोग उन्हें नंगा और रोता देखकर भी हँसते चले जाते हैं। मैंने अपनी एक बहन की शादी की थी। शांता की भी तो शादी करनी है। मुझे लगा—मेरी पीठ पर मुसीबतें बनकर सारी धरती घूम रही थी। वह अब बड़ी-सी मशक के रूप में बँधकर स्थिर हो गई है। मेरी सुनने की शक्ति, सहन करने की शक्ति…सारी शक्तियाँ मेरा साथ छोड़े जा रही हैं, लेकिन बीरबल फिर भी कहे जा रहा है, "और जहाँपनाह! खैर, तो यह खानदानी है। हजारों तरह की चिंताओं, पीड़ाओं और हजारों फाइलों का बोझ लादकर यह दिन-रात भागता रहता है—यह सपने में भी फाइलें पलटता रहता है…" …और मुझे याद आ रहा है, आज ऑफिस में मेरे साहब कह रहे थे, "आप गधे हैं…" और मैंने स्वीकार करते हुए कहा था, "जी, हुजूर!" मेरी बीवी तो अकसर कहती रहती है, "तुम्हारी अक्ल तो घास चरने चली जाती है…" और मैं खामोश खड़ा रहता हूँ…मुझे लगा—मैं गधे की तरह हाथ-पैरों के सहारे झुककर खड़ा हूँ। मेरे कान खिंचकर लंबे हो गए हैं। मेरे पीछे काम और गृहस्थी की एक पूँछ लटक रही है।

हँसी के कहकहे मेरे कानों में तैर रहे हैं। बीरबल की आवाज अब नहीं आ रही है। मैं आश्चर्य से देखने लगा हूँ। आश्चर्य बढ़ गया है। मुझे लग रहा है—मुझे हवा में उठाकर धरती पर पटक दिया गया है, लेकिन सारी धरती हवा बनकर उड़ गई है और मैं धरती के स्थान पर बने शून्य में त्रिशंकु की तरह लटका हूँ। मेरी आँखें फटी जा रही हैं, जैसे वे भी बाहर निकलकर हवा में उड़ जाएँगी। मैं आँखें मल-मलकर वस्तुस्थिति को समझने का प्रयास कर रहा हूँ, लेकिन कुछ

भी समझ में नहीं आ रहा है। मैं सोच रहा हूँ—दरबार कहाँ गया? यह तो मेरा ऑफिस है। बीरबल के स्थान पर मेरे छोटे साहब बैठे हैं और अकबर के स्थान पर बड़े साहब। शेष सब मेरे सबॉर्डीनेट क्लर्क हैं।

मुझे कल्पना में अपना 'पीर, बावरची, भिश्ती, खर' वाला रूप दिखाई दे रहा था। शर्म से मेरी गरदन झुक गई और मुझे लगा—एक ऊँचे टीले पर यूकेलिप्टस का पेड़ खड़ा है और उस टीले के नीचे मुझे खड़ा कर दिया है।

मैंने साहस करके छोटे साहब की ओर ध्यान से देखा है। मैं उनकी सूरत पहचान नहीं पा रहा और फिर इससे पहले मैंने उन्हें ध्यान से देखने का साहस ही कब किया था, जो पहचान पाता! हाँ, लग रहा था—कोई (शायद मेरा साहब) तनकर बैठा है। उसकी गरदन किसी ने, संभवतः उसके ही मिथ्या अहं ने खींचकर छत से लगा दी है। वह अपनी विकृत महत्त्वाकांक्षाओं का चूल्हा अपनी गरदन में लटकाए है। कुंठाओं, मानसिक ग्रंथियों और अनेक विकृतियों की मशक उसकी पीठ पर लदी है। वह गधे की तरह समय के डंडे खा-खाकर दूसरों पर रोब की दुलत्ती झाड़ रहा है। ठहाका मारकर हँसने लगा।

मुझे लग रहा था—सैकड़ों गधे मेरे ठहाकों के साथ रेंकने लगे हैं। आकाश कुछ और ऊपर चला गया है, छतें कुछ और ऊँची हो गई हैं और हम सबकुछ और छोटे पड़ गए हैं। मुझे अनुभव हो रहा था—मस्तिष्क में साँप के कुछ बच्चे पैदा हो गए हैं, जो आपस में लड़ रहे हैं और मेरे मस्तिष्क के संपूर्ण कोषों को खाते जा रहे हैं। मेरी पीठ पर लदी मशक और भारी होती जा रही है। चूल्हा बढ़कर जमीन पर घिसटने लगा है।...

अब मैं एक चौराहे पर खड़ा हूँ। मेरे साथ वे सूरतें नहीं हैं, जो मुझे पकड़े जा रही थीं। मेरी अपनी सूरत भी नहीं...। मेरे सामने, दाएँ-बाएँ, चौड़ी-चौड़ी सड़कें हैं, जिन पर सैकड़ों आदमी भागते चले जा रहे हैं, लेकिन ये आदमी नहीं रहे, विचित्र जंतु बन गए हैं। सबके गलों में रुद्राक्ष की माला पड़ी है। माला के सुमेरु के स्थान पर भारी चूल्हा लटका है। पीठों पर मशकें लदी हैं और सब गधों की तरह कान खड़े करके हाथ और पैरों के बल भागते चले जा रहे हैं—भूल, बहकी और बंद दिशाओं की ओर...।

आज आदमी का व्यक्तित्व कितना बौना, विकृत, कुबड़ा और टूटकर

कितने आकारों में विभक्त हो गया है, यह मुझे आज ही पता चला। आज मैंने अपनी सूरत देखी है—मेरी कोई सूरत नहीं। किसी की कोई सूरत नहीं। हममें से प्रत्येक की सूरत हजारों सूरतों का बेतुका-सा सम्मिश्रण मात्र है। अब मुझे लग रहा है, मैं इन सड़कों और इमारतों को पहचानता हूँ और महज इसलिए पहचान रहा हूँ, क्योंकि इनका एक निश्चित रूप है, लेकिन मैं सिर्फ आदमी को नहीं पहचानता, क्योंकि उसका कोई निश्चित रूप नहीं है। ये सड़कें और इमारतें अपने खंडित रूपों में आदमी में समा गई हैं और आदमी के रूप में मरे हुए पशु-पक्षियों के विकृत, सड़े और गुण-धर्मी रूपों को अपने में समेट लिया है। हजारों रूपों वाले एक रूप को कोई सही-सही पहचान भी कैसे सकता है!

□

टूटी हुई बैसाखियाँ

गाड़ी आने में अभी एक घंटा पंद्रह मिनट हैं। थोड़ी देर चलकर आराम कर लूँ। ऑफिस से घर है ही कितनी दूर, सिर्फ दस मिनट का ही तो रास्ता है और घर से स्टेशन आधा घंटा। गाड़ी भी पंद्रह मिनट रुकती ही है। मैं सोच रहा हूँ और घर की ओर बढ़ा जा रहा हूँ। मेरे कानों में धड़-धड़…धड़कती आवाजें आ रही हैं, बेसुरे ढंग से चीखती हुई सीटियाँ बज रही हैं और मुझे लग रहा है—मेरे चारों ओर गाड़ियाँ दौड़ रही हैं—धड़-धड़ करतीं, चीखतीं, टकराते-टकराते बचतीं और किसी को खोजती हुई गाड़ियाँ और मैं एक रिक्शे से टकराते-टकराते बच जाता हूँ। रिक्शे में एक युवती और एक युवक बैठे हैं। अचानक रुकने से रिक्शा जोर से हिल गया। युवक ने युवती को बाँहों में सँभाल लिया है। युवक मुसकराया या नहीं, उसे रिक्शे का हिलना अच्छा लगा या बुरा, मैं नहीं देख सका, लेकिन युवती के मुँह का स्वाद बिगड़ गया है। रिक्शेवाला शायद भुनभुना रहा है, "अंधे हो क्या, जरा देख के चला करो, बाबू!"

सचमुच मैं अंधा हूँ, अंधा होकर ही चलता रहा हूँ और अब भी अंधा होकर ही चला जा रहा हूँ—ऑफिस से घर, घर से स्टेशन, स्टेशन से प्लेटफॉर्म और प्लेटफॉर्म से गाड़ी के पीछे—एक आनेवाली गाड़ी के पीछे। वह भी जानती है—मैं अंधा हूँ, साथ ही लँगड़ा भी, इसीलिए पत्र की बैसाखी भेज दी है, 'स्टेशन पर मिलो।'

"अब तो हट जाओ, बाबू!" रिक्शेवाले की चीखती हुई बेसुरी आवाज कानों से टकराई, जैसे किसी गाड़ी की सीटी देता हुआ इंजन पटरी से उतरकर प्लेटफॉर्म से टकरा गया हो। मैं सहमकर एक ओर सरक गया। रिक्शा निकल

गया। रिक्शे के पीछे रिक्शा, ताँगे, कारें, बसें, उन पर बैठे हुए युवक-युवतियाँ, जिनके मुँह का स्वाद बिगड़ गया है, फिर भी मुसकरा रहे हैं। सबकी पीठों पर एक-दूसरे को क्रॉस करते हुए हड्डियों के दो टुकड़ों के ऊपर खोपड़ी का ढाँचा, ढाँचे के ऊपर मोटे काले अक्षरों में लिखा है—'डेंजर' और नीचे लिखा है—'हॉर्न प्लीज'। पता नहीं क्यों, मुझे हँसी आ रही है। मैं फिर चलने लगा हूँ।

मेरी जेब में वह बैसाखी पड़ी है, जिसके सहारे मुझे स्टेशन पहुँचना है, लेकिन मैं क्यों जाऊँ? वह अपने पति के साथ बनारस जा रही है···प्रसन्न है और मुझसे मिलना भी चाहती है···क्यों? मैं भी अपनी बीवी के साथ प्रसन्न हूँ। मैं उससे नहीं मिलना चाहता, लेकिन क्यों नहीं मिलना चाहता? यद्यपि मैं प्रश्नवादी हूँ, लेकिन आज यही एक प्रश्न मेरे लिए प्रश्नों का सिलसिला बन गया है।

वह मुझसे कभी-कभी कहा करती थी, 'मदन, मुझे लगता है, हम एक-दूसरे के इतने निकट होकर भी शायद एक-दूसरे को अच्छी तरह समझ न पाए, फिर भी साथ बुरा नहीं। सिर्फ तुम थोड़े बुद्धू हो।' और हँसने लगती थी। वह एक बार बोलती थी, चार बार हँसती थी। उसे बोलने और हँसने के दो ही तो शौक थे।

कभी-कभी मैं उसे परेशान करने के लिए बेसिर-पैर की बातें करने लगता था। एक दिन मैंने पूछा था, 'विक्की, तुम्हें कबूतर, मुरगी या शुतुरमुर्ग में कौन सा पक्षी पसंद है?' और उसने बड़े इत्मीनान से चार बार हँसकर, एक बार धीरे से कहा था, 'देखो मदन, किसी से कहना नहीं। बात दरअसल यह है कि मुझे कौवे और उल्लू सबसे अधिक पसंद हैं और इनसे भी अधिक मैं तुम्हें पसंद करती हूँ।' और फिर उसने मेरे चेहरे को ध्यान से घूरकर कहा था, 'मदन, मुझे बैंगन का भुर्ता बहुत अच्छा लगता है। तुम्हें भी अच्छा लगता है न?' मैं हँस पड़ा था और उसकी चोटी खींचकर बोला था, 'अच्छा तो ले, अभी भुर्ता खिलाता हूँ।' चोटी खिंचने पर चीखने की जगह वह और जोर से हँसने लगी थी। 'बड़ी अजीब लड़की हो!' मैं बड़बड़ाया था।

"बाबू आ गए··· बाबू आ गए···!" जया की आवाज ने मेरा ध्यान भंग किया। मैंने स्वयं को अपने दरवाजे पर खड़ा पाया। मेरी दृष्टि कलाई पर गई, "ओह, सिर्फ पचास मिनट।" मैं झटपट घर में गया और अपने कमरे में जाकर

ऑफिस के कपड़ों में ही शेव करने बैठ गया हूँ। मेरी पत्नी मीनाक्षी मेरे सामने आकर हँसने लगती है। कमबख्त यह मीना भी तो बहुत हँसती-बोलती है। मुझे आज किसी का हँसना-बोलना अच्छा नहीं लग रहा है। मन में आ रहा है, इसका मुँह नोच लूँ, जबान खींच लूँ, लेकिन मैं ऐसा नहीं कर सकता, क्योंकि मैं यह जाहिर नहीं करना चाहता कि मुझे हँसना-बोलना पसंद नहीं। मैं गंभीर हूँ और पूछ रहा हूँ, "क्यों, क्या बात है? मैं कोई चिड़ियाघर का जंतु तो नहीं?"

मुझे याद आ रहा है, एक दिन मैंने विक्की से कहा था, 'विक्की, चलो, चिड़ियाघर चलें!' और वह इसी तरह हँसने लगी थी, हँसती रही थी और उसने कहा था, 'वाह, चिड़ियाघर खुद कह रहा है—चलो, चिड़ियाघर चलें!' मैंने उसको चाँटा मार दिया था और उससे कभी न बोलने का निश्चय करके चला आया था। लेकिन घंटा भर बाद वह उसी तरह हँसती हुई आई थी और मुझे पुचकारते हुए बोली थी, 'चलो, तुम्हें चिड़ियाघर ले चलें। देखो, यों नाराज नहीं होते···' फिर स्वगत भाषण किया था, 'ये चिड़ियाघर वाले बड़े लापरवाह हैं। पहले तो ध्यान नहीं दिया, एक को भाग जाने दिया और अब परेशान होकर ढूँढ़ते फिर रहे हैं। और वह भी तो बड़ा बदमाश है—पालतू होकर भी रहा जंगली का जंगली ही। अरे बाप रे, अभी घंटाभर पहले मुँह को आड़ू समझकर उसी पर टूट पड़ा···' और किसी-न-किसी तरह मनाकर, हँसाकर मुझे चिड़ियाघर ले ही गई थी।

मेरा हाथ रुक गया है। मैं विक्की और चिड़ियाघर को सामने देख रहा हूँ, लेकिन मीना हँसे जा रही है। काफी देर हँसने के बाद उसने कहा, "अरे, सवेरे तो शेव की ही थी। ऑफिस ने ऐसी कौन-सी खाद लगा दी कि शाम तक गुरुदेव की दाढ़ी से भी आठ इंच बड़ी हो गई?" मैं और गंभीर हो गया हूँ। जल्दी-जल्दी शेव करने लगा हूँ। मीना हँसती-हँसती अंदर चली गई है।

□

मीना चाय ले आई है। मैं हाथ-मुँह धोकर मुँह को क्रीम से महका रहा हूँ। ऑफिस के कपड़े बदलकर ताजा धुले कपड़े पहन लिये हैं। अब मैं टाई बाँध रहा हूँ। मीना मेज पर चाय रखकर मेरे पास आई और टाई छीनकर बोली, "लाओ, इस पर लिख दूँ—पालतू।" और फिर हँसने लगी।

'चटाक्'—मीना के गालों पर एक चाँटा पड़ा और मैं चीख उठा, जैसे

सैकड़ों गाड़ियाँ एक साथ चीख उठी हों, "मुझे यह बक-बक करना बिल्कुल पसंद नहीं।" मीना अवाक् खड़ी है। उसके गालों पर आँसू सरक आए और मैं जैसे छोटे से गमले में नुकीले, काँटेदार कैक्टस की तरह खड़ा कर दिया गया हूँ।

मैं चाय की मेज के पास बैठकर ठंडी चाय धीरे-धीरे सिप करने लगा हूँ। मीना ने आँचल मुँह में दबाया या नहीं, मैं सोच रहा हूँ, 'मीना ठीक ही तो कहती है। सचमुच मैं पालतू हूँ। पहले विक्की का पालतू था, आज मीना का पालतू हूँ। साथ ही बुद्धू भी।'

विक्की के पिताजी का ट्रांसफर हो गया था, विक्की उनके साथ चली गई थी। उसका हर हफ्ते पत्र आता था—हँसाने वाली बातों से भरा। धीरे-धीरे पत्रों का आना कम हो गया (जैसे कि प्रेम-कहानियों में अकसर हो जाता है)। एक साल बाद उसका पत्र आया, 'मेरी शादी तय हो गई है। लड़का अच्छा है। उसमें बस एक ही कमी है कि वह तुम्हारी तरह बुद्धू नहीं है…शादी में जरूर आना, लेकिन देखो, अबकी बार पूछकर आना, नहीं तो बेचारे (चिड़ियाघर वाले) परेशान होंगे।'

पुनश्च: 'न ही लगे हाथ अब तुम भी अपनी शादी कर डालो, ताकि पालतू बन सको। नहीं तो जंगली के जंगली ही रहोगे।'

उसके बाद पता नहीं मैं किस जिद में आ गया, विक्की की शादी के मुहूर्त में ही मैंने भी अपनी शादी कर डाली। अब चार साल बाद विक्की का यह पत्र आया है।

ओह, सिर्फ पंद्रह मिनट? लेकिन यह घंटा, मिनट, सेकंड का हिसाब क्यों याद आ रहा है? मैं नहीं जाऊँगा उससे मिलने। मीना को बेकार ही पीट दिया। मुझे विक्की से क्या मतलब? वह खुश है तो मैं ही कौन दुःखी हूँ? वह मेरी है ही कौन, जो मैं उसका पालतू बनूँ? मैं अगर पालतू हूँ भी तो कानूनन केवल अपनी मीना का। मैं उसके पत्र की बैसाखी लगाकर स्टेशन क्यों जाऊँ? और मैं घूमने चल पड़ा।

मुझे लग रहा है कि हर आदमी अपनी बीवी के चाँटा मारकर आया है और स्टेशन जा रहा है, अपनी-अपनी विक्की से मिलने, लेकिन मैं? जैसे सड़क पर पिघले तारकोल पर पिघलकर गिर पड़ा हूँ और उसी से चिपक गया हूँ।

हर आदमी मेरे ऊपर से भागता जा रहा है या मैं सड़क पर नहीं चल रहा, यह उखड़ी-उखड़ी, टूटी-टूटी सड़क ही मुझ पर चल रही है। इन हँसती-बोलती और एक-दूसरे का मजाक उड़ाती हुई दिशाओं पर मुझे क्रोध आ रहा है। फिर भी मैं इन दिशाओं का साथ दे रहा हूँ, क्योंकि मुझे स्टेशन की दिशा का साथ नहीं देना है। मैंने गड़े मुरदे उखाड़े हैं, उन्हें और गहरा गाड़ने के लिए, जिससे किसी भी प्रकार की आँधियों में उड़ती रेती उन्हें नंगा न कर सके।

मैंने विक्की के किसी पत्र का उत्तर तक नहीं दिया। शादी में नहीं गया, अपनी शादी का निमंत्रण नहीं भेजा, फिर भी वह मुझसे मिलना चाहती है—क्यों? अजीब बेवकूफ है। उसे मेरी इन्हीं—पत्र न देने आदि की—बातों से समझ लेना चाहिए था कि मैं उससे नहीं मिलना चाहता। सड़े हुए संबंधों और अपाहिज संस्कारों का व्यामोह मैं नहीं पालता।

□

सड़कों पर बत्तियाँ जल गई हैं। मुझे लग रहा है, ये बल्ब मुझ पर हँस रहे हैं। मैं जलते हुए बल्बों को सहारा देनेवाले बिजली के खंभों से टकराता चला जा रहा हूँ, जैसे कह रहा होऊँ, 'यह क्या बदतमीजी है! जानते नहीं, हँसने के कारण ही मैंने मीना के चाँटा मारा है। हँसने के कारण ही आज मैं विक्की से मिलने नहीं जा रहा।'

इस सर्दी में भी मेरे माथे पर पसीना आ रहा है। मैं बदहवास देख रहा हूँ। मुझे लग रहा है—न चाहते हुए भी मेरे पैर विक्की के पत्र की बैसाखी लगाकर शायद मुझे स्टेशन के प्लेटफॉर्म नंबर एक पर ही ले आए हैं, लेकिन गाड़ी सीटी देकर चल पड़ी है। अनुभव कर रहा हूँ—गाड़ी नहीं, रंग-बिरंगे रूमालों की हिलती हुई नुमाइश जा रही है। प्लेटफॉर्म पर खड़े व्यक्ति अपने हाथ और रूमाल हिला रहे हैं। गाड़ी की खिड़कियाँ हाथ और रूमाल हिला रही हैं। तभी मुझे लगा, आखिरी डिब्बे से तीन डिब्बे पहले एक डिब्बे से दो आँखें संभवतः मुझे ही देख रही हैं। मुझे देखते ही उन आँखों में एक चमक दौड़ गई है—गीली-गीली चमक और एक गोरा, लंबी-पतली अंगुलियों वाला हाथ बाहर निकलकर हिल रहा है और मैं भी अपना हाथ ऊँचा करके हिलाने लगा हूँ। मुझे लगा, मैं और रूमाल या हाथ हिलाते हुए ये सब खंड-खंड कर पटरी पर बिछा दिए गए हैं और एक

पुरानी जर्जर गाड़ी हमारे इन खंडों के ऊपर से गुजर रही है, गुजरती जा रही है—दूर···बहुत दूर···शताब्दियों से एकरस हिलते हुए हाथों के साथ।

मैं अपने कंधे पर स्पर्श से चौंक गया हूँ। मेरा मित्र मेरे कंधे झकझोरकर कह रहा है, "अबे, हाथ उठाए पागलों की तरह क्या सोच रहा है? आ, एक-एक कॉफी हो जाए।"

सामने कॉफी हाउस है। हम हँसते हुए कॉफी हाउस में प्रवेश कर रहे हैं और मैं अनुभव कर रहा हूँ—सदियों पुरानी एक बैसाखी टूट गई है। और मुझमें उसके बिना बड़े आराम से चलने का सामर्थ्य है और शायद मैं सारी बैसाखियाँ तोड़कर और आराम से चल सकता हूँ। एक निश्चयात्मक विचार बार-बार सिर उठा रहा है—हाँ, ये बैसाखियाँ टूटनी ही चाहिए।···ठंडे, मुर्दा संबंधों को सहेजकर चलने वाली भावुकता समाप्त होनी ही चाहिए।

□

गंधों के साये

पता नहीं कैसी गंध है, जो अभी भी कमरे में भटक रही है। कभी दीवारों से टकराती है, कभी उस कोने में झुककर कुछ खोजती है, कभी इस कोने से टिककर खड़ी हो जाती है। गुमसुम, उदास! कभी खिड़की से बाहर मुँह निकालकर देखती रहती है—सड़क पर खड़े ट्रकों को, ड्राइवरों के गंदे इशारे और भद्दे मजाकों को और फिर चुपचाप आकर मेरी कुरसी पर बैठ जाती है। मेरी किताबों के रैपर टटोलती है, पत्रिकाओं के पन्ने खड़खड़ाती है। उसे तेज हवा पसंद नहीं, यह मैं जानता हूँ, इसलिए पंखा फुल स्पीड पर कर दिया है, फिर भी नहीं निकल रही—मेरे पैरों से लिपट रही है। कमर से, गले से और बालों से लिपट रही है। मैं परेशान हूँ कि इसे कैसे निकाला जाए? मैं सोच रहा हूँ, यह बस एक बार निकल जाए तो मैं खिड़कियाँ-दरवाजे एकदम से बंद कर दूँ। फिर यह लाख सिर पटके, मिन्नतें करे, मेरे कारण आत्महत्या कर लेने की धमकी दे, लेकिन मैं दरवाजा खोलने का नहीं, हारकर खुद ही कहीं चली जाएगी। मैं बार-बार झुँझलाता हूँ—न जाने कैसे लोग थे, जो खुद तो चले गए और इस कमबख्त को यहीं छोड़ गए, मेरी नींद हराम करने के लिए।

आज सुबह ही एक अधेड़ अपनी नवविवाहिता के साथ यह कमरा छोड़कर गया है। सुना है, उन्हें कहीं सबर्ब में लीव-लाइसेंस पर एक फ्लैट मिल गया है। मैंने अपना फोर-सीटेड कमरा छोड़कर इस पर कब्जा जमा लिया है। सुबह ऑफिस जाते समय मैनेजर से कहा गया था—कमरे की सफाई करा दे, चारपाई की चादर और तकियों के गिलाफ बदलवा दे, फ्लिट भी करवा दे, ताकि कोई मच्छर किसी कोने में चिपका हो तो मर जाए या भाग जाए। मेरे कहे अनुसार सब

ठीक-ठाक हो गया है। एक भी मच्छर दिखाई नहीं दे रहा। सिर्फ यह गंध रह गई है—जवान जिस्म की, टकराव की, भावनाओं की मिली-जुली गंध।

मैं गंध से लिपटी हलकी फुसफुसाहटें महसूस कर रहा हूँ, लेकिन बहुत कोशिश करने पर भी उन्हें पकड़ नहीं पा रहा।

आखिर वे लोग इस तरह फुसफुसाकर क्यों बातें कर रहे होंगे?

हूँ, करते होंगे। मुझे क्या?

मैं ध्यान गड़ाने लगा हूँ—वह लड़की···नहीं, औरत कैसी थी? हाँ, एक महीना पहले, जब इस कमरे में आई थी, लड़की ही तो थी, लेकिन आज सवेरे जब जा रही थी, पूरी औरत लग रही थी।

लड़कियाँ बड़ी जल्दी औरत बन जाती हैं।

क्या सभी लड़कियाँ सिर्फ एक महीने में ही औरत बन जाती हैं?

मैंने करवट बदल ली है। मैं अपना हाथ बार-बार अपनी पीठ पर फेरता हूँ, लेकिन गंध है कि अपने सिहरन भरे पंजे मेरी पीठ पर गड़ाकर रीढ़ की हड्डी के सहारे धीरे-धीरे रेंग रही है।

मैं उठकर होटल की छत पर आ गया हूँ। टहलने लगा हूँ। नौकर सो रहे हैं—क्या इन्हें गंध महसूस नहीं होती? मैं सोच रहा हूँ और मन में आ रहा है—इन्हें जगाकर पूछूँ—राम बाबू रोज कमरा साफ करने जाता है, विट्ठल ने हर इतवार को चादरें बदली हैं, बच्चीराम हर समय चाय, कॉफी, नाश्ता और खाना पहुँचाता रहा है—क्या उन्हें यह गंध कभी नहीं मिली, जो मुझे सोने नहीं दे रही? क्या उनके कानों ने उन फुसफुसाहटों को कभी नहीं छुआ, जो उस कमरे में गूँजी हैं? उस गंध से लिपटी हैं?

मैं नौकरों को जगाने के लिए बढ़ता हूँ, फिर खड़ा होकर हँसने लगता हूँ—क्या बेवकूफी है? वे पति-पत्नी थे। नई-नई शादी हुई थी—करते होंगे कुछ, मुझे क्या?—मैं फिर हँसने लगा हूँ। मुझे लग रहा है, आसमान मेरे कंधों पर झुक आया है, सितारे मेरी खिड़की की ओर भागे आ रहे हैं।···सामने घिरा-घिरा समुद्र है। जहाज खड़े हैं, जिनका माल अभी उतारा नहीं गया है। वे ऊँघ रहे हैं। रोशनियाँ पानी में कूद गई हैं। उनके जवान जिस्म की झिलमिलाहट मेरी आँखों को चौंधिया रही है। लगता है, उनमें कुछ 'बेदिंग कास्ट्यूम' पहने हैं और कुछ

एकदम नंगी हैं—गोरी, चिकनी, सुडौल। धीरे-धीरे तैर रही हैं। उनके हाथ-पैरों की हरकत, शरीर की लचक—कालिदास, भारवि, माघ और श्रीहर्ष की तन्वी, श्यामा, शिखरदर्शनाओं को मुँह चिढ़ा रही हैं।

मैं सोच रहा हूँ—यह होटल समुद्र के किनारे न होकर बीच शहर में होता तो कितना अच्छा होता! कम-से-कम मेरी रीढ़ के सहारे कोई गंध तो न रेंगती··· नंगी, भीगी हुई रोशनियों के साये मेरी पलकों पर तो न झुकते। भीड़ के किनारे बसना और अकेलेपन से जूझना कितना कष्ट-साध्य है।

मैं कमरे में लौट आया हूँ। लाइट ऑफ कर सोने की कोशिश कर रहा हूँ। लेकिन एक विचार बार-बार सामने आ रहा है—किराए की औरत और किराए की चारपाई स्वयं में अनेक गंधों की भीड़ होती है।

सुना है, पड़ोस के होटल में महीने के हिसाब से कमरे नहीं मिलते। घंटे और रात के हिसाब से मिलते हैं—किराए की औरत···न जाने आज कैसा खाना बना था, जी मितला रहा है। मैं बाथरूम में जाकर हाथ-मुँह धोता हूँ। गंध असह्य हो गई है।

मैं महसूस कर रहा हूँ कि किसी गंध का अनभ्यास और गंध-वृत्त का अभाव ही व्यक्ति को परेशान करता है। मुझे लग रहा है कि मैं एक ऐसे धुँधलके से गुजर रहा हूँ, जिसमें कोई तसवीर, कोई अनुभूति अपनी समग्रता में नहीं उभरती, सिर्फ अपने होने का आभास भर देती है और खो जाती है। मैं नहीं जानता और न यही महसूस कर पा रहा हूँ कि गंध की इस भीड़ में एक गंध मेरी भी हो सकती है।

इस चारपाई पर कितनी चादरें बदली गई हैं! कितने आदमी बदले हैं?

होटलों के सहारे जिंदगी गुजारने वाले आदमियों और होटल की चारपाई पर बदली जानेवाली चादरों में क्या फर्क है?···

मैं अपनी चारपाई से चादर हटा देता हूँ—ओफ! इतना गंदा गद्दा! सुबह मैनेजर से कहूँगा कि गद्दा बदलवा दे और फिर चादर बिछाकर लेट जाता हूँ। थोड़ी ही देर में भूल जाता हूँ कि कितनी साफ, उजली चादर के नीचे बहुत ही गंदा गद्दा है, जिसे सुबह बदलवाना है।

सोच रहा हूँ, जब से यह होटल बना है, तभी से यह चारपाई कमरे में डाल

दी गई होगी। अनेक विद्यार्थी, अनेक नौकरीपेशा, व्यवसायी, पति-पत्नी और पति-पत्नी न भी···इस पर से गुजरे होंगे और चादरें बदलती रही होंगी!

एक विचार मन में आ रहा है—यदि यह चारपाई एक औरत होती तो इस गुजरने वाली भीड़ के संबंध में क्या सोचती!

···हुँह! हर औरत एक चारपाई ही तो है—कोई घर की, कोई होटल की··· इसकी चादर सात दिन बाद बदलती है और औरत नाम की चारपाई की चादर हर रोज बदलती है और यहाँ उनमें से कुछ ऐसी चारपाई भी हैं, जिनकी चादरें एक रात में न जाने कितनी बार बदली जाती होंगी?···एक या कुछ के बारे में सोचा जा सकता है—भीड़ के बारे में नहीं।

एकरसता मानसिक अनभ्यास की स्थिति को समाप्त कर देती है और वह एकरसता बदलते रहने की भी स्थिति हो सकती है और स्थिर रहने की भी।

अगर इस चारपाई पर कोई बीमार, टी.बी. या किसी भी संक्रामक रोग से पीड़ित व्यक्ति रहा हो तो क्या उसकी बीमारी के कीटाणु इनमें नहीं होंगे? यह विचार आते ही मेरा दिल काँप उठता है। मैं लाइट जलाकर बड़े गौर से देखने लगता हूँ कि कोई कीटाणु नजर आ जाए और उसे मैं मार डालूँ।

संक्रामक जीवों को मार डालना ही अच्छा है! मैं सोच रहा हूँ।

होटल के मालिक से मैं मिला था, बड़ा संक्रामक लगा···

कुछ लोगों की बीवियाँ बड़ी संक्रामक होती हैं···क्या वाहियात बात है! मैं आँख बंद कर लेता हूँ और तकिया बगल में दबाकर सोने की कोशिश करता हूँ।

रात अपना दरवाजा बंद करने से पहले मेरे पड़ोसी मिस्टर गिरि ने अजीब ढंग की मुसकराहट होंठों पर चिपकाकर कहा, "गुड नाइट!" मेरी दृष्टि बगल में दबे तकिए पर चली जाती है। लिखा है—"स्वीट ड्रीम्स!"

उफ, बड़ी गरमी है। लगता है, पंखा बंद हो गया है। मैं आँखें खोलकर पंखे की तरफ देखने लगा हूँ। पंखा सर्-सर् की तेज आवाज के साथ फुल स्पीड पर घूम रहा है।

अरे, पंखे की आवाज अभी तक कहाँ थी?

शायद अभी तक बंद रहा हो और मेरे देखते ही डर से चलने लगा हो··· मैं अपनी विशेषता अनुभव करता हूँ—इन किराए की चीजों का कोई भरोसा नहीं।

मैं अपने-आप से मजाक करता हूँ और एक व्यंग्य भरी मुसकराहट मेरे होंठों को चूम जाती है। मुझे लग रहा है, छत शायद नीचे धँसती चली आ रही है। मन में विचार उठ रहा है—आज अगर मैं सो गया, तो यह मेरे ऊपर गिर पड़ेगी।

मैंने फिर आँखें बंद कर ली हैं। नींद नहीं आ रही। बार-बार लग रहा है—इस चारपाई पर शायद कोई कोढ़ी भी सोया था···इस कमरे में तीन-चार महीने पहले मिस्टर शर्मा के पिताजी की कैंसर से मृत्यु हो गई थी···शर्मा की माँ ने यहीं फर्श पर गिरकर चूड़ियाँ तोड़ी थीं।···मैं लाइट जला देता हूँ। मेज से शीशा उठाकर अपनी सूरत देखने लगता हूँ—नहीं-नहीं···मैं तो जिंदा हूँ, मुझे कोढ़ नहीं हुआ। अचानक दृष्टि फर्श पर चली गई है।···कहीं कोई काँच का टुकड़ा न पड़ा हो, जो चारपाई से उतरते ही पैर में गड़ जाए।

काँच से सैप्टिक हो जाता है। मेरी दृष्टि 'डिटॉल' की शीशी पर चली जाती है। पति के मरने पर औरतें चूड़ियाँ क्यों तोड़ देती हैं? मौत का क्रोध इन बेचारे काँच के टुकड़ों पर क्यों उतारा जाता है? खामखाह चार-छह रुपए का नुकसान करती हैं। कहीं कलाई में चुभ जाएँ और सैप्टिक हो जाए तो···दर्द सहिए, इलाज करवाइए और फिर भी ठीक न हों तो···हाथ कटवाइए और मुझे दिखाई दिया—शर्मा की माँ के हाथ कट गए हैं। न जाने कितनी औरतों के हाथ कट गए हैं?

हाथ-कटी औरतें बड़ी भद्‌दी और भयानक लगती हैं। मैं सोच रहा हूँ और लाइट ऑफ कर लेट गया हूँ।

करवट बदलकर आँखें बंद कर ली हैं—अगर घर से न भागता, तो शायद होटलों की यह गंध न सहनी पड़ती।

लोग घरों से क्यों भागते हैं? और भागकर शहरों की ओर क्यों जाते हैं? मैं अपने मन में वाहियात और अजीब-अजीब तर्क भिड़ाने लगा हूँ—गाँव से गाँव की ओर भागे तो गँवार, जंगल की ओर भागे तो जंगली···श्मशान की ओर भागे तो···तो···तो···मुर्दा!···नहीं-नहीं, भूत···! शहर की ओर भागे तो बाबू—चोरी करे तो बाबू, नौकरी की तलाश में चप्पलें तोड़े तो बाबू और भीख माँगे या भूख से तड़पकर मर जाए तो भी बाबू?···होटल की संक्रामक चारपाई और बाबू···

···माँ कभी तीज-त्योहार के दिन तो रोती ही होगी! माँ भी क्या पानी का जीव है? नहीं, शायद मशक है, मशक। पानी से भरी मशक और मुझे लगा,

मेरे चारों ओर पानी-ही-पानी हो गया है। चारपाई पानी में तैरने लगी है। भीगे हुए चमड़े की अजीब-सी गंध मेरी नाक में भरने लगी है। मैं लाइट जलाने की कोशिश करता हूँ लेकिन बल्ब शायद फ्यूज हो गया है। मैं अचानक बैठ गया। लाइट जला दी। कहीं कुछ भी नहीं···न जाने क्यों, घर बार-बार याद आ रहा है—क्या रखा है घर में?

···भाभी ने कितनी बुरी तरह कस लिया था, होंठों से खून निकलने लगा था···मैं फिर शीशा देखने लगा हूँ। गंध असह्य हो उठी है।

मैं उठकर बाहर बरामदे में निकल आया हूँ और टहलने लगा हूँ। मेरे कदम नंबर छब्बीस के आगे जाकर अचानक ठहर गए हैं।

दरवाजे में बने छोटे से छेद से अंदर झाँकने लगा हूँ—कुछ दिखाई नहीं देता। अँधेरे में चलती-फिरती साँसों की आहट हो रही है। मैं कुछ देर छेद में आँखें डाले खड़ा रहता हूँ। फिर हट जाता हूँ।···टहलने लगता हूँ और मन-ही-मन एक ही बात बार-बार अनेक धुनों में गुनगुनाने लगता हूँ—'कल्लो सो रही है···कल्लो सो रही है···'

मैं उसका नाम नहीं जानता। वह नंबर छब्बीस में रहती है। वह है, उसका पिता है। छोटा भाई है। भाई कहीं पढ़ता है। पिता रेलवे के दफ्तर में क्लर्क हैं और स्वयं किसी दफ्तर में स्टेनो है। नाक-नक्श बुरे नहीं, रंग हलका साँवला है। जब बाहर बरामदे में खड़ी होती है, तो आसपास के कमरों में घिरा सन्नाटा टूटने लगता है। फुसफुसाहटें और लुके-छिपे इशारे घिसट-घिसटकर बरामदे में निकल आते हैं। फिर भी पता नहीं क्यों, यार लोगों ने उसका नाम 'कल्लो' रख दिया है!

···लेकिन वह औरत, जो एक महीने पहले लड़की थी और आज औरत बनकर कमरा छोड़ गई, जब बरामदे या नल पर आती थी तो सभी पड़ोसियों को किसी-न-किसी चीज की जरूरत अनुभव होने लगती थी—कोई शेव के लिए गरम पानी का ऑर्डर देने, कोई चाय-कॉफी का ऑर्डर देने, कोई खाने का ऑर्डर देने, और कोई एक-दूसरे से—'गुड मॉर्निंग, गुड ईवनिंग, गुड नाइट' ···फिर, 'आज आप दिखाई नहीं दिए' कहने बाहर निकल आता है। आज जब वह चली गई है, दिनभर उसी की चर्चा बरामदे में टहलती रही है।

मिस्टर तिवारी कह रहे थे—"गुप्ताजी, बेचारी के कर्म फूट गए। किसी खूसट के पल्ले पड़ गई।"

"हम क्या मर गए थे?" मिस्टर चौधरी ने साँस खींची।

और मिस्टर गुप्ता ने साँस छोड़ते हुए कहा, "अमां, क्यों उसके लिए परेशान होते हो? मिस्टर भुवन ने…"

मिस्टर भुवन जाते हुए दिखाई दिए, तो गुप्ताजी ने रोक लिया, "भुवन साहब, ये जो नंबर तेईस में मियाँ-बीवी रहते थे न, बेचारे बड़े भले आदमी थे। बीवी तो बहुत ही शरीफ थी। क्या आपको पता है—कहाँ फ्लैट लिया है उन्होंने?"

"जी नहीं, मुझे नहीं पता।" मिस्टर भुवन मुँह बिगाड़कर चुपचाप गरदन झुकाए चले गए। शेष सब जोर-जोर से हँसने लगे हैं।

शाम को ये लोग मुझे भी बना रहे थे, लेकिन मैं बिना कुछ कहे-सुने घूमने चला गया और काफी रात गए लौटा था। वे लोग सो गए थे। मिस्टर गिरि जाग रहे थे, शायद मुझे 'गुड नाइट' कहने के लिए। मैंने 'गुड नाइट' के जवाब में धड़ से किवाड़ बंद कर दिए। सारे कमरे में पैनी नजर डाली, कपड़े उतारे और लाइट ऑफ कर दी।

मैं फिर नंबर छब्बीस की ओर मुड़ गया हूँ। दरवाजे के सामने रुका हूँ और लौट पड़ा हूँ। कमरे में आकर चुपचाप लेट गया हूँ।

गंध सिरहाने बैठकर मेरे बालों को सहलाने लगी है। मैं सोच रहा हूँ—वे लोग क्या कर रहे होंगे? नए फ्लैट में उन्हें आज कैसा लग रहा होगा?…

…नई चीज मिलने पर आदमी को कैसा लगता है?

मन में फिर मजाक उठता है—अच्छा, शादी होने पर अपनी बीवी से पूछूँगा।…

लेकिन क्या पता बीवी के लिए कोई नई चीज हो, न हो?

मुझे फिर हँसी आ गई। लगा, गंध डरकर कोने में खड़ी हो गई है।

मैं सामने कोने में खड़ी गंध को देख रहा हूँ, देखे जा रहा हूँ। मुझे लग रहा है, शायद मैं इस गंध को पहचानता हूँ…शायद यह हर औरत की गंध है, हर आदमी की गंध है। होटलों में हर इतवार को बदली जानेवाली हर चादर की गंध।

शायद मेरी गंध शायद किसी भी गंध को सह पाने के मेरे मानसिक अनभ्यास की गंध है।

मुझे नहीं पता, मैं कब सो गया, किंतु जब आँख खुली, तो देखा—उजली सद्य:स्नात धूप खिड़की से उतरकर मेरे कमरे में आ गई है और मेरी चारपाई के पैताने बैठकर आहिस्ता-आहिस्ता मुझे जगा रही है। चारपाई पर बिछी सफेद दागदार चादर का एक छोर उसने अपने दाँतों में दबा लिया। दूसरे छोर को अंगुलियों में लपेटती जा रही है और कनखियों से मेरा चेहरा देखकर मुसकरा रही है।

मैं हड़बड़ाकर उठ बैठा हूँ। सामने का क्लॉक टॉवर नौ बजने का संकेत दे रहा है। ऑफिस के लिए देर हो रही है।

□

रिटायर अफसर

उसे कुत्तों से जिंदगी भर चिढ़ रही है, लेकिन अब उसके पास दो बड़े-बड़े अल्सेशियन कुत्ते हैं—कुतियों से उसे अब भी नफरत है। उसका विश्वास है, कुतिया ऊँचे-से-ऊँचे नस्ल के कुत्ते को भी खराब कर देती है।

उसका बँगला बनारसीबाग में चिड़ियाघर के पीछे है। शेरों की गुर्राहट सुनकर अपने कुत्तों का भौंकना उसे बहुत अच्छा लगता है। उसने अपने कुत्तों का नाम 'सैंडो' और 'किंगकांग' रखा है।

वह रोज सुबह-शाम सैंडो और किंगकांग को जंजीरों में जकड़कर बड़ी शान से घूमने निकलता है। उसके घूमने का दायरा बनारसीबाग से मोतीमहल पुल तक है।

उसे हजरतगंज से बहुत चिढ़ है। वह कहता है, "हजरतगंज सस्ते किस्म की चीज है। वहाँ यूनिवर्सिटी और आई.टी. कॉलेज की आवारा छोकरियाँ, आवारा छोकरे, सस्ते किस्म के नौजवान प्रोफेसर और कलाकार और फालतू किस्म के साहित्यकार ही घूमते हैं...वह शरीफों के घूमने की जगह नहीं है।"

हजरतगंज बनारसीबाग और मोतीमहल पुल के बीच में पड़ता है, इसलिए उसे मजबूरन दिन में दो बार तो उधर से गुजरना ही पड़ता है।

अधिकतर लोग उसे 'कुत्तेवाला साहब' के नाम से जानते हैं। उसका असली नाम क्या है, यह तो शायद वह खुद नहीं जानता। उसे हमेशा 'सर, सरकार, साहब, हुजूर, माई-बाप' नाम ही सुनाई देते रहे हैं और इनमें से हरेक को उसने अपना नाम समझा है। आज भी जब लोग 'कुत्तों वाला साहब' पुकारते हैं तो उसे खुशी ही होती है। इस एहसास से कि उसे उसका वर्षों से जाना-

पहचाना और स्वीकार किया हुआ 'साहब' नाम ही दिया जा रहा है, उसका सीना डेढ़ इंच बढ़ जाता है।

उसे रिटायर हुए सिर्फ दो ही साल हुए हैं, लेकिन इन दो सालों पर उसे इतना क्रोध आया है, जितना अगर अफसरी के समय किसी मातहत पर आता होता, तो जरूर उसकी नौकरी छीन लेता।

उसे लगता है, इधर उसके क्रोध की मात्रा कुछ बढ़ गई है। वैसे क्रोध उसे पहले भी इतना ही आता था या शायद इससे कुछ ज्यादा ही आता था, लेकिन तब क्रोध एक भरे डिब्बे पर की आवाज थी, जो जोर से होने पर भी धीमी लगती थी।...और आज वह खाली डिब्बे पर की आवाज है, जो धीमी होने पर भी जोर की महसूस होती है

बँगले पर वह ज्यादातर सैंडो और किंगकांग से बातें करता है और कोई उसे बात करने लायक नजर नहीं आता। उसकी बीवी अपने लड़के सोम के बच्चों से उलझी रहती है...बीवी से तो वह उसे अनपढ़, गँवार, देहातिन, जंगली...जाने क्या-क्या कहा करता था।...सोम और सुशीला को अपने-अपने दफ्तरों, क्लबों और पार्टियों से ही फुरसत नहीं मिलती...बच्चे अधिक लाड़-प्यार से बिगड़ जाते हैं, इसलिए बच्चों से उसने कभी अधिक बातचीत नहीं की। एक माली है, जिसका साहस ही साहब से बातचीत करने का नहीं होता। नौकर बेचारे को काम से ही फुरसत नहीं मिल पाती—शेष रहते हैं सैंडो और किंगकांग। बस, उन्हीं से उसकी पटरी बैठती है।

कभी-कभी पड़ोस के बँगले से रिटायर्ड जस्टिस सोमानी आ जाते हैं, लेकिन दोनों के ही कंधों पर दो बड़े-बड़े ऑफिसर बैठे रहते हैं, जो अफसरी भद्रता का उल्लंघन नहीं होने देते और वे दोनों अफसर पड़ोसी 'गुड मॉर्निंग' की तरह मिलते हैं और 'गुड नाइट' की तरह बिछुड़ जाते हैं।

उसने अपने कमरे की घड़ी उतरवा दी है। कलाई पर भी अब नहीं बाँधता। उसे लगता है—अब घड़ियों में मिनट नहीं होते, सिर्फ घंटे ही होते हैं। दिन और रात को वह पहले इंचों में नापता था, अब मीलों में नापने लगा है। कभी-कभी वह सोचता है—चूँकि दिन और रात का संबंध प्रकाश से है, अतः प्रकाश मीलों में नापा जाना चाहिए।

वह जब अपने बँगले के दरवाजों से गुजरता है तो उसे लगता है—पहले तो ये दरवाजे माथे से टकराया करते थे, लेकिन अब न जाने क्यों इतने ऊँचे हो गए हैं? कभी अपने कमरे में लेटे-लेटे उसे अचानक यह भी लगता है कि जब उसने इस कमरे को बनवाया था, तब यह बहुत छोटा था, लेकिन समय और उसकी उम्र के साथ-साथ वह भी बहुत बड़ा हो गया है। कमरे में यथास्थान रखी हुई हर चीज उसे दूरी पर ठहरी हुई लगती है।

पहले जब वह निकलता था, एक भीड़ उसे 'गुड मॉर्निंग' करती थी और वह उधर से मुँह फेर लेता था, लेकिन आज जब वह सैंडो और किंगकांग के आगे 'गुड मॉर्निंग' करके उन्हें 'गुड मॉर्निंग' करना सिखाता है, तो वे मुँह फेर लेते हैं। उसे गुस्सा आ जाता है। वह डाँटने लगता है और डाँट खाकर कुत्ते जब अपने पंजे उठाते हैं तो वह गद्गद होकर उन्हें बगलों में भर लेता है।

आज उसके कुछ मित्र आए हैं। बहुत दिनों बाद उसे लगा है कि घड़ी में मिनट की सूइयाँ भी लग गई हैं…हालाँकि वे कुछ सुस्त चल रही हैं, लेकिन चल तो रही हैं!

मित्रों में पुराने प्रसंग छिड़ गए हैं। वह बता रहा है कि रिटायरमेंट के बाद का सारा समय उसका बहुत ही सुख और शांति का समय रहा है। इस बीच उसने एक आध्यात्मिक जिंदगी जी है। विश्व की बड़ी-बड़ी महानतम पुस्तकों का अध्ययन किया है और वह जानता है कि मित्रों से वह झूठ बोल रहा है, फिर भी कहे जा रहा है।

वह मित्रों को अपने दार्शनिक होने का प्रमाण दे रहा है।

"…हमारा दिमाग पैरों में क्यों नहीं है?…शायद इसलिए कि तब हम नीची बातें सोचते…दिमाग नीची बातें सोचने के लिए नहीं है…वह सबसे ऊपर इसलिए फिट किया गया है, ताकि हम ऊँची-से-ऊँची बातें सोच सकें—ज्यादा-से-ज्यादा तरक्की की बातें…दिल को दिमाग से नीचा दर्जा दिया गया है…दिल से ऊँचा उठकर ही कोई दिमाग तक पहुँच सकता है…ये दिल का रोग हथेलियों पर उठाकर चलने वाले छोकरे कभी दिमाग तक नहीं पहुँच सकते।

"…हमारी आँखें सामने इसलिए हैं कि हम सामने देखें, नाक से सामने की गंध लें, कानों से अगल-बगल की, अपने बड़ों की बातें सुनें।"

मित्रों के साथ आई हुई दो जवान लड़कियाँ उसकी बातें बिना सुने ही अंदर चली गई हैं और उसकी पत्नी से कह रही हैं, "आंटी, अंकल आज बड़े 'मूड' में लगते हैं।"

"मूड-गोड़ में कुछ नहीं, पागल हो गए हैं...निठल्ले बैठे-बैठे बका करते हैं और अपने उन साँड़ों से चिपके रहते हैं।" पत्नी कुत्तों की ओर इशारा करती है। लड़कियाँ हँसने लगी हैं और सोम का छोटा बच्चा चिल्लाने लगा है, "दादाजी पागल, दादाजी पागल..."

□

वह नौकर को आवाज देता है, नौकर झुँझलाया हुआ आया है, "सुनत तौ रहिन साहिब, पर का करी...बाबा के कपड़े धोइत रही।...छोटी मालकिन कहे रहेन।"

"अच्छा-अच्छा, हमें चाय दे जा।"

"अब्बै लाइत हन, तनि ठहरौ साहिब, अब्बै सब काम सपेरै देत हन।"

"अच्छा-अच्छा...।" और वह अपने कमरे में घूमने लगता है।

'पुराने नौकर निकाल दिए जाने चाहिए, वे बहुत मुँहलगे हो जाते हैं'—वह सोच रहा है।

"अजी, सुनते हो? आज बेबी को तुम्हीं स्कूल छोड़ आओ। नौकर बहुत जरूरी काम कर रहा है।" पत्नी कह रही है, "रिक्शा ले लेना, गाड़ी बहू ले गई है।"

"अच्छा, उसे तैयार करो और एक प्याली चाय भिजवा दो।"

"वह तो कब की तैयार है...चाय लौटकर पी लेना...देर ही कितनी लगेगी!"

"हुँह!" और वह तैयार होने लगा।

□

टेलीफोन की घंटी बजती है...बजती ही रहती है। वह थोड़ी देर में टेलीफोन उठाता है, "हैलो!"

"हैलो, मिस सोमानी हैं क्या?"

"रॉन्ग नंबर।" वह टेलीफोन रख देता है।

घंटी फिर बजती है और वह क्रोध में टेलीफोन उठाकर दूसरी ओर की बात सुने बिना ही लगभग चीख उठता है, "कहा नहीं, रॉन्ग नंबर। ईडियट!"

"ह्वाट-ह्वाट, हू इज स्पीकिंग?"

"श्रीवास्तव।"

"मैं मिसेज चड्ढा हूँ।"

"ओह। आइ'म सॉरी, मिसेज चड्ढा! असल में···खैर छोड़िए, आजकल के लड़के होते ही ऐसे हैं। ···हाँ, तो भाभी, चड्ढा क्या कर रहा है?"

"तुम्हारी ही तरह बैठे-बैठे मक्खियाँ मारते रहते हैं।"

"यह तो वह ऑफिस में भी करता रहता था।" वह जोर से हँसता है।

"आज शाम हम लोग एक पार्टी दे रहे हैं। आप लोग जरूर आइएगा।"

"इस उम्र में फिर से शादी का इरादा तो नहीं है?"

"हाँ, अगर आप काजल लगाकर आएँ तो!"

"अच्छा, तब तो मैं अपने पहलवानों को भी काजल लगाकर लाऊँगा।"

लोग उससे दोहरा रोब खाते रहे हैं—एक उसकी अफसरी का, दूसरा उसकी मूँछों का। एक दिन उसने ऑफिस सुपरिंटेंडेंट मिस्टर मेहरोत्रा को डाँट दिया था, 'मिस्टर मेहरोत्रा, आप आदमी नहीं, लिबलिब हैं। आपके यहाँ कोई ठीक से काम ही नहीं करता, जरा रोब से काम लीजिए!'

'यस, सर!' मिस्टर मेहरोत्रा गरदन झुकाए चले गए थे।

थोड़ी देर बाद वह मिस्टर मेहरोत्रा के कमरे के सामने से गुजरा था। उसने सुना था, शायद मिस्टर सिंह कह रहे थे, "मेहरोत्रा यार, तुमने कहा नहीं, 'मूँछों का ऑर्डर दे दिया है, साहब···!'" उसका हाथ सहसा अपनी मूँछों पर चला गया है।

'शायद मूँछें कुछ छोटी हो गई हैं।' वह सोच रहा है—'शायद इनमें सब वह पेच भी नहीं रही।'

उसे अगाथा क्रिस्टी का जासूसी उपन्यास बहुत पसंद है और उसका विश्वास है कि हिंदी में एक भी अच्छा उपन्यास नहीं लिखा गया।

'हिंदी भी कोई भाषा है···छिह!···हिंदी वालों को तो लिखना ही नहीं आता।' वह सोचता है और क्रिस्टी का 'सेवन डायल्स' निकालकर पलटने लगता है।

उसे अकसर लगा करता है, जब से वह रिटायर हुआ है, तब से शायद

उत्तर प्रदेश की इन्फॉर्मेशन मिनिस्ट्री ही रिटायर हो गई है और उसे अफसोस होता है कि वह लोगों में धीरे-धीरे काम करने का शऊर पैदा करने लगा था, तभी रिटायर हो गया···उसे इतनी जल्दी रिटायर नहीं होना चाहिए था।

उसे याद आ रहा है—बड़े-बड़े मिनिस्टर उससे सलाह लिया करते थे। मिनिस्टर निहायत ही घटिया किस्म का जीव होता है—यदि ऐसा न होता, तो क्या उस जैसे तजुर्बेकार आदमी को भूलकर औरतों की सलाह पर चलता? माना कि बहू बहुत होशियार है। इस उम्र में असिस्टेंट डायरेक्टर बन गई है, लेकिन इतनी होशियार और तजुर्बेकार तो नहीं कि मिनिस्टर साहब हर बात में सलाह लेने के लिए उसे बुलाते रहें!

उसे लग रहा है, मिनिस्टरों के दिमाग में शायद कोई कीड़ा होता है, उस कीड़े के कुलबुलाने और काटने का भी कोई खास समय होता है···उस समय जो भी उनकी नजर में आ गया, बस सारी काबिलीयत का पट्टा उसी के गले में बाँध देते हैं।

"देखो जी, अपने साँड़ों को अपने पास ही रखा करो···दिनभर लेटे रहते हो, उन्हें भी लिटाए रहा करो।" बीवी अचानक आकर बरस पड़ी है।

"क्यों, क्या हो गया?"

"हो गया तुम्हारा सिर! उन्होंने सारा चौका खराब कर दिया। ···भागते-भागते भी चौके में धँस गए।"

"तो क्या हुआ, धँस ही तो गए, कुछ खा तो नहीं गए?"

"खा जाते तो क्या मैं जिंदा छोड़ती?"

"सोम की अम्माँ, तुम पैदाइशी मूर्ख हो।"

"हाँ-हाँ, सो तो हूँ ही।···जो कुछ अक्ल थी भी, वह तुम्हारे साथ रहकर खत्म हो गई। अक्ल तुम्हारे पास है, इसीलिए तो पड़े-पड़े मक्खियाँ मारा करते हो!"

"कहाँ, वे भी तो तुमसे नहीं बच पातीं!"

बीवी तुनककर चली गई है और वह सोच रहा है—जब वह अफसर था, तब बीवी भी अदब करती थी, अब तो कोई अदब नहीं करता। ···बीवियाँ बड़ी स्वार्थी होती हैं। उसे बिल्लियों और बीवियों से बड़ी घृणा है···और···और···

कुतियों से भी। वह सैंडो और किंगकांग को अपने करीब बुला लेता है और उनसे खेलने लगता है।

"साब, अंगूरों की बेलों पर इस साल भी गुच्छे नहीं आए।" माली आकर बताने लगा है।

"तुम्हारी मालकिन छूती जो रहती हैं, आएँ कहाँ से!" वह बीवी पर झुँझलाता है। माली चला गया है, शायद वह हँसना चाह रहा था।

उसने कुत्तों को दो-दो हाथ मारकर भगा दिया—साले, बीवी से जाकर उलझते हैं···लाख समझाया, लेकिन उसकी बात तो कोई मानता ही नहीं। उसने कमरे के दरवाजे अंदर से बंद कर लिये हैं और चुपचाप चारपाई पर लेट गया है। वह सोच रहा है—अगर वह घर पर अफसर होता, तो अपनी बीवी और बहू को फौरन मुअत्तल कर देता।

□

दोपहर को उसे खाना अच्छा नहीं लगा। 'उबले हुए आलू भी कोई खाने की चीज हैं?' वह बड़बड़ाता हुआ उठ आया है और आकर लेट गया है।

वह अखबार पलटने लगा है। दोपहर के खाने के बाद ही वह अखबार पढ़ता है। पढ़ता क्या है, हैडलाइंस देख लेता है। उसका खयाल है, अखबार वाले मक्कार और झूठे होते हैं। जब तक वह इन्फॉर्मेशन का डायरेक्टर रहा, उसने आई.बी. और पी.बी. के किसी पत्रकार को प्रमोशन नहीं दिया।

—एक लड़के ने रिक्शे पर जाती लड़की पर तेजाब फेंक दिया।

—इक्कीस साल की लड़की को बदमाश उठा ले गए।

—तीन दिन से गायब अध्यापिका एक एम.एल.ए. के कमरे में बेहोश पाई गई। एम.एल.ए. फरार है।

उसने अखबार मेज पर फेंक दिया—हुँ! क्या जमाना आ गया है! या पता नहीं ये अखबार वाले ही अपने अखबार का सर्कुलेशन बढ़ाने के चक्कर में अपने दिमाग में ही लड़कियों पर तेजाब फेंकते रहते हैं। लड़कियाँ भगाते रहते हैं और अध्यापिकाओं को बेहोश करते रहते हैं। अखबार वाले हुए, नेता हुए, वेश्याएँ हुईं, इन सबको बनाने के नाम पर दो ही चीजें तो आती हैं—बात बनाना और उल्लू बनाना।

वह करवट बदलकर सोने का प्रयत्न करता है, लेकिन नींद नहीं आती। वह फिर अखबार उठा लेता है और उन्हीं हैडलाइंस को पढ़ने लगता है। सोचने लगता है—क्या उम्र होगी उस अध्यापिका की?···क्यों गई एम.एल.ए. के कमरे में?···शायद प्रधानाध्यापिका बनना चाहती रही होगी···' और उसे याद आ रहा है—जब वह नया-नया अफसर बना था तो उसने भी एक खूबसूरत और नौजवान लड़की को मामूली क्लर्क से प्रमोशन देकर ऑफिस सुपरिंटेंडेंट बनवा दिया था···क्या जमाना था वह भी! और वह फिर अखबार को मेज पर फेंक देता है।

दरवाजे पर खट्-खट् हो रही है। शायद सैंडो और किंगकांग अंदर आना चाहते हैं। वह दरवाजा नहीं खोलता, चुपचाप लेटा रहता है।

—'कुत्ता चाहे देशी हो या विदेशी, लेकिन है कुत्ता ही।' वह सोच रहा है—'आज ही कुत्तों को भगा देगा···फिर कभी कुत्ते नहीं पालेगा···अध्यापिका··· एम.एल.ए···क्लर्क या स्टेनोग्राफर लड़कियाँ···नया-नया अफसर···कुत्ता पालने लायक जानवर नहीं होता, दुत्कार मारकर भगाने लायक होता है।'

वह उठकर कुरसी पर बैठ गया है और दोस्तों को पत्र लिखने लगा है, "भाई, गधे पाल लेना, लेकिन कुत्ते न पालना···और बीवियों को तभी तक रखना चाहिए, जब तक नौकरी बनी रहे। नौकरी छोड़ते ही उन्हें भी छोड़ देना चाहिए··· कि बच्चे न पैदा करें और करें भी तो उन्हें जवान होते ही घर से निकाल दें··· कि बहू नाम की कोई भी चीज घर में न आने दें···कि मकान के दरवाजे और कमरे छोटे-छोटे बनवाएँ कि रिटायरमेंट के समय खुशी-खुशी एक पाव संखिया खा ले··· कि···" और उन्हें फाड़ देता है। फिर आकर चारपाई पर लेट जाता है।

कुत्ते फिर किवाड़ खटखटाने लगते हैं, गुर्राने लगते हैं और वह उन्हें मारकर भगाने के लिए उठता है, लेकिन यह सोचकर कि दरवाजा खोलते ही वे अंदर आ जाएँगे···कमरे में इधर-उधर दौड़ने लगेंगे···पंजे उठा-उठाकर आदाब करने लगेंगे और तब उन्हें भगा पाना शायद मुश्किल हो जाएगा···वह दरवाजे के पास से लौट आता है।

चिड़ियाघर के शेर दहाड़ने लगे हैं। वह सोच रहा है, 'ये दहाड़ नहीं रहे, शायद मिमिया रहे हैं—चिड़ियाघर के शेर दहाड़ा नहीं करते।'

कुत्ते भौंकते हुए चले गए हैं और वह संतोष अनुभव कर रहा है। वह नहीं चाहता कि कोई उसका दरवाजा खटखटाए···वह नहीं चाहता कि कोई उसे क्रोध दिलाए, क्योंकि क्रोध आने पर वह अपने आप को अफसर अनुभव करने लगता है, और अफसर अनुभव करते ही उसे दरवाजे के बाहर किसी के जोर-जोर से हँसने की आवाज सुनाई देने लगती है, जिसे वह सुनना नहीं चाहता।

—बीवी सोम के बच्चे को छाती से चिपकाए सो रही होगी—वह सोच रहा है। उसके मन में आता है—एक बार उठाकर सोम के बच्चे को जी भरकर देख ले! अगर बीवी जग रही होगी तो कौन उसके मुँह लगे—गँवार है।

—आजकल सोम और सुशीला में कुछ तनाव-सा लगता है, लेकिन मैं क्या करूँ? मुझे तो कोई कुछ बताता ही नहीं। ···सोम मेरे सामने आने से कतराता है ···सुशीला गरदन झटकती बगल से गुजर जाती है···मेरी तरफ देखती तक नहीं, बीवी देखते ही काटने के लिए दौड़ती है···और वह याद करने की कोशिश कर रहा है कि क्या कभी उसकी बीवी को किसी पागल कुत्ते ने काटा था, लेकिन कुछ याद नहीं आ रहा।

वह सोच रहा है कि उसे कोई-न-कोई काम करना चाहिए, लेकिन क्या करे? वह जिंदगी में सिर्फ अफसर ही बन सका है। उसे लग रहा है कि आज जब वह अफसर नहीं रहा तो कुछ भी नहीं रहा···उसका अस्तित्व ही समाप्त हो गया। शायद वह बहुत कुछ मर चुका है···अब शायद वह कुछ भी नहीं कर सकता।

वह अनुभव कर रहा है कि अगर वह सोया नहीं तो पागल हो जाएगा। और वह उठकर अलमारी से स्लीपिंग टेबलेट्स निकालकर खा लेता है और आकर चुपचाप लेट जाता है।

बीवी दरवाजा खटखटा रही है और चिल्ला रही है, "अजी, सुनते हो, मिस्टर चड्ढा के यहाँ पार्टी में नहीं चलना क्या?" और वह सो रहा है। बीवी तैयार होने चली गई है।

□

शताब्दियों के बीच

वह अभी-अभी ऑफिस से आया है और कपड़े उतारकर सिर्फ लुंगी और बनियान में खिड़की के पास बैठ गया है।

"गुड़िया आ गई क्या?" वह ऊँचे स्वर में पत्नी से पूछता है। स्टोव की घरघराहट में पत्नी ने नहीं सुना। शायद वह चाय बना रही है। वह सड़क पर देखने लगता है।

"आज गुड़िया के स्कूल नहीं गए?" पत्नी मेज पर चाय रखते हुए पूछ रही है।

"क्यों?"

"आज उसके यहाँ फंक्शन था न!"

"ओह, आइ'म सॉरी। भूल गया।"

"तुम पिछले साल भी नहीं गए थे।"

वह सड़क पर देखे जा रहा है, हूँ। यह भी कोई जवाब देने लायक बात है? वह सोच रहा है।

"घड़ी लाए, अब तो ठीक हो गई होगी?"

"आइ'म वेरी सॉरी, वह भी भूल गया।"

"सॉरी, सॉरी···तुम कभी आइ'म हैपी भी कहोगे?" उसके होंठ फैलते हैं, सिकुड़ जाते हैं। वह मेज के पास आकर प्याला उठाता है और खड़े-खड़े ही चाय पीने लगता है। उसकी दृष्टि बार-बार सड़क पर दौड़ने लगती है।

सड़क पर कुछ देहातिनें जा रही हैं, जिन्होंने लहँगा और अँगिया पहन रखी हैं, सिर पर ओढ़नी तक नहीं है। एक ताँगे वाला उनकी बगल से गुजर

रहा है। वह अपनी घोड़ी से भद्दे मजाक कर रहा है। उसकी पूँछ थपथपा रहा है। फिर चाबुक हिलाते हुए चिल्ला उठा है, 'होय···हुर्र···र···र···सटाक···हुर्र··· सटाक···।' देहातिनें इधर-उधर भागने लगी हैं। ताँगा निकल जाने पर एक-दूसरे से लिपटकर हँस रही हैं।

यह कौन सा सन् है? उन्नीस सौ चौंसठ···बीसवीं शताब्दी का उत्तरार्द्ध। उसे हँसी आ गई है। चाय छलककर लुंगी पर गिर पड़ी है। वह लुंगी झाड़ रहा है।

'ओय भैया···' वह सड़क पर देखने लगा है। एक देहातिन लहँगा सँभालने के लिए अपने झुंड से पिछड़ गई है। सड़क का कुत्ता भौंककर उसे खदेड़ रहा है, वह एक हाथ से लहँगा सँभालती हुई··· 'ओय भैया' चिल्लाकर अपने जत्थे की ओर भाग रही है। आगे की देहातिनें रुक गई हैं। वे हँस रही हैं और दो-एक झुककर ईंटें उठाने लगी हैं···कुत्ते बड़े बदमाश होते हैं।

वह हँसने लगा है। उसे याद आ रहा है—प्री-हिस्टरी में पढ़ा था, पहले लोग आत्महत्या के लिए पत्थरों का प्रयोग करते थे—कौन सी शताब्दी थी वह··· शायद तब आदमी ने समय को शताब्दियों, वर्षों, महीनों, दिनों, तारीखों और घंटा, मिनटों, सेकंडों में नहीं बाँधा था।

—आदमी ने समय को खंडित करके क्यों स्वीकार किया?

—आदमी हर चीज को टुकड़ों में भोगता है···देश, प्रांत, शहर, गाँव, परिवार, बीवी, बच्चे···सब अलग-अलग, टुकड़े-टुकड़े।

—शायद इसलिए कि वह स्वयं बचपन, जवानी, बुढ़ापा और मौत में खंडित कर दिया गया है या शायद···

"सुनो, कल्लू की अम्माँ बीस रुपए माँगने आई है।" पत्नी ने ध्यान भंग किया।

"कौन कल्लू की अम्माँ?"

"अजी, वही अपनी धोबन बेचारी का छोटा वाला बच्चा बीमार है।"

"कितने बच्चे हैं उसके?"

"क्यों, शायद यह नौवाँ है।"

"अच्छा···"

"हाँ, शायद! लेकिन हमें इससे क्या?"

"हाँ-हाँ, हमें इससे क्या! और सुनो, यही उससे भी कह देना···हमें इससे क्या?"

"बेचारी का बच्चा बीमार है, दे दो न!"

"हाँ-हाँ, दे दो न···और देखो, बीस रुपए और दे देना।"

"क्यों, वह तो सिर्फ बीस रुपए माँगती है।"

"तो क्या हुआ? बीस रुपए दसवें के लिए दे दो, वह बेचारा पेट से ही बीमार आएगा।"

पत्नी तुनककर चली गई है। शायद जाते समय उसने पैर भी पीटे थे, क्योंकि वह पीटे जाने जैसी धमक अपने दिमाग में महसूस कर रहा है।

औरत इतने बच्चे क्यों पैदा करती है···चलो, अच्छा ही है, युद्धकाल में काम आएँगे।

—सरकार को देशभर की औरतें इकट्ठी करके सहकारी उत्पादन शुरू कर देना चाहिए।

और उसे हँसी आ जाती है। सड़क पर देहातिनों का झुंड दूर निकल गया है।

□

सड़क पर दो-चार बुरकेवालियाँ आ रही हैं।

—ये कैसी होंगी···गोरी, काली, बुढ़िया, जवान? वह सोच रहा है।

—औरतें परदा क्यों करती हैं? वे खुद ही परदा हैं। जब कोई औरत परदा करके किसी आदमी के साथ चलती है, उसे लगता है, जैसे वह आदमी 'कस्टम' वालों से आँख बचाकर 'स्मगलिंग' का माल लिये भागा जा रहा है।··· या शायद अफीम, गाँजे की पुड़िया, शराब की बोतल, जाली नोट छापने की मशीन या इसी तरह की कोई अवैधानिक चीज लिये जा रहा है।

बुरकेवालियाँ धीरे-धीरे कुछ बातें भी कर रही हैं, शायद हँस भी लेती हैं। उनके मुँह पर पड़ी जाली हिल रही है।

सामने की छोटी-सी दुकान पर बैठे मुंशी फकीरचंद अपने नौकर से चिल्लाकर कह रहे हैं, "अबे बंदगोभी लाना···छाँटकर अच्छी-सी।" वे

बुरकेवालियों को घूरे जा रहे हैं। जब वे किसी औरत को देखते हैं तो उनके काले दाँत बाहर निकल आते हैं।

जब बुरकेवालियाँ मुंशीजी के सामने से गुजर गईं तो उन्होंने पिच्च से पान की ढेर सारी पीक सड़क पर फेंक दी और चश्मा नाक के ऊपर से आँखों के ऊपर ठीक कर लिया।

वह खिड़की में झुक गया है। उसे लग रहा है...उसके सामने से बाबर, हुमायूँ, अकबर आदि का जमाना गुजर रहा है। पिछली शताब्दियों के प्रेत उसके चारों ओर घूम रहे हैं।

सामने से एक हाथी आ रहा है। बुरकेवालियाँ अपना काला बुरका समेटकर सड़क के किनारे हो गई हैं और एक-दूसरे से बुरी तरह सटकर चलने लगी हैं। अब वे ठीक उसकी खिड़की के नीचे से गुजर रही हैं। उनकी बगल से एक मूँछों वाला आदमी गुजर रहा है और उसने एक बार हाथी और एक बार काले बुरकों पर नजर डालकर थोड़ा जोर से कहा है, "जरा बचके, कहीं अपनी जाति की न समझ ले।" वह 'ही-ही' करता गली में मुड़ गया है। बुरकेवालियाँ डर-सी गई हैं। वे एक-दूसरे से और अधिक सटकर चलने लगी हैं।

"सुर्री रे, क्या बहू से झगड़ा किया था रे?" माँ कमरे में आ गई है और पूछ रही है।

"नहीं, माँ!" वह मेज से खड़ा हो गया है।

"क्यों झगड़ता रहता है रे? बेचारी रो रही है।"

"लेकिन मैंने तो कुछ नहीं कहा। वह धोबिन को बीस रुपए देने के लिए पूछने आई थी, मैंने कह दिया, दे दो!"

"तो इसमें रोने की क्या बात है?"

"यही तो मैं भी नहीं समझ पा रहा, माँ कि इसमें रोने की क्या बात है? हाँ, उसकी आँखें शायद कुछ खराब हो गई हैं। उनसे हमेशा पानी निकलता रहता है, दर्द होता होगा। तू जा, आराम कर। मैं आज ही उसे डॉक्टर को दिखा दूँगा।"

"अच्छा, बहू की आँखें खराब हैं और मुझे नहीं बताया। देख तो, क्या जमाना आ गया है रे? कल की छोकरी है और आँखें खराब कर बैठी। हाय रे, जरा-सा कुम्हड़ा और पेंदे में फफूँदी। देख, मैं साठ की हो गई हूँ, लेकिन अँधेरे

में बैठकर अब भी सूई-धागा डाल दूँगी, हाँ।" बड़बड़ाती हुई माँ चली गई है।

उसे माँ के आगे शरम लगती है। माँ हमेशा पेटीकोट के ऊपर ढीली-ढाली कुरती पहने रहती है। माँ से कितनी बार कहा है, "माँ, धोती पहना कर।" लेकिन ध्यान ही नहीं देती, वह सोच रहा है। वह जब भी माँ को देखता है, उसे सत्रहवीं और अठारहवीं शताब्दी की याद आती है।

इतिहास बहुत पढ़ा है उसने, लेकिन पता नहीं उसके दिमाग पर इतिहास का क्या असर हुआ है कि वह आदमी को आदमी के रूप में नहीं, शताब्दी के रूप में देखता है। कभी-कभी पत्नी को देखकर वह सोचने लगता है···उसके सामने उन्नीसवीं शताब्दी खड़ी है।···या महारानी लक्ष्मीबाई के पास घोड़ा न होकर घोड़ी होती, तो उसका गुण, रूप और व्यवहार उसकी पत्नी जैसा होता।

वह हँसने लगा है और मेज पर बैठ गया है। उसकी नजर फिर सड़क पर चली गई है। बुरकेवालियाँ एक गली की ओर मुड़ रही हैं।

□

सड़क पर एक बैलगाड़ी जा रही है। गाड़ी में दो वृद्धाएँ बैठी हैं। एक शायद बहू है, दो वय:संधि वाली लड़कियाँ हैं और एक संन्यासी। शायद वृद्धाएँ महात्माजी को अपने घर ले जा रही हैं। महात्माजी उन नटखट लड़कियों के गालों पर हलकी चपत लगाकर मुसकरा रहे हैं और कहते जा रहे हैं, "चल, पगली!" उनका एक हाथ बहू के सिर पर धूम रहा है···शायद आशीर्वाद दे रहे हैं। वृद्धाएँ हाथ जोड़े श्रद्धावनत बैठी हैं। महात्माजी उन्हें कुछ उपदेश देने लगे हैं।

उसे लग रहा है—इतिहास पीछे लौट रहा है। आल्हा-ऊदल वेश बदलकर घूम रहे हैं, किसी नई राजकुमारी का हरण करने के लिए। रावण, दुर्योधन और दु:शासनों की अप्रत्याशित भीड़ उसकी खिड़की में भर गई है। वह बनियान उतार देता है।

संन्यासीजी की दाईं आँख में शायद कुछ गिर गया है। वे बहू की ओर मुँह करके अंगुलियों की पोर से अपनी दाईं आँख मिचमिचा रहे हैं। बुढ़िया की आँखें बंद हैं। लड़कियाँ सड़क के किनारे घूमती मुरगियों और बगल से गुजरते सीटीवादक लड़कों को देख रही हैं। बहू मुसकरा रही है। और वह

सोच रहा है, 'यह कौन सी शताब्दी है? सब गड़बड़ कर दिया (इन लोगों ने···ढेर सारी शताब्दियाँ एक ही में मिला दीं···यों तो आज और आज से पिछली तमाम शताब्दियों का स्वाद और असर इनमें है, फिर भी खासतौर से ये रामायण-महाभारत काल से ग्यारहवीं-बारहवीं शताब्दी का अच्छा प्रतिनिधित्व करती हैं।'

भाई-बहनों में सिर्फ दो बचे हैं—वह और कुमुद। कुमुद सबसे छोटी है।

"भैया, हम सिनेमा देखने जाएँगे, हमारी कई सहेलियाँ जा रही हैं।" कुमुद कह रही है।

"कौन-कौन जा रहा है?" वह पूछता है।

"शैल जा रही है, रूपा जा रही है, माधवी जा रही है और मैं जा रही हूँ।"

बस?

"और···और शैल का भाई जा रहा है।"

"अच्छा, तब तो जरूर जा और हाँ, अपने कुत्ते को भी लेती जाना। वहाँ तेरी सहेलियों का जी भी बहलाएगा, यहाँ कौन देखेगा तेरे टॉमी को!"

कुमुद नाराज होकर चली गई है···लेकिन वह सिनेमा जरूर जाएगी, बड़ी जिद्दी है। और उसके इतिहास का शताब्दियों का सिलसिला यहीं आकर रुक जाता है। उसे लगता है, बीसवीं शताब्दी, विशेष रूप से बीसवीं शताब्दी का संपूर्ण मध्यकाल और उत्तरकाल नाराज होकर और जिद्द करके सिनेमा देखने चला गया है।

वह सोच रहा है—अब वह जमाना नहीं है, जब बापू डाँट देते और हम कोने में दुबककर रोने लगते थे। हमें वक्त का साथ देना चाहिए; नई पीढ़ी, नए जमाने और नई हवा का साथ देना चाहिए। जान-बूझकर अपमान को निमंत्रण देना अच्छा नहीं···होगा वही, जिसे वक्त चाहेगा और वक्त अपने गद्दारों को माफ नहीं करता। वह तौलिया उठाकर शरीर का पसीना पोंछने लगता है।

□

वह फिर खिड़की पर झुक गया है; बैलगाड़ी दूर जा चुकी है। उसके पहियों की चर्-मर् तथा बैलों की घंटियाँ अब सुनाई नहीं पड़तीं।

सेंट जॉन्स कॉलेज की छुट्टी हुई है। लड़कियों का झुंड बाहर निकला है।

…ओफ, लड़कियाँ बहुत शोर मचाती हैं। वह सोच रहा है। वे चल रही हैं, बातें कर रही हैं और बराबर अपनी कलाई या साड़ियों का घेर और जमीन पर घिसटती हुई साड़ी की किनारी आगे-पीछे, दाएँ-बाएँ घूम-घूमकर देखती जा रही हैं। उनके चलने से घोड़ों की टापों जैसी आवाजें आ रही हैं—टप-टप…।

उसे लग रहा है, ये टापें पुराने कवियों की खिल्लियाँ उड़ा रही हैं। कहाँ है हाथी या हथिनियों जैसी ढीली-ढाली सुस्त चाल? कसी हुई, चुस्त और तेज घोटक, गामिनियाँ…घोटक…कितना उपयुक्त शब्द है…टाप, टैकार और कसाव—तीनों ही भाव व्यक्त करता है…घोटक गामिनियाँ…। उसकी आँखें चमक उठी हैं। उसे ध्यान आता है…आज छुट्टी इतनी देर से कैसे हुई? होगा कोई उनका भी फंक्शन-वक्शन या कोई एक्सट्रा क्लास रही होगी।

सड़क पर शोर बढ़ गया है। वह देख रहा है, लड़कियाँ एक लड़के को पीट रही हैं। माफ कीजिए जनाब, गलती हुई!…अगले महीने हमारे कॉलेज में कवि-सम्मेलन है, जरूर आइएगा। कोई शरारती लड़की कह रही है। महीन आवाजों का जोरदार ठहाका गूँजता है और लड़कियाँ चल देती हैं!…यह कौन सी शताब्दी जा रही है? शायद इक्कीसवीं शताब्दी का पूर्वाभास है…या…या… उसे सड़क पर गुड़िया आती दिखाई दे रही है। वह अपनी सहेलियों के साथ बहुत प्रसन्न है। कोई नहीं कह सकता, उसे अपने डैडी से शिकायत होगी। वह सोच रहा है…क्या पता मेरी गुड़िया इक्कीसवीं शताब्दी हो!

'अम्माँ अठारहवीं शताब्दी, पत्नी उन्नीसवीं, कुमुद बीसवीं, गुड़िया इक्कीसवीं और…मैं…मैं… ?' घर में शताब्दियों के इस क्रम पर हँसी आ गई है—वह सोचने लगता हैं, जब वह ऑफिस जाता है—टाई, सूट, चमचमाते जूते, सँवरे हुए बाल… तब वह बीसवीं शताब्दी होता है। ऑफिस से लौटता है—हारा-थका, टाई खोलकर कंधे पर लटकाए या हाथों में लिये…तब शायद उन्नसवीं, जब कपड़े उतारकर सिर्फ लुँगी और बनियान में खिड़की पर खड़ा होता है, तब सोलह, सत्रह, अठारह या शायद इनसे भी पूर्व की शताब्दी। जब बनियान भी उतार देता है, पत्नी पर हाथ उठा देता है, तब न जाने कितनी शताब्दियाँ उसके ऊपर से गुजर जाती हैं और जब वह रात में सोता है, तब…तब शायद वह आदिम युग में पहुँच जाता है, जो शताब्दियों, वर्षों, महीनों, दिनों और

घंटा-मिनट-सेकंड में विभक्त नहीं है।

"डैडी, हम आपसे नहीं बोलेंगे।" उसका ध्यान भंग होता है।

"अरे गुड़िया, क्यों बेटे, हमसे बहुत नाराज हो?"

"नहीं, हम आपसे बोलेंगे ही नहीं।"

"अच्छा गुड्डू, यह बताओ, कैसा रहा फंक्शन?"

"तुम्हारी बला से···तुम नहीं जाओगे तो क्या फंक्शन ही नहीं होगा?"

"चल बेटा, नाश्ता कर ले।" पत्नी बीच में आकर कहने लगी है।

"तुम भी तो माँ हो, तुम्हीं चली जातीं।···देखा गुड्डू, मम्मी दिनभर घर में पड़ी रही, पर तेरे स्कूल नहीं गई।"

"हम आप दोनों से नहीं बोलेंगे।"

"अरे, क्यों झगड़ते हो रे? उस बेचारी को कुछ खाने-पीने तो दो—देखते नहीं, कितनी हारी-थकी आई है?" उसकी माँ भी आ गई है। और उसने माँ की बातें सुने बिना ही आगे बढ़कर गुड़िया को गोद में ले लिया है, वह उसे चूमने लगा है। मनाने लगा है। उसे लग रहा है···वह न जाने कितनी शताब्दियों के ऊपर से गुजरता है, न जाने कितनी शताब्दियाँ उसके ऊपर से गुजरती हैं? सड़क पर, घर में, एकांत में वह न जाने कितनी शताब्दियाँ जीता है, कितने संस्कार भोगता है?

□

संपाती

उसे लगता है, वह दूर की हर चीज देख सकता है, लेकिन नजदीक कुछ भी नहीं देख पाता। वह आँख के डॉक्टर से मिला है और सभी ने कहा है कि उसकी आँखें बिल्कुल ठीक हैं कि उसे भ्रम हो गया है कि उसे किसी 'साइक्रेटिस्ट' को दिखाना चाहिए। और उसे लगा है, दूसरों की आँखें देखते-देखते डॉक्टर अपनी आँखें खो बैठा है। बगैर उपकरणों के वे न दूर का देख सकती हैं, न पास का। तब उसे खुशी हुई कि वह कम-से-कम दूर का तो देख सकता है।

जब से उसे अपनी दूरदृष्टि का एहसास हुआ है, तब से उसे यह भी एहसास हुआ है कि दुनिया बहुत छोटी हो गई है। उसके विचार से ऐसा किसी वैज्ञानिक चमत्कार की वजह से नहीं हुआ है, यह उसकी अंतश्चेतना की महानता और विस्तार का चमत्कार है।

उसने अकसर सोचा है—जब इतनी बड़ी दुनिया छोटी हो सकती है, तब दुनिया के छोटे-छोटे हिस्सों पर बसे ये देश, शहर, मकान और आदमी और भी छोटे होने चाहिए। और उसे महसूस हुआ है कि ये सब वाकई बहुत छोटे हैं, लेकिन यह मानने के लिए कभी तैयार नहीं हुआ है कि वह भी अनुपात में बहुत छोटा है। वह जब भी शीशे के सामने खड़ा हुआ है, उसे कुछ भी दिखाई नहीं दिया है और उसने मान लिया है कि शीशा खराब है कि हर शीशा खराब होता है कि वह नजदीक नहीं देख पाता, कि पाँच फुट सवा तीन इंच का उसे यह छोटा सा छह या आठ इंची शीशा अपने में कैसे समेट सकता है, इसलिए वह स्वयं छोटा नहीं है। उसका विश्वास है कि जो कुछ उसकी छोटी सी आँखों में समा जाता है, वह बड़ा नहीं हो सकता और उसे स्वयं को छोड़कर सभी कुछ उसकी आँखों में समा जाता है। इसलिए 'उसे स्वयं को' छोड़कर सभी कुछ छोटा है।

अपने बारे में सिर्फ माँ से सुना करता है कि वह छोटा था, लेकिन माँ की बातों पर यकीन कैसे किया जा सकता है? जबकि वह जानता है कि माँ को कोई बात ठीक से याद ही नहीं रहती। फिर उसे उसके छोटे होने की बात ठीक से कैसे याद रह सकती है? वह माँ से कई बार सिर्फ इसलिए लड़ा है कि वह उसे 'छोटे' कहती है। उसने बार-बार माँ को समझाया है—माँ, तू मुझे बेशक गालियाँ दे लिया कर, लेकिन 'छोटे' मत कहा कर।

उसे याद है, एक बार उसकी पत्नी ने कहा था—जरा मेज पर चढ़कर ऊपर से दाल का डिब्बा उठा दो और उसे लगा था कि वह मेज को उससे ज्यादा बड़ा समझती है। बस, वह डिब्बा उठाने की जगह हाथ उठा बैठा था। तब से आजतक उसकी पत्नी ने एक तिनका भी उससे नहीं उठवाया।

जब भी वह पत्नी के पास पहुँचता है, पत्नी भीगी भेड़ बन जाती है। लगता है, जैसे वह काँप रही हो। तब उसके मन में सिर्फ संतोष और प्रसन्नता का भाव ही जागता है। उसे नहीं मालूम रहता है कि इनके अलावा और भी कोई भाव होते हैं। उसके बड़े होने की बात ताजा हो जाती है और उसे लगता है, मकान की छत दीवारों पर नहीं, उसके सिर पर खड़ी है। उसे अजीब-सा बोझ और घुटन महसूस होने लगती है। वह लेट जाता है—कमरे में समा पाने के लिए।

जब वह घर में होता है, तब बच्चे वहाँ नहीं होते, क्योंकि बच्चों के होने का मतलब होता है—खेल-कूद, शोर-शराबा, धमा-चौकड़ी और यह सब उसके होने पर नहीं होता। वे कोने में दुबककर आँखों की भाषा पढ़ते हैं, गूँगे-बहरों की भाषा बोलते-सुनते हैं। सारा घर सही अर्थों में 'साइलेंस जोन' बन जाता है।

वह अकसर सोचता रहता है कि दुनिया जितनी छोटी होती जाएगी, वह उतना ही बड़ा होता जाएगा या वह जितना बड़ा होता जाएगा, दुनिया उतनी छोटी होती जाएगी। मतलब यह कि दुनिया को छोटा और छोटा बनाने के लिए उसका बड़ा और बड़ा होना बहुत जरूरी है। उसे महसूस होता है कि वह वाकई बड़ा होता जा रहा है।

□

जब वह ऑफिस में आया था, तब एल.डी.सी. था और दो साल में ही यू.डी. सी. हो गया है और उसे उम्मीद है कि एक दिन साहब का भी साहब बनकर रहेगा। उसमें सारे गुण साहब के हैं। वह छोटों को मुँह नहीं लगाता। सभी छोटे उससे डरते

हैं, इसलिए खुशामद करते हैं—ठीक उसी तरह, जिस तरह वह साहब की करता है। वह जानता है, इसी में सबकी भलाई है—उसे उन्नति मिलती है और दूसरों की अवनति रुकी रहती है। उसे साहब की आँख माना जाता है। बड़े बाबू तक उसके सामने गऊ बने रहते हैं और कभी सींगें चढ़ा पाने के इंतजार में जुगाली करते रहते हैं। चपरासी उसका काम पहले, साहब का बाद में करता है। कभी साहब को सलामी देना भले ही भूल जाए, लेकिन उसे देना नहीं भूलता, क्योंकि वह जानता है कि शाम को सलामियों की बैलेंस शीट चीख उठेगी कि आज एक सलामी कम है।

वह साहब के साथ ही आता है और उन्हीं के साथ उठ जाता है, क्योंकि साहब दोनों समय ताजा सब्जियाँ खाना पसंद करते हैं और सब्जियों की जैसी परख उसे है, वैसी शायद सब्जीवाले को भी नहीं होती।

जब उसका कोई साथी उससे अपने 'प्रमोशन' और 'ओवर टाइम' के संबंध में बात करता है तो उसे लगता है, साहब रिटायर हो गए हैं और वह उनकी कुरसी पर बैठ गया है। वह गरदन को हलका सा झटका देकर और आँखों को जरा सा उठाकर कहता है—अच्छा, देखूँगा। जब बड़े बाबू उससे अपना कोई 'वाउचर' पास करवाने की बात करते हैं, तब तो उसे कतई शक नहीं रहता कि वह साहब नहीं है और जब साहब अपने किसी काम के लिए कहते हैं तो सिर के बल दौड़ता है, आनन-फानन काम निपटाकर आ खड़ा होता है। महसूस करता है कि वह साहब का भी साहब बन गया है। सारे काम उसके इशारे पर हो रहे हैं।

उसके साथी उसके पीछे उसे 'वेरी इंपॉर्टेंट फाइल ऑफ बॉस' पुकारते हैं। उनका कहना है कि उसे यह भले ही पता न हो कि किस फाइल में क्या है, लेकिन यह अवश्य पता होता है कि साहब चाय में कितनी चम्मच शक्कर लेते हैं या कितनी देर में 'फारिग' होते हैं?

साहब अब छुट्टी पर जाते हैं तो उसे लगता है, ऑफिस एक बेकार की चीज है कि सारा ऑफिस एक कूड़े का ढेर बन गया है और दुर्गंध फैलाने लगा है कि उसे भी छुट्टी ले लेनी चाहिए कि ऑफिस में मक्खी मारने से अच्छा है, घर चलकर बच्चों को मारे। तभी अचानक उसे लगता है, अगर उसने भी छुट्टी ले ली तो सारा ऑफिस छुट्टी पर चला जाएगा। वह जानता है कि ये लोग बड़े निकम्मे, आलसी और जाहिल हैं। ये मन से नहीं, डर से काम करते हैं। साहब का मतलब इनके लिए 'डायरेक्ट ऐक्शन' है और उसका मतलब 'इनडायरेक्ट ऐक्शन।'

□

उसे लगता है, जितना उसे मिलना चाहिए, उतना मिल नहीं पा रहा। शायद उसकी गति में कुछ कमी है। यदि यही ढंग रहा तो वह कभी अपनी मंजिल नहीं पा सकता, हालाँकि वह अभी तक यही निश्चय नहीं कर पाया है कि उसकी मंजिल है क्या और जब वह मंजिल के निर्णय में उलझा है, सिर झटककर सिर्फ यही निर्णय ले पाया है कि मंजिल सिर्फ छोटे लोगों की होती है—बड़े लोगों की कोई मंजिल नहीं होती, कि हर मंजिल एक दायरा और हर दायरा छोटा होता है कि वह हर दायरे से बड़ा है।

अब वह दूसरों के सामने और दूसरों के लिए पहेलियों में बातें करने लगा है; कि उसमें एक नया अस्तित्व-बोध, नई संस्कृति और नया संस्कार पैदा हो गया है; कि अब वह विशिष्ट हो गया है और उसे साधारण व्यक्ति या कर्मचारी की तरह नहीं रहना चाहिए कि उसका हर तौर-तरीका, हर लहजा दूसरों से अलग होना चाहिए।

उसने मन-ही-मन कुछ निश्चय किए हैं। पहला निश्चय है—धीमे चलने की आदत छोड़ देगा। दूसरा—लंबी छलाँग का रास्ता अख्तियार करेगा। तीसरा और महत्त्वपूर्ण निश्चय—छोटी दुनिया के छोटे लोगों को जहाँ तक हो सकेगा, मुँह नहीं लगाएगा। और चौथा निश्चय अभी किया नहीं, लेकिन यह तय कर लिया है कि चौथा निश्चय भी करेगा अवश्य।

पहले वह कभी-कभी सीढ़ियाँ चढ़कर भी ऑफिस पहुँच जाया करता था, जो दूसरी मंजिल पर ही है, किंतु अब लिफ्ट के बगैर नहीं जाता। उसे लगता है, सीढ़ियाँ छोटे लोगों के लिए हैं। जब भी ऐसा होता है कि वह लाइन में पहले नंबर पर पहुँचता है और लिफ्ट चली जाती है तो वह लिफ्टमैन पर सवार हो जाता है। मन-ही-मन उसे दर्जनों गालियाँ देता है और पड़ोस में खड़े व्यक्ति को मजबूर कर देता है कि वह भी उसे भला-बुरा कहे और यह महसूस करे कि दीवाली पर इन लोगों को बख्शीश नहीं दी जानी चाहिए।

□

अब वह अकसर अपने साहब की जगह बड़े साहब के 'पी.ए. साहब' के साथ दिखाई देने लगा है। उसे विश्वास है। एक-न-एक दिन वह पी.ए. साहब के सहारे ही बड़े साहब तक पहुँच जाएगा। आखिर बड़े साहब भी तो सब्जियाँ

खाते ही होंगे। वह मन-ही-मन मुसकराने लगता है और सोचता है—जब तक वह स्वयं वहाँ तक नहीं पहुँचता, तब तक उसके विचार, उसकी बातें तो पहुँचती ही रह सकती हैं।

उसे लगता है कि उसकी चाल में तेजी आ गई है। वह दौड़ता हुआ-सा चलता है। जब वह दौड़कर सड़क पार कर रहा होता है और कोई कार या टैक्सी आकर चीं करती हुई रुकती है तो उसे अजीब-सा संतोष होता है। पहले उसे ऐसी परिस्थिति में डर लगता था, दिल घंटों तेजी से धड़कता रहता था, लेकिन अब ऐसा नहीं होता। उसे लगता है, उसके अंदर का वी.आई.पी. सड़क पर आ गया है और कोई भी गाड़ी तब तक आगे नहीं बढ़ सकती, जब तक वह सड़क पार न कर ले।

वह बात-बात में बिगड़ जाता है। साथी भी उससे कन्नी काटने लगे हैं। पहले वह अकसर अपने साहब के कैबिन की चिक उठाया करता था, अब बड़े साहब के 'पी.ए. साहब' का टेलीफोन उठाया करता है और जाहिर ऐसे करता है, जैसे सीधे बड़े साहब से ही बात कर रहा हो। उसके साहब को भी उसकी इन हरकतों का पता चल गया है। वह कुछ खिंचे-खिंचे रहने लगे, लेकिन उसे महसूस होता है, जैसे उससे डरे-डरे और सहमे-सहमे से रहते हैं। पहले उसे लगता था, आसमान उसके सिर से सिर्फ आठ इंच ऊपर ठहरा है। अब लगता है, आठ इंच नीचे आकर उसके कंधों पर टिक गया है। अगर जरा भी और कोशिश की गई, तो पैरों से आठ इंच नीचे पहुँच जाएगा।

पहले वह साहब के न रहने पर ही कभी-कभार छुट्टियाँ लिया करता था, लेकिन अब साहब के रहने पर ही छुट्टियाँ लेने लगा है और वह भी बगैर बताए। छुट्टी लेकर वह घर में ही बंद हो जाता है और महसूस करता है—आज ऑफिस में कलमबंद हड़ताल चल रही होगी। उसे दिखाई देता है—साहब कुरसी पर पहलू बदल रहे हैं। बार-बार उसके बारे में पूछ रहे हैं और परेशान हो रहे हैं। सारे विभाग में उसी के चर्चे हैं। अकसर उसे लगता है—अब साहब ने चपरासी भेजा होगा, उसकी खैरियत जानने और किसी जरूरी काम के बारे में पूछने। चपरासी आधा रास्ता तय कर चुका होगा। अब घर के पास की गली के नुक्कड़ पर आ गया होगा। वह पत्नी को आवाज देता है, "देखो, दरवाजा बंद कर लो और कोई पूछने आए तो कह देना—साहब घर पर नहीं हैं।"

ऐसी छुट्टी के दिन उसकी पत्नी और डरी रहती है, क्योंकि उस दिन वह

उससे खूब हँस-हँसकर बातें करता है, खूब खाता है और खूब सोता है। शाम को जागते ही पूछता है, "कोई आया था ?" और उत्तर 'नकार' में सुनकर मन-ही-मन चपरासी पर भड़क उठता है।

□

आजकल वह देर से घर आता है। सड़कों पर अकेले घूमना, थक जाने पर किसी सस्ते से रेस्त्राँ में चाय पीना और मन-ही-मन लोगों की 'सलामी' की कल्पना करना उसे अच्छा लगता है। वह बार-बार हाथ उठाकर माथा खुजलाने लगता है, जैसे सलामी का जवाब देने के लिए ही हाथ उठा हो।

सड़क पर चलते समय उसकी हरकतें ऐसी होती हैं कि लोग उसे घूर-घूरकर देखने लगते हैं। लोगों को घूरता देखकर उसकी गरदन अकड़ जाती है। लोग उसे देखकर हँसने लगते हैं। वह सोचता है, लोग पहले हर बड़े आदमी पर ऐसे ही हँसते हैं और वह भी मुसकराने लगता है। मन-ही-मन निश्चय करता है कि एक दिन इन सबको लाइन में खड़ा करके परेड कराएगा। और इस परेड का पहला अभ्यास बीवी-बच्चों से कराने के लिए घर की ओर चल देता है।

□

शाम को ऑफिस छोड़ने से पहले उसे 'कारण बताओ' नोटिस मिली है। उसने पूरा साल अनियमितताओं में बिताया है। अधिकतर बगैर बताए हुए छुट्टियाँ मनाई हैं। सारी फाइलें अनछुई पड़ी हैं। विभाग से उसका व्यवहार भी अच्छा नहीं रहा। फिर क्यों न उसके खिलाफ अनुशासनात्मक काररवाई की जाए ?

आज उसका मन घूमने का नहीं कर रहा। साहब, बड़े साहब और बड़े साहब के पी.ए. साहब, सभी जा चुके हैं। वह मन-ही-मन सबको गालियाँ देता हुआ सीधा घर आ गया है और चुपचाप अपने कमरे में जाकर लेट गया है। लेटे-लेटे ही पत्नी को आवाज दी है, "देखो, कल मैं ऑफिस नहीं जाऊँगा। कोई आए तो कह देना, 'साहब घर पर नहीं हैं।'"

आज भी वह यह मानने के लिए तैयार नहीं है कि वह छोटा है या छोटा हो गया है। वह सोच रहा है, सभी छोटे और नीच हैं। कोई ऐसा नहीं, जिससे मिला जाए या जिसे अपने से मिलने दिया जाए।

□

कबंध

वह महसूस करता है कि वह कुछ है, लेकिन क्या है, अभी तक निश्चय नहीं कर सका। उसे लगता है, शायद वह कभी-कभी आदमी होता है, लेकिन हमेशा आदमी नहीं है। फिर हमेशा क्या है ? बस, यहीं वह उलझकर रह जाता है और तब उसे 'कभी-कभी' पर भी शक होने लगता है।

उसे इस बात का दुःख नहीं कि साहब उसे गधा समझते हैं और न इस बात का कि दोस्त उसे जोंक या कोई छूत की बीमारी। आखिर वे कुछ समझते तो हैं। उसे सबसे अधिक दुःख इस बात का है कि उसकी अपनी बीवी उसे कुछ भी नहीं समझती, हालाँकि उसने कई बार समझाने की कोशिश की है कि वह पंडित फलां है, लेकिन वह हर बार या तो हँस पड़ी है या राशन, भाजी आदि बीस किलो वजन बाजार से लादकर लाने की 'मोस्ट अर्जेंट' फाइल थमाकर कुड़कुड़ाती हुई पड़ोस में चली जाती है।

और बच्चे ? जी हाँ, चार हैं। कभी-कभी उसके सामने आकर उसे यह एहसास करा जाते हैं कि वे उसी के हैं। जब भी आते हैं—सिमटे, सिकुड़े, काँपते हुए से, जैसे अभी वह उन्हें खा जाएगा। सच पूछिए, तो वह हमेशा बच्चों से स्वयं डरता रहा है। पता नहीं, वे उसे क्या कह दें, समझने लगें ? क्या समझते हैं, यह जानने की उसने कभी कोशिश नहीं की। बस, इतना विश्वास है कि वे उसे माँ की तरह कुछ नहीं समझते और यही उसे संतोष और गर्व का अनुभव कराने के लिए काफी है।

वह अपने सामने खड़े 'सज्जन' के कंधे पर झुककर धीरे से पूछता है—"क्या आप बता सकते हैं कि आप मुझे क्या समझते हैं ?"

वह उन व्यक्तियों को, जो उसे 'कुछ' समझते हैं, चुपचाप सज्जन मान लेता है और उसने सामने वाले व्यक्ति को भी 'सज्जन' स्वीकार लिया है, क्योंकि सज्जन ने गरदन को जरा-सा टेढ़ा करके कहा, "अहमक।" वह जोर से हँस पड़ता है। लाइन में खड़े सभी 'सज्जन' उसे आश्चर्य से देखने लगते हैं। वह महसूस करता है—सभी उसे 'कुछ' समझ रहे हैं। उसकी अट्ठाईस इंची छाती साढ़े अट्ठाईस इंची हो जाती है। वह और जोर से हँसने लगता है।

बस आ गई है। पीछे से धक्का लगता है और आवाजें भी—'दिखाई नहीं देता, चढ़िए या हटिए!' वह धक्कों के सहारे ही बस पर चढ़ा होता है। धक्कों से उसकी रीढ़ दुहरी हो गई है। चेहरा गायब हो गया है। लोग हँसने लगे हैं और उसने सीधे होकर संतोष की साँस ली है।

उसका स्टॉप आ जाता है। वह उतरता है। स्टॉप के सामने ही उसका ऑफिस है। वह एक गहरी नजर ऑफिस के गेट पर डालता है। दरबान कहीं चला गया है। वह सोचता है, आज दिन अच्छा गुजरेगा। उसे महसूस होता है, उसका चेहरा, जो बस में गायब हो गया था, फिर अपनी जगह पर वापस आ गया है।

उसे इतना डर साहब से भी नहीं लगता, जितना दरबान से लगता है। दरबान रोज सवेरे उससे अपने तीस रुपए का तकाजा करता है, जो उसने दो महीने पहले छह रुपए सैकड़ा के ब्याज पर लिये थे। वह सीधा तनकर अंदर चला जाता है। उसे लगता है, महीनों बाद आज वह सीधा हो पाया है।

"तुम अक्ल के नाम लट्ठ हो!" साहब कह रहे हैं और वह खामोश खड़ा थूक घुटक रहा है। "तुम गधे हो!" और उसे लग रहा है कि वह अभी रेंकने लगेगा, लेकिन आवाज अंदर ही घुमड़कर रह जाती। "न तुम खुद ही कुछ सोच सकते हो और न समझाने पर समझते हो।" और वह खड़ा सोच रहा है, पता नहीं क्या? अकसर ऐसा होता है कि वह कुछ सोचता रहता है, लेकिन उसे कभी पता नहीं चलता कि वह क्या सोच रहा है और तब उसे लगता है कि वह कुछ सोच ही नहीं सकता।

उसका ध्यान तब टूटता है, जब फाइल मुँह पर लगती है। उसने सुना ही नहीं कि साहब किस भाषा में दहाड़े हैं? वह दहाड़ का आदी हो गया है,

इसलिए किसी तरह की दहाड़ उसे सुनाई नहीं पड़ती। वह फाइल उठाता है और चुपचाप बाहर आ जाता है। बाहर उसके साथी देखते हैं कि उसका चेहरा फिर गायब हो गया है। सभी जानते हैं कि जब भी वह साहब के कैबिन से निकलता है, उसका चेहरा गायब रहता है। ऐसे समय खासतौर से कोई उससे बात नहीं करता।

वह चुपचाप अपनी कुरसी पर जाता है। अनजाने ही कागज की शीट और कार्बन मशीन पर चढ़ जाता है और उसकी अंगुलियाँ की-बोर्ड पर चलने लगती हैं।

उसकी पीठ पर हँसी होती है। हाथ रुक जाते हैं। वह गरदन घुमाता है। दो-तीन साथी उसके कंधे पर हँस रहे हैं। वह धीरे-धीरे पूछता है, "आप लोग मुझे क्या समझते हैं?" उसे अफसोस है कि वह कोई बात जोर से नहीं पूछ पाता—

"जो तुम टाइप कर रहे हो।" साथी भी धीरे से ही कहते हैं।

वह खुश होता है कि उसके साथी भी जोर से कुछ नहीं कह पाते। फिर वह अपना 'टाइप' देखता है 'कि मैं अहमक हूँ···कि मुझे दिखाई नहीं देता··· कि मैं गधा हूँ···मैं सोच नहीं सकता···कि समझ नहीं सकता···कि अक्ल के नाम लट्ठ हूँ···मैं आदमी नहीं हूँ···आदमी हूँ···नहीं हूँ···हूँ···कुछ नहीं हूँ··· कुछ हूँ···पता नहीं क्या हूँ···' वह हँस पड़ता है और शीट निकालकर फाड़ देता है।

"यार, आज खाने का डिब्बा नहीं ला पाया।"

"हम भी नहीं लाए।"

"···पैसे घर ही भूल आया।"

"अपने पास तो हैं ही नहीं···और उम्मीद है, तुम्हारी पत्नी बीमार नहीं होगी।"

"ही ऽ ही ऽ ही ऽऽ···"

अपनी बीवी को बीमार बनाकर वह कइयों से कुछ-न-कुछ ले चुका है। 'लंच' में वह अकसर किसी-न-किसी के साथ 'शेयर' करता है। अब कोई किसी भी मन:स्थिति में नहीं है। सभी किसी-न-किसी जरूरी काम के बहाने

खिसकने लगते हैं। सब जानते हैं कि साथ चलने पर कुछ नहीं तो पान ही गले लग जाएगा।

वह खड़ा देखता रहा है। कुछ लड़कियाँ कैंटीन की तरफ जा रही हैं। उसका हाथ कब पेट पर होता हुआ टाँगों तक पहुँच जाता है, उसे पता नहीं चलता। वह मन-ही-मन कोई भद्दी-सी गाली दे डालता है—लड़कियों को, साथियों को अथवा स्वयं को या पता नहीं किसको? फिर अँगड़ाई लेकर बाहर की ओर चल देता है। 'गेट' पर दरबान बैठा है; वह दूर से ही लौट जाता है और सोचता है, धूप में बाहर घूमना सेहत के लिए बुरी चीज है।

लौटकर वह फिर स्वयं को कुरसी के हवाले कर देता है। उसे लगता है कि कुरसी कुछ तंग हो गई है। यदि वह बाहर चला जाता, तो शायद यह स्थिति न होती। वह सोचने लगा है कि सेहत के लिए और कौन-कौन सी चीजें बुरी हैं? शायद यह जानने की कोशिश करता कि वह क्या है या लोग उसे क्या समझते हैं?

"अब तो आप सुनते भी नहीं।" गेट के बाहर दरबान उसे पकड़ लेता है। उसका चेहरा फिर गायब हो जाता है। उसे महसूस होता है कि उसकी रीढ़ अभी टूट जाएगी, लेकिन वह झुककर एक खास कोण पर ठहर जाती है। वह देखने की कोशिश करता है, लेकिन कुछ भी देख नहीं पाता। उसे महसूस होता है कि दरबान उसे अपना बेटा समझ रहा है। वह याद करने की कोशिश करता है कि माँ ने उसे कुछ नहीं बताया। यदि वह जिंदा होती, तो पूछता। उसके मन में आता है कि कह दे—'तुम भी सीधे माँ के पास जाओ।' लेकिन जबान नहीं खुलती।

दरबान उसे अल्टीमेटम देकर छोड़ देता है—अगर कल मय ब्याज पैसे नहीं दिए तो वह कपड़े उतरवा लेगा, और तभी याद आता है कि उसकी बीमारी की छुट्टियाँ बहुत बेकार जा रही हैं...कि उसके पास यही कपड़े हैं और ये इतने खराब हो रहे हैं कि कल नहीं पहने जा सकते—कि किसी से एक दिन के लिए उधार माँग लेता।

वह चुपचाप रेंगने लगता है और मुड़-मुड़कर पीछे देखता जाता है—दरबान को या अपने किसी साथी को, समझ नहीं पाता।

वह नुक्कड़ वाले रेस्तराँ पर रुक जाता है। कुछ क्षण चारों ओर नजर

डालता है और अंदर जाकर एक कोने की कुरसी पर बर्फ बन जाता है।

"चालू चाय!" वह बैरे को सिर पर देखकर बुदबुदाता है और फिर चारों ओर देखने लगता है।

इस रेस्तराँ में आकर उसे महसूस होता है, इस समय वह आदमी है या आदमी से भी आगे कुछ और···कि उनकी छाती इंचों में नहीं, फुटों में और मीटरों में बढ़ जाती है। बैरा बात-बात में 'सा'ब' बोलता है और चलते समय पाँच या दस पैसे का सलूट देता है। बैरे के व्यवहार की अच्छाई में रेस्तराँ का घटियापन छिप जाता है।

देर हो चुकी होती है। अब उसे घर कम और डर ज्यादा सताता है। वह लगभग भागता है। उसे किसी से टकरा जाने की चिंता नहीं रहती, क्योंकि वह देखता नहीं। क्रॉसिंग पर पुलिस से टोके जाने की चिंता नहीं, क्योंकि वह सुनता नहीं। रास्ते में घटी किसी दुर्घटना की चिंता नहीं कि वह सोचता-महसूसता नहीं। अचानक मिले रिश्तेदार, परिचित या साथी की चिंता नहीं कि वह बोलता नहीं। उसे चिंता सिर्फ बीवी का सामना कर पाने की, बच्चों को डरकर काँपता देख पाने की, पेट की, टाँगों की या कभी-कभी हाथों पर सधे बोझ की रहती है।

वह भाग रहा है। रेस्तराँ की देर में बस की लाइन की देर नहीं जोड़ना चाहता। हालाँकि उसका गणित कभी अच्छां नहीं रहा, फिर भी इतना तो जानता ही है कि किसी चीज में कोई चीज जुड़ने से ज्यादा हो जाती है। उसने विषयों को जातियों से जोड़कर देखा है—इतिहास—क्षत्रियों के लिए, गणित—बनियों के लिए और लिखाई—पंडितों के लिए। चूँकि वह पंडित फलां है, इसलिए उसने लिखाई पर अधिक ध्यान दिया है—यह और बात है कि वह हाथों से अपना कुछ नहीं लिखता, मशीन से साहब का कुछ लिखता है।

जैसे-जैसे घर नजदीक आता जाता है, उसे महसूस होता है, अब गिरा—तब गिरा और चाल धीमी हो जाती है। वह बार-बार सोचता है कि जाते ही बीवी पर दहाड़ेगा, लेकिन जानता है, ऐसा नहीं कर सकेगा, क्योंकि दहाड़ने और दहाड़ महसूसने की शक्तियाँ उसके पास नहीं हैं।

उसने दूर से ही देख लिया है कि उसके बच्चे पड़ोसी बच्चों के साथ पतंगबाजी कर रहे हैं। अब बच्चों की नजर भी उस पर पड़ गई है, एक

हलचल-सी मच गई है। उसके बच्चे भाग रहे हैं। उसे लग रहा है कि बच्चे भागते हुए चिल्ला रहे हैं—'भेड़िया आया, भेड़िया आया या भूचाल आया, भूचाल आया' या इसी तरह का कुछ और।

"खाना लाओ, जोर से भूख लगी है।" वह कड़ककर रोब से कहना चाहता है, लेकिन आवाज रिरिया जाती है, जैसे भीख माँग रहा हो—कुछ खाने को मिल जाए माँजी, भगवान् भला करेगा...

कोई जवाब नहीं, सिर्फ सन्नाटा। उसे लगता है, वह श्मशान पर आ गया है—अभी राख के ढेर से प्रेत जगेंगे और उसे खाने दौड़ पड़ेंगे।

"अरे भाई, खाना तैयार न हो तो एक प्याली चाय ही दे दो।" वह डरते-डरते फिर पुकारता हूँ, जैसे प्रेतों ने गला दबाना शुरू कर दिया हो।

"आहा, चाय-खाना दे दो। जैसे सबकुछ रख ही गए थे।" एक धमाके के साथ प्रेत जाग जाता है, "बनिये से एक किलो आटा, पाव किलो चीनी और भाजीवाले से आधा किलो आलू ले आओ। कह देना—पहली को हिसाब चुका देंगे।" एक चीकट झोला पैरों के पास ऐसे गिरता है, जैसे छत से प्रेत कूदा हो। वह सहमकर दो कदम पीछे हट जाता है।

वह झुककर झोला उठाता है और झुका-ही-झुका वापस चल देता है। उसका चेहरा फिर गायब हो गया है। पता नहीं, फिर वापस आएगा या नहीं?

□

चक्रवात

संयोग अपने आप में कोई महत्त्व नहीं रखता, लेकिन जब वह जिंदगी का पर्याय बन जाता है, तो अचानक ही महत्त्वपूर्ण बन जाता है। उस स्थिति में जिंदगी गौण हो जाती है। उसे लगता है कि उसकी जिंदगी अपने तमाम अर्थ खो चुकी है और न योगों की भीड़ मात्र रह गई है। ऐसे संयोग, जो किन्हीं रास्तों को तय करके नहीं आए, सिर्फ मोड़ों से उठकर चले आए हैं।

उसने सोचा भी नहीं था कि ऐसा भी हो सकता है। वह तो यह निश्चय करके आया था कि यह मोड़ उसकी जिंदगी का आखिरी मोड़ होगा और इसी मोड़ पर वह अपनी मंजिल को स्थायित्व देगा, लेकिन यहाँ आकर उसे लगा, जैसे जिंदगी दुर्घटनाओं का पर्याय बन गई है, जैसे किसी बारूद के ढेर में किन्हीं निर्मम हाथों ने आग लगा दी है। सारे मोड़, सारी मंजिलें धूल, धुएँ और धमाकों में खो गई हैं। उसने आँखें बंद कर लीं और कानों पर हथेलियाँ रख लीं।

अचानक उसे अपने कंधे पर काँपती हुई उँगलियों का स्पर्श महसूस हुआ। हड़बड़ाकर उसने कानों से हथेलियाँ हटा लीं और आँखें खोल दीं। चर्च की प्रार्थना समाप्त हो चुकी थी। ग्रेसी नन की पोशाक पहने ईसा की विशाल प्रतिमा के सामने बैठी थी। उसके दोनों हाथ दया माँगने की मुद्रा में ऊपर उठे हुए थे और फादर विलियम आशीर्वाद की मुद्रा में हाथ उठाए कुछ बड़बड़ा रहे थे।

वह एकटक इस दृश्य को देख रहा था। अनजाने में ही उसकी आँखों से आँसू बह रहे थे। उसके कंधे पर टिकी उँगलियों का कंपन और दबाव बढ़ गया था। उसने मुड़कर देखा, मिसेज कोटियन उसके पीछे खड़ी थीं। उनके बाएँ हाथ की उँगलियाँ उसके कंधे पर काँप रही थीं और दाएँ हाथ का रूमाल उनकी

अपनी आँखों पर काँप रहा था। यों काँपने के लिए उनका सारा शरीर ही काँप रहा था। घुटी-घुटी सिसकियाँ उनके रुँधे हुए गले से बरबस ही फूट पड़ती थीं। उसे अपनी तरफ मुड़ते देख, उन्होंने मुसकराने की कोशिश की, लेकिन रुलाई ने अपने सारे बाँध तोड़ दिए। वह उसके गले लगकर रो पड़ी। वह भी अपने आँसुओं पर संयम न रख सका। उसके मुँह से अचानक ही निकल पड़ा, "ऐसा क्यों हो गया, मम्मी?"

तभी उन दोनों की पीठ पर सांत्वना भरी हलकी-सी थाप पड़ी और थरथराती हुई कर्कश आवाज उनके कानों से टकराई—कृपया आप लोग रोएँ नहीं, शुभ कार्य में रोना अशुभ होता है···

उसने सिर उठाकर देखा, सामने मिस्टर कोटियन खड़े थे। उनका चेहरा आवश्यकता से अधिक गंभीर था। उनकी आँखों में पहले जैसी धूर्तता नहीं थी, पश्चात्ताप का गीलापन था। लगता था, जैसे वह अपने आप से ही आँखें चुरा रहे हों। उनके हाथ अब भी उन दोनों की पीठ पर स्नेह की थपकियाँ दे रहे थे।

ये वही हाथ थे, जो कभी उसके गाल पर उठे थे। ये वही आँखें थीं, जिन्होंने कभी उसे प्रतिद्वंद्वी की हैसियत से देखा था, लेकिन अब उनमें वैसा कुछ भी नहीं था। उनका सारा दर्प टूट चुका था। शरीर शिथिल पड़ गया था और वह जिंदा लाश जैसे लग रहे थे।

एक क्षण के लिए उसकी आँखों में प्रतिहिंसात्मक कसाव आया। उसे लगा कि यही व्यक्ति इन सारी स्थितियों के लिए जिम्मेदार है। उसका मन हुआ कि वह मिस्टर कोटियन के गालों पर चाँटा मार दे और चीख उठे। धीरे-धीरे उसका हाथ ऊपर उठा भी, लेकिन तभी उसके कानों से मिस्टर कोटियन की बुदबुदाहट टकराई, 'आ'म सॉरी माई बॉय आ'म वेरी सॉरी···गॉड मे पार्डन मी···' उसकी सारी उत्तेजना समाप्त हो गई। मिस्टर कोटियन शून्य में देखते हुए बुदबुदाए जा रहे थे।

तभी वे सब चौंक उठे और सँभलकर डायस की ओर देखने लगे। पता नहीं, किस बात पर चारों ओर से 'आमीन' की ध्वनि उभरी थी? फादर विलियम ग्रेसी के झुके हुए सिर पर हाथ रखे कह रहे थे, "बेटी, अब तुम परमपिता परमात्मा की शरणागता और पवित्र सेविका हो। परमपिता तुम्हें ताकत दे कि तुम

पवित्र मन से दुःखी मानवता की सेवा कर सको। वह तुम्हें दुनियावी मोह और आकर्षणों तथा शैतानी शक्तियों से बचाए।" आसपास खड़े लोगों के साथ-साथ मिस्टर और मिसेज कोरियन नौ मुँह से भी 'आमीन' की ध्वनि निकल पड़ी। वह एकटक ग्रेसी की सौम्य मूर्ति को देखता रहा।

धीरे-सीरे ग्रेसी खड़ी हुई। उसके एक हाथ में पवित्र सलीब और दूसरे में जलती हुई मोमबत्ती थी, जैसे कोई पवित्र आत्मा अंधकार में भटकते हुए इनसानों को नई रोशनी और नए रास्ते दिखाने के लिए आई हो। वह मुड़ी और उसकी स्थिर आँखें सामने खड़े माइकेल पर पड़ीं। उसे अपने शरीर में एक सिहरन सी महसूस हुई। एक क्षण के लिए उसे लगा कि वह गिर जाएगी। वह आहिस्ता से फिर घूमी, मोमबत्ती अपनी जगह रखी और घुटनों के बल ईसा की विशाल मूर्ति के आगे बैठ गई। उसके दोनों हाथ फिर शून्य में उठ गए। माइकेल को लगा कि ग्रेसी की पीठ में हलका सा कंपन है।

मिस्टर कोटियन ने एक हाथ माइकेल के और दूसरा अपनी पत्नी के कंधे पर रखा और रुँधी हुई आवाज में बोले, "कम ऑन, माई बॉय!···लेट अस मूव ···अब यहाँ रुकना ठीक नहीं।"

और वे तीनों मुड़कर डगमगाते कदमों से चल दिए। माइकेल को लग रहा था, जैसे उसकी लाश ढोकर ले जाई जा रही है। उसे महमूस हो रहा था—यह भी कैसा संयोग है कि आज से छह साल पहले जब वह इस चर्च को छोड़कर जा रहा था तो सुबह ही उसने एक अंधे बच्चे की लाश दफनाई थी और आज वह उसी जगह अपनी लाश दफनाने जा रहा है।

□

उस एक महीने में छह नई 'एंट्रीज' हुई थीं और चार विदाइयाँ, हालाँकि चर्च के उस बालगृह में 'एंट्रीज' और विदाइयाँ बहुत ही मामूली बातें थीं, लेकिन किसी एक ही महीने में इतनी संख्या काफी महत्त्वपूर्ण थी। 'एंट्रीज' दो तरह से होती थीं—या तो कोई कुँआरी माँ अपनी गलती या मजबूरी के परिणाम को रात के सन्नाटे में चर्च के गेट पर रखकर कॉल-बेल का बटन दबा जाती थी या बाकायदा आकर वहाँ के प्रसूतिगृह में जन्म देती थी।

इन बच्चों को 'परमात्मा की पवित्र संतान' कहा जाता था। इन बच्चों के

पालन-पोषण और पढ़ाई-लिखाई का सारा खर्च मिशन की ओर से होता था। जब कोई जरूरतमंद 'दयालु' माँ-बाप बच्चों को लेने आते थे तो उन्हें दान-खाते में कुछ रकम जमा करानी होती थी और वह रकम अकसर बच्चे पर किए गए कुल खर्च से अधिक ही होती थी। प्रसूतिगृह में जनमे बच्चों की आगामी माँएँ या उनके संबंधी भी कुछ-न-कुछ दान दे जाते थे। आनेवाले बच्चों के संबंध में अन्य बच्चों को यही बताया जाता था कि रात में जब वे सो जाते हैं तो माँ मरियम आकर मदर टैरिसा को स्वर्ग का नन्हा और पवित्र फूल सौंप जाती हैं, जो सुबह तक बच्चा बन जाता है।

हाँ, तो उस एक महीने में छह 'एंट्रीज' और चार विदाइयाँ हुई थीं। 'एंट्रीज' का कोई दिन निश्चित नहीं होता था, लेकिन विदाइयाँ हमेशा इतवार की प्रार्थना के बाद ही होती थीं। उस बार तीन इतवारों को चार विदाइयाँ हुई थीं और उसमें माइकेल की अपनी विदाई भी शामिल थी, यदि उसे विदाई कहा जाए तो।

सबसे पहले मैडोना गई थी। वह महीने का पहला इतवार था। सुबह ही एक चमचमाती हुई लंबी गाड़ी चर्च के दरवाजे पर रुकी थी। उससे मिस्टर और मिसेज जॉन उतरे थे। मिस्टर जॉन व्यापारी थे। उनका अपना ऑयल मिल था। मिसेज जॉन ने चार लड़कियों को जन्म दिया था, जिनमें से एक भी शेष नहीं थी। ये चारों लड़कियाँ ऑपरेशन से हुई थीं और अगला ऑपरेशन डॉक्टरों की राय में बेहद खतरनाक था। इसलिए उन्होंने बच्चों की संभावना समाप्त करवा ली थी। फिर भी, माँ कहलाने की हौंस जोर मार जाती थी। वह एक बच्चे को गोद लेना चाहती थी, लेकिन मिस्टर जॉन को लड़कियाँ पसंद थीं।

गाड़ी से उतरते ही जॉन दंपती फादर विलियम के पास गए। फादर ने मदर टैरिसा को बुलाया और उनसे बच्चों को तैयार करने के लिए कहा। आनन-फानन सब बच्चे तैयार किए गए और उन्हें हॉल में इकट्ठा किया गया।

जॉन दंपती ने सारे बच्चों का निरीक्षण किया। मिसेज जॉन ने चार साल के एक मासूम से बच्चे को पसंद किया, जो एक कोने में ग्रेसी का हाथ पकड़े, सिर झुकाए खड़ा था। मदर टैरिसा ने बच्चे से कहा, "जार्जी, ये तुम्हारी मम्मी हैं! इनके पास जाओ, बेटे!" ...ग्रेसी उस बच्चे को लेकर मिसेज जॉन के पास गई। बच्चा खुशी से चिल्ला उठा, "मम्मी, मम्मी, तुम कितनी अच्छी हो!" और

संभावित मम्मी की टाँगों से लिपटने के लिए इधर-उधर हाथ फैलाने लगा। तभी मिस्टर जॉन के मुँह से निकला, "ओह, ही इज ब्लाइंड।" और ग्रेसी ने नन्हे जॉर्जियस को अपनी गोद में उठा लिया।

मिसेज जॉन अपना सिर पकड़कर फर्श पर बैठ गईं। मिस्टर जॉन ने फादर से ग्रेसी के बारे में बातचीत की, लेकिन ग्रेसी चिल्लाई, "मैं इनके साथ नहीं जाऊँगी।" और जॉर्जियस को गोद में उठाए अंदर भाग गई। और इस तरह जॉन दंपती बेबी मैडोना को अपने साथ लेकर चले गए। ग्रेसी मैडोना की विदाई-प्रार्थना में भी शरीक न हो सकी।

उस दिन मदर टैरिसा ने ग्रेसी की बहुत पिटाई की और सम्मानित अतिथियों का अपमान करने के दंडस्वरूप उसे सारे दिन कुछ भी खाने के लिए नहीं दिया गया।

सारे दिन मदर टैरिसा के डर से किसी भी बच्चे की हिम्मत ग्रेसी से बात करने की न हुई। नन्हे जॉर्जियस को भी ग्रेसी के पास से हटाकर दूसरे कमरे में भेज दिया गया। उस दिन माइकेल भी कुछ न खा सका था।

रात में मदर टैरिसा बच्चों को सोने की आज्ञा देकर और बत्ती बुझाकर अपने कमरे में चली गईं। माइकेल काफी देर तक करवटें बदलता रहा। फिर चुपके से उठा। छिपाकर रखा हुआ अपने हिस्से का खाना निकाला और आहिस्ता-आहिस्ता चलकर ग्रेसी के वेड के पास पहुँचा। उसने धीरे से ग्रेसी के सिर पर हाथ फिराया और फुसफुसाकर कहा, "ग्रेस, उठो, खाना खा लो।"

"मुझे कुछ नहीं खाना!" उसने माइकेल का हाथ झटक दिया।

"देखो, मैंने भी आज कुछ नहीं खाया है। हम दोनों थोड़ा-थोड़ा खा लेगे।" माइकेल ने ग्रेसी के बेड पर बैठते हुए कहा।

ग्रेसी उठकर बैठ गई और माइकेल के गले से लगकर रोने लगी। माइकेल उसकी पीठ पर हाथ फेरकर सांत्वना देने लगा। वह बोला, "देखो, तुम्हें मदर टैरिसा की मार और डाँट का बुरा नहीं मानना चाहिए। अगर हमारी रियल मदर हमें मारती तो क्या हम उसका बुरा मानते!"

"लेकिन वह तो रोज ही किसी-न-किसी को मारती और डाँटती रहती है; क्या रियल मदर एक भी बार खाने के लिए नहीं पूछती?"

"शायद पूछती, शायद नहीं पूछती। पनिशमेंट के साथ कंप्रोमाइज किया भी जा सकता है, नहीं भी किया जा सकता···यह तो हर आदमी के अपने-अपने सोचने की बात है।"

"तो क्या वह बच्चे को भूखा छोड़कर खुद खाना खा लेती और सो जाती?"

"शायद। लेकिन क्या कहा जा सकता है, जबकि हम लोगों ने रियल मदर को देखा तक नहीं। परमपिता हमें जिसके हाथों सौंप देगा, वही हमारी मदर होगी और इस समय उसने हमें मदर टैरिसा के हाथों सौंपा हुआ है।"

"लेकिन मेरा अपराध क्या था? क्या किसी के साथ न जाना अपराध है?"

"शायद हो, माता-पिता और भाई-बहन का चुनाव बच्चों के अधिकार में नहीं होता। यदि होता तो माँ मरियम रात के अँधेरे में हमें मदर टैरिसा को न सौंप जातीं···सबकुछ उसी परमपिता की इच्छा से होता है और उसकी इच्छा का अपमान करना अपराध होता है।"

"तो क्या मेरा न जाना उसकी इच्छा के अनुसार नहीं?"

"शायद हो, लेकिन जब फादर और मदर ऐसा कहते हैं तो नहीं ही होगा। वे बड़े हैं, उन्होंने अपनी सारी उम्र परमपिता की इच्छाओं और आदेशों के सुनने-सुनाने में ही गुजारी है, इसलिए उन्हें गलत नहीं कहा जा सकता।"

"शायद··" ग्रेसी ने एक लंबी साँस खींची और स्वयं को संयत करने लगी।

फिर दोनों ने खामोशी से खाना खाया और अपने-अपने बेड पर सो गए।

सुबह पता चला कि नन्हा जोर्जियस बीमार है। ग्रेसी भागी हुई उसके पास गई और उसे छाती से लगाकर दुलारने लगी। वह सारे दिन उसी के पास रही। मिशनरी के डॉक्टर ने आकर उसे दवा दी और बताया—बच्चे को आराम और प्यार भरी सेवा की जरूरत है। उसे शायद किसी बात से गहरा शॉक लगा है। मदर टैरिसा और फादर विलियम भी बीच-बीच में देखने आते रहे। उसकी सेवा करने और दवा देते रहने का सारा भार ग्रेसी ने सँभाल लिया।

जॉर्जियस बेहोशी की हालत में कभी-कभी बड़बड़ा उठता था, "मम्मी, मम्मी, तुम कितनी अच्छी हो···मुझे छोड़कर मत जाओ, मम्मी!···मुझे अपने

साथ ले चलो···अच्छे-अच्छे खिलौने···अच्छे-अच्छे कपड़े।···नहीं मम्मी, मैं तुम्हारे हाथ से खाना खाऊँगा···" अचानक उसका मुँह खुल जाता। ग्रेसी उसके मुँह में चम्मच से पानी डाल देती और रोने लगती।

कभी-कभी जब जॉर्जियस को होश आता तो ग्रेसी को देखकर रोने लगता, "सिस्टर, मम्मी मुझे नहीं ले गईं···सिस्टर, तुम मम्मी के साथ क्यों नहीं गईं?···तुम चली जाओ, फिर मुझे भी बुला लेना।"

"हाँ जॉर्जी, मैं जरूर चली जाऊँगी और तुम्हें भी ले जाऊँगी।"

"सच सिस्टर?"

"हाँ, भैया।"

"तुम बहुत अच्छी हो सिस्टर, लेकिन मदर बहुत गंदी हैं। उन्होंने तुम्हें मारा था।"

"मदर बड़ी हैं और बड़ों के लिए ऐसा नहीं कहते, भैया। इससे पाप लगता है।"

"अच्छा, सिस्टर···" और वह फिर बेहोश हो जाता।

माइकेल ने भी दिन का अधिकांश समय जॉर्जी और ग्रेसी के पास ही गुजारा था, लेकिन ज्यादातर खामोश ही रहे थे।

इस तरह एक हफ्ता गुजर गया। जॉर्जियस अब काफी ठीक था। उसे सिर्फ हलकी सी हरारत और कमजोरी ही रह गई थी।

□

यह दूसरा इतवार था। सुबह ही एक नई गाड़ी चर्च के गेट पर आकर रुकी थी। उससे एक लंबा, दुबला और खुरदुरे चेहरे वाला आदमी उतरा था। साथ में एक दयालु सी महिला थी। वे दोनों फादर के पास चले गए थे। मदर टैरिसा ने बच्चों को सूचना दी थी, "बच्चो, तुममें से किसी के मम्मी-डैडी आए हैं। तुम लोग जल्दी से तैयार होकर प्रार्थना-हॉल में चलो।"

बच्चे तैयार होकर प्रार्थना-हॉल में इकट्ठे हो गए। फादर ने नए आनेवालों का परिचय दिया, "बच्चो, ये मिस्टर और मिसेज कोटियन हैं। मिस्टर कोटियन यहाँ के इनकम टैक्स विभाग में बहुत बड़े अफसर हैं और तुममें से किसी एक के डैडी।" मिस्टर और मिसेज कोटियन ने बच्चों का अच्छी तरह निरीक्षण

किया। मिसेज कोटियन धीरे-धीरे चलती हुई ग्रेसी के पास पहुँची। ग्रेसी के कंधे पर हाथ रखकर मुसकराते हुए पूछा, "तुम्हारा नाम क्या है, बेबी?"

"जी ग्रेसी⋯"

"बहुत अच्छा नाम है⋯हाँ, तुम्हारी उम्र क्या होगी?"

"जी, चौदह साल।"

"चौदह साल⋯चौदह साल⋯" वह ग्रेसी की आँखों में झाँकने लगी, "क्या तुम मुझे अपनी मम्मी बनाना पसंद करोगी?"

"जी, मैं क्या कह सकती हूँ? फादर-मदर के चुनाव पर बच्चों का अधिकार नहीं होता। यह सब तो परमपिता की इच्छा पर निर्भर करता है।" और उसने पास खड़े माइकेल की ओर देखा, वह धीरे-धीरे मुसकरा रहा था।

"मैं तुम्हें अपनी बेटी बनाती हूँ। तुम जाकर तैयार हो जाओ। तब तक हम लोग फादर के ऑफिस में बैठते हैं।"

वे लोग फादर के ऑफिस में चले गए। मिसेज कोटियन ने सम्मानपूर्वक फादर से पूछा, "फादर, क्या आप इस बच्ची की डेट ऑफ बर्थ तथा बैकग्राउंड बता सकते हैं?"

"हाँ, क्यों नहीं? जितना हमें पता है, हम जरूर बता देंगे।" फादर ने चौदह साल पुरानी एक फाइल मँगवाई और ग्रेसी की प्राप्ति-तिथि देखकर बताई और कहा, "असल में उस दिन, रात में अंतिम पहर में हमें चर्च के गेट पर दो बच्चियाँ मिली थीं। पता नहीं, वे दोनों किसी एक ही माँ की संतान थीं या दो माँओं की?"

"वह दूसरी बच्ची कहाँ गई?" मिसेज कोटियन ने उत्सुकता से पूछा।

"जी, उसे पिछले शुक्रवार को जॉन ऑयल मिल के मालिक मिस्टर जॉन ले गए।

"ओह!" मिसेज कोटियन ने गहरी साँस ली।

"छोड़ो डार्लिंग, सबकी हिस्टरी जानकर क्या लोगी? तुम जाकर अपनी बच्ची को सँभालो।"

"वह तो आ ही जाएगी, लेकिन उसकी हिस्टरी जान लेने में हर्ज ही क्या है? आखिर जिसे हम अपनी बच्ची बना रहे हैं, उसकी कुछ तो बैकग्राउंड हमें मालूम होनी चाहिए।"

"अच्छा, ठीक है। मैं बाहर गाड़ी में चलकर बैठता हूँ। तुम जब सारी हिस्टरी जान लो तो अपनी लाडली को लेकर आ जाना…पैसे मैंने फादर को दे दिए हैं।" मिस्टर कोटियन फादर का उचित अभिवादन किए बिना बाहर चले गए।

फादर को मिस्टर कोटियन का व्यवहार पसंद नहीं आया। उनका चेहरा सख्त और गंभीर हो गया।

मिसेज कोटियन ने अपनी झेंप मिटाने के लिए कहा, "सॉरी फादर, आ'म रियली सॉरी…काम और पद की जिम्मेदारियाँ बढ़ जाने के कारण इधर इनका स्वभाव कुछ चिड़चिड़ा हो गया है, लेकिन पहले ये ऐसे नहीं थे।"

"कोई बात नहीं!" फादर कोशिश करके भी मुसकरा नहीं सके।

मिसेज कोटियन दोनों बच्चियों का मार्क ऑफ आइडेंटीफिकेशन पूछना चाहती थीं, लेकिन फादर की गंभीरता देखकर चुप रह गईं।

फादर ने एक व्यक्ति ग्रेसी को बुलाने के लिए भेजा। जब वह ग्रेसी के पास पहुँचा, उस समय नन्हा जॉर्जियस उसके गले से लिपटकर रो रहा था और कह रहा था, "सिस्टर, तुम मुझे छोड़कर मत जाओ।"

पास ही माइकेल खड़ा था, शांत, गंभीर।

ग्रेसी ने जॉर्जियस की पीठ थपथपाई, चुंबन लिया और रुँधे स्वर में बोली, "रो मत मेरे भैया, तू जल्दी से ठीक हो जा। फिर तुझे भी मैं अपने पास बुला लूँगी।"

जो व्यक्ति ग्रेसी को बुलाने आया था, कुछ देर चुपचाप खड़ा रहा। फिर बोला, "बेबी, तुम्हारी मम्मी तुम्हारा इंतजार कर रही हैं।"

माइकेल ने जॉर्जियस को अपनी गोद में ले लिया और ग्रेसी के साथ चलते-चलते उसने कहा, "ग्रेस, अब मैं भी शायद यहाँ न रह सकूँ। अगले इतवार को रिवरेंड फादर पॉल देहरादून जा रहे हैं, मैं भी उनके साथ वहीं चला जाऊँगा।"

"और फिर एक दिन तुम भी रिवरेंड फादर बन जाओगे।"

"शायद, लेकिन अभी से क्या कहा जा सकता है? महत्त्वपूर्ण आदमी की इच्छा नहीं, उसके कार्य हैं, जो परमपिता की इच्छा से होते हैं। शायद मैं कुछ ऐसा बन जाऊँ कि तुम्हें अपना सकूँ…तुम मेरा इंतजार करना, करोगी न?"

"शायद और जब तुम देहरादून से वापस आओ तो तुम अपने इस 'शायद' को रिवरेंड फादर और परमपिता की इच्छा के हवाले कर आना।"

"शायद मैं ऐसा···" और दोनों ही हँसने लगे।

फादर का ऑफिस नजदीक आ गया था, इसलिए उनकी हँसी को ब्रेक लग गए। दोनों के चेहरों पर फिर से विदाई की गंभीरता उभर आई। माइकेल ने कहा, "अच्छा ग्रेस, मैं गेट तक तुम्हारे साथ नहीं चलूँगा···शायद मैं तुम्हें विदाई नहीं दे सकूँगा या शायद देना ही नहीं चाहूँगा···परमपिता तुम्हें शांति दे, सुख दे, समृद्धि दे।" माइकेल का एक हाथ और नन्हे जॉर्जियस के दोनों हाथ आमीन की मुद्रा में ऊपर उठ गए।

"सिस्टर, मुझे जरूर बुला लेना···भूलना नहीं।"

ग्रेसी की आँखें भर आईं। वह लपककर जॉर्जियस के पास आई और उसका चुंबन ले लिया।

"सिस्टर, माइकेल भाई को भी तो किस करो।" ग्रेसी झेंप गई और चुपचाप मुड़कर चल दी।

"ओ.के., ग्रेस! विश यू ए गुड लक एंड ऑल सक्सेस···बाई···"

लेकिन ग्रेसी ने एक भी बार मुड़कर नहीं देखा।

□

जब से ग्रेसी गई थी, माइकेल चर्च से बाहर ही नहीं निकला था। फादर पॉल के साथ देहरादून के लिए उसका भी रिजर्वेशन हो चुका था। इतवार की शाम उन्हें चले जाना था, लेकिन जॉर्जियस की तबीयत बार-बार बिगड़ जाती थी, इसलिए माइकेल अपने जाने के संबंध में कोई निश्चित निर्णय नहीं ले पा रहा था।

जॉर्जियस बार-बार ग्रेसी के बारे में पूछता था।

"माइकेल भाई, सिस्टर अभी तक नहीं आई। मम्मी ने मुझे छोड़ दिया, सिस्टर भी मुझे छोड़ गई। अब सिस्टर नहीं आएगी?"

"नहीं जार्जी, तुम्हारी सिस्टर जरूर आएगी।"

"नहीं, नहीं, नहीं! माइकेल भाई, तुम मुझे सिस्टर के पास ले चलो।"

"अच्छा, अब तुम सो जाओ। सुबह ले चलेंगे।"

और हर सुबह जॉर्जियस की तबीयत बिगड़ती गई। बुखार और बड़बड़ाहट बढ़कर सन्निपात में बदल गई।

यह शनिवार की रात थी। डॉक्टर ने इंजेक्शन और दवा दे दी थी और कहा था, "यदि यह सुबह तक बच गया तो खतरे से बाहर हो जाएगा।" वह बेहोशी में 'सिस्टर, सिस्टर' बड़बड़ा रहा था। माइकेल से उसकी हालत देखी नहीं गई। वह मदर टैरिसा से कहकर ग्रेसी को बुलाने चल दिया।

मिस्टर कोटियन के बँगले पर जाकर उसने दरबान से ग्रेसी को बुला देने के लिए कहा। ग्रेसी अपनी गंदी-सी फ्रॉक से हाथ पोंछते हुए आई। माइकेल को देखकर उसके मुरझाए चेहरे पर खुशी और आत्मीयता की चमक आ गई।

"हाय मैक, कैसे हो?" ग्रेसी कभी-कभी माइकेल को 'मैकी' संबोधन दे देती थी, आज भी उसने वैसा ही किया।

"तुम कैसी हो?"

"जैसी तुम देख रहे हो···" उसके चेहरे पर पलभर के लिए विषाद उभर आया, लेकिन फिर मुसकराकर बोली, "लेकिन तुम इस समय कैसे आए? सब खैरियत तो है? जॉर्जी कैसा है?'

"शायद अभी तक हो···"

"क्या मतलब?"

"उसकी हालत बहुत खराब है, ग्रेस···वह बेहोशी की हालत में सिर्फ तुम्हें ही याद कर रहा है।"

"मैं मम्मी से पूछकर अभी चलती हूँ···तुम ठहरो···" ग्रेसी अंदर जाने के लिए मुड़ ही रही थो, वैसे ही मिस्टर कोटियन की गाड़ी आकर गेट पर रुकी। ग्रेसी खड़ी रह गई···दरबान ने गेट खोल दिया। ये दोनों पोर्टिको में ही खड़े बातें कर रहे थे, वहीं आकर गाड़ी रुकी। मिस्टर कोटियन बाहर आए। जैसे ही उनकी नजर माइकेल पर पड़ी, उनके चेहरे पर गुस्से और नफरत के भाव उभर आए। उन्होंने कर्कश स्वर में ग्रेसी से पूछा, "यह कौन है? और तुम इतनी रात को इस लफंगे के पास क्या कर रही हो?"

"जी, डैडी, ये···"

"डैडी की बच्ची!" मिस्टर कोटियन ने ग्रेसी के गाल पर एक तमाचा जड़

दिया—"तुझे खरीद क्या लिया, सिर पर चढ़ा लिया।"

"जी, आप…"

"चुप हरामजादी! यू हैव मेड दिस हाउस ए ब्रॉथल। रात के अँधेरे में चुपके-चुपके यारों से मौज करती है और मेरा पैसा भी इनमें बाँटती है।"

माइकेल पैसों की बात बरदाश्त नहीं कर सका। उसने रूखे और तीखे स्वर में कहा, "देखिए, आपको गलतफहमी हो गई है।"

तड़ाक्! एक तमाचा माइकेल के गाल पर भी पड़ा, "कमीना, दो टके का आदमी मुझे अक्ल सिखाता है… ? हरामजादा, भिखमंगा…निकल जा यहाँ से… आई से गेट आउट! और कभी इधर आया तो तेरी बोटियाँ कटवाकर कुत्तों को खिला दूँगा!…" वह दरबान की ओर देखकर दहाड़े, "शेरसिंह, यह बदमाश कल से इस बँगले के आसपास भी दिखाई दे तो साले को गोली मार देना।"

मिस्टर कोटियन की दहाड़ और गाली-गलौज सुनकर मिसेज कोटियन बाहर आ गई थीं। उनके साथ ही उनकी पुरानी नौकरानी मिसेज डिसूजा भी थी। मिसेज डिसूजा सीधी ग्रेसी के पास आईं। ग्रेसी उनसे लिपटकर रो पड़ी। वह सांत्वना से उसके बालों में हाथ फिराने लगीं।

माइकेल चुपचाप गेट की ओर जा रहा था। तभी उसे मिसेज कोटियन की आवाज सुनाई पड़ी। वह कह रही थीं, "इतनी क्यों पी लेते हो कि बात तक करने की तमीज न रहे? क्या किया उसने, जो पीट बैठे…एक तो बेटी बनाकर लाए और नौकरानी बनाकर रख दिया, ऊपर से जुल्म भी करते हो।"

"हाँ-हाँ, मैं तो बेवकूफ हूँ। तुम्हारी अक्ल पर तो इतना बड़ा पद सँभाले हूँ।"

"आखिर कोई बात भी तो हो।"

"बात? पूछ लो इस कुतिया से। पुराने यारों को बुलाकर मौज-मस्ती करती है, ऊपर से घर का पैसा भी लुटाती है।"

"छिह-छिह! आपको शर्म आनी चाहिए एक चौदह साल की बच्ची पर ऐसा आरोप लगाते।"

"चौदह साल की बच्ची…आखिर आई किस माहौल से है? कोई शराफत की पैदाइश नहीं है यह।"

मिसेज कोटियन को लगा, जैसे उनके मुँह पर तमाचा जड़ दिया गया हो। क्रोध और अपमान से उनका चेहरा लाल हो गया। वे चीख पड़ीं, "हाँ-हाँ, मुझे तुम्हारी शराफत का खूब पता है। मिस लिलियन, मिस मालती कपूर···और भी न जाने कितनी तुम्हारी शराफत के नाम पर आज भी कहीं रो रही होंगी।" और वह तेजी से मुड़कर अंदर चली गईं। मिसेज डिसूजा ग्रेसी को भी अंदर ले गईं। मिस्टर कोटियन पोर्टिको में ही खड़े-खड़े काफी देर तक बड़बड़ाते रहे।

और दूसरे दिन फिर इतवार था। उस महीने का तीसरा इतवार। सुबह की प्रार्थना में शरीक होने के लिए मिसेज कोटियन, मिसेज डिसूजा और ग्रेसी के साथ चर्च आई थीं। उस समय जॉर्जियस की अरथी तैयार की जा रही थी। ग्रेसी दौड़कर अरथी पर गिर गई थी और नन्हे जॉर्जी से लिपटकर रो पड़ी थी। माइकेल पास ही खड़ा था। उसने ग्रेसी की पीठ पर हाथ रख दिया था और मिसेज कोटियन की ओर भीगी आँखों से देखने लगा था।

मिसेज कोटियन माइकेल के पास आई थीं और उसके कंधे पर हाथ रखकर पश्चात्ताप के स्वर में बोली थीं, "आ'म सॉरी, माई बॉय···रात में ग्रेसी ने सबकुछ बता दिया था···" और माइकेल उनके कंधे पर सिर रखकर रो पड़ा था।

बड़ी मुश्किल से ग्रेसी को जॉर्जी के पास से हटाया जा सका था।

बड़े सम्मान के साथ जॉर्जी का ताबूत उठा था और उसे ईसाइयों के कब्रिस्तान में दफना दिया गया था। दोपहर हो चुकी थी, ये सारे क्रिया-कर्म करते हुए। मिसेज कोटियन ग्रेसी और मिसेज डिसूजा के साथ क्रिया-कर्म में शरीक हुई थी।

जब मिसेज कोटियन घर जाने लगीं तो ग्रेसी पाँच मिनट के लिए माइकेल के पास गई थी और उससे लिपटकर रो पड़ी थी।

माइकेल ने शांत भाव से सिर्फ इतना ही कहा था, "ग्रेस, आज शाम को मैं जा रहा हूँ, लेकिन कुछ ऐसा बनकर लौटूँगा कि मिस्टर कोटियन मुझसे मिलकर अपमानित महसूस न करें। तुम मेरा इंतजार करना।"

ग्रेसी मिसेज कोटियन और मिसेज डिसूजा के साथ लौट गई थी और उसी शाम माइकेल भी फादर पॉल के साथ देहरादून के लिए रवाना हो गया था।

□

और आज फिर माइकेल उसी चर्च से निकल रहा था—अपनी ही लाश अपने कंधों पर उठाए हुए, डगमगाते कदमों से। तब उसे देहरादून जाना था और आज वह निश्चय नहीं कर पा रहा था कि कहाँ जाए?

उसका मन कह रहा था कि कब्रिस्तान में जाकर कुछ देर नन्हे जॉर्जियस की कब्र पर बैठे और खूब जी भरकर रोए। उसके कदम उस ओर उठे भी, लेकिन तभी मिसेज कोटियन ने कहा, "कहाँ जाते हो मैक? हमारे साथ घर चलो···शायद तुम्हारे रहने से मुझे कुछ शांति मिल सके।"

"लेकिन, मम्मी···"

"लेकिन-वेकिन कुछ नहीं, माई बॉय!" मिस्टर कोटियन अचानक बोल उठे, "लगता है, तुम हम लोगों से अभी तक नाराज हो। आ'म अगेन वैरी सॉरी मैक, पुरानी बातों को भूल जाओ और हमारे साथ चलो।" उन्होंने उसके कंधे पर हाथ रख दिया और माइकेल अनमने भाव से उनकी गाड़ी में बैठ गया।

उसे वही कमरा दिया गया, जिसमें ग्रेसी रहती थी। उसके बगल में ही मिसेज डिसूजा का कमरा था। मिसेज डिसूजा विधवा थीं और पिछले सत्रह साल से कोटियन परिवार के साथ ही रह रही थीं। घर के सारे काम-काज की जिम्मेदारी उन्हीं के ऊपर थी। वह सवेरे जल्दी उठतीं और काफी रात गए तक काम में लगी रहतीं। वह निहायत ही ईमानदार, मेहनती और नेक महिला थीं। वह काम को ही अपना धर्म और प्रभु की पूजा मानती थीं। घर के दोनों बच्चे उन्हें 'आंटी' कहते थे और उनकी इज्जत करते थे। दोनों बच्चे उन्हीं के सामने पैदा हुए थे और उन्हीं की गोद में पलकर बड़े हुए थे।

सारे दिन घर में मातम-सा छाया रहा। दोपहर के खाने पर उसे लगता रहा कि हर आदमी एक औपचारिक रस्म निबाह रहा है और एक-दूसरे से मुँह छिपा रहा है। बातों के नाम पर मिस्टर और मिसेज कोटियन सिर्फ उसी के बारे में बातें करते रहे थे। अल्बर्ट और डॉली ने भी कुछ बातें पूछी थीं, लेकिन मिसेज डिसूजा सारे समय खामोश ही रही थीं। किसी ने एक भी बार ग्रेसी का प्रसंग नहीं छेड़ा था। लग रहा था, जैसे उसी प्रसंग से बचने के लिए उन लोगों ने उसकी बातें छेड़ी थीं।

जिस घर में वह हंगामे और अपमान की उम्मीद लेकर आया था, वहाँ इतनी आत्मीयता पाकर कुछ अजीब सी असुविधा महसूस कर रहा था। हालाँकि दो साल पहले भी वह कुछ घंटों के लिए किसी जरूरी काम से इस शहर में आया था। मिस मैडोना की मार्फत चलते समय स्टेशन पर ग्रेसी से मुलाकात हुई थी और सिर्फ इतनी ही बातें हो पाई थीं कि वह जल्दी ही आकर ग्रेसी से शादी करेगा और उसे अपने साथ ले जाएगा। उस समय ग्रेसी काफी उदास और दुबली-सी लग रही थी और मिस मैडोना बहुत बातूनी और थोड़ी भारी हो गई थीं। हालाँकि दोनों की ही उम्र अठारह साल थी। दोनों ही सुंदर थीं और जवान दिखने लगी थीं।

इस बार वह ग्रेसी को लेने आया था, लेकिन यहाँ सबकुछ उलट-पलट गया था। आखिर यह क्या और कैसे हुआ था, उसकी समझ में नहीं आ रहा था। वह सबकुछ जानने के लिए उत्सुक था, लेकिन वैसा कोई प्रसंग ही नहीं आ रहा था। सभी लोग उसी के बारे में बार-बार पूछ रहे थे। मिसेज कोटियन ने धीरे-से पूछा, "तुमने मिलिटरी कब ज्वॉइन की? करीब छह महीने पहले जब 'बँगलादेश वार' समाप्त हो गया था तो ग्रेसी के पास सरकार की ओर से एक तार आया था कि तुम 'मिसिंग' हो। आखिर अब तक तुम कहाँ रहे?" और उसे मजबूर होकर अनिच्छापूर्वक बताना पड़ा था।

जब वह देहरादून पहुँचा तो फादर ने अपने विशेष प्रभाव से उसे मिलिटरी स्कूल में दाखिला दिलवा दिया था और कुछ साल बाद वह कमीशंड ऑफिसर बन गया था। जब तक फादर जिंदा रहे, तब तक उसका पता फादर पॉल का ही रहा, लेकिन दो साल पहले जब फादर पॉल की मृत्यु हो गई तो पता नहीं किस भावुकता के कारण उसने ग्रेसी का यह पता लिखवा दिया।

उसकी पहली पोस्टिंग कश्मीर के बॉर्डर पर हुई और बाद में उसे त्रिपुरा भेज दिया गया। मेस, क्लब, अफसरों की फटकार और साथियों के हँसी-मजाक में उसके दिन गुजरने लगे।

"क्या मिलिटरी वाले भी हँसी-मजाक कर लेते हैं?" बड़े लड़के अल्बर्ट ने व्यंग्य से पूछा। डॉली मुसकराने लगी।

"क्यों, क्या मिलिट्री वाले आदमी नहीं होते?" माइकेल भी मुसकराया।

"नहीं, मैं तो समझता था कि वे केवल बंदूक, मशीनगन और गोला-बारूद होते हैं।"

मिसेज कोटियन ने आँखें तरेरीं, लेकिन अल्बर्ट ने उनकी ओर ध्यान ही नहीं दिया।

माइकेल ने सहज भाव से उत्तर दिया, "शायद कुछ के बारे में यह बात भी सही हो, लेकिन अधिकांश आदमी ही होते हैं।" उसने बताया कि उसका एक साथी था, जो हर समय सबको हँसाता रहता था और इसी हँसाने के कारण एक बार उसका कोर्ट मार्शल भी हो गया था। उस समय भी उसने हँसते हुए कहा था, "फिकर नॉट दोस्तो, कोर्ट मार्शल के बाद मैं फील्ड मार्शल ही बनूँगा और तुम सबको दावत दूँगा।" 'फिकर नॉट दोस्तो' उसका तकिया-कलाम था। उसका नाम तो मोतीलाल था, लेकिन सब लोग उसे 'मोटूलाल' कहते थे। लड़ाई में उसे गोली लगी थी और चीखने की जगह वह हँस पड़ा था। बोला, "फिकर नॉट दोस्तो, आई एम ट्रांस्फर्ड ऑन प्रमोशन।" सब लोगों को उसके मरने का इतना दुःख हुआ था, जितना किसी भी साथी के मरने का नहीं हुआ था।

तार के संबंध में माइकेल ने बताया कि एक जगह उसके गोली लग गई थी और दुश्मन हड़बड़ी में उसे नंगा करके नदी में फेंक गए थे। पता नहीं, किस तरह वह एक गाँववालों के हाथ लग गया और उन्होंने उसे पास के ही एक छोटे से मिशन हॉस्पिटल में भरती करवा दिया। एक महीने पहले ही वह वहाँ से लौटा और बड़ी मुश्किल से अपनी जगह पर बहाल हुआ था।

थोड़ी देर रुककर उसने एक गहरी साँस ली और कहा, "काश, मैं तभी अपने लौटने और यहाँ आने की सूचना दे देता तो शायद यह स्थिति न होती, मैं तो अचानक आकर सरप्राइज देना चाहता था, लेकिन क्या पता था कि मुझे खुद सरप्राइज होना पड़ेगा!"

वातावरण में फिर से भारीपन आ गया। सभी लोग एक बेचैनी और असुविधा-सी महसूस करने लगे। उन्हें लगने लगा कि शायद अब फिर से प्रसंग बदलकर ग्रेसी पर ही आ जाएगा, मिसेज कोटियन ने गहरी साँस के साथ कहा, "अच्छा मैक, तुम अब आराम करो, थके होगे।"

रात में उसने खाना नहीं खाया, हालाँकि मिस्टर और मिसेज कोटियन ने तथा मिसेज डिसूजा ने काफी आग्रह किया, लेकिन उसकी इच्छा ही नहीं हुई।

उसने मिसेज डिसूजा से ए.पी.सी. की दो टैबलेट लेकर खाईं और लाइट ऑफ किए लेटा रहा। उसकी मन:स्थिति समझकर किसी ने उसे डिस्टर्ब करना भी उचित नहीं समझा।

सारा काम समाप्त करके मिसेज डिसूजा उसे दूध देने आईं और टेबल लैंप जलाकर उसके सिरहाने बैठ गईं। उन्होंने अपनी ठंडी उँगलियाँ उसके बालों में उलझा दीं। उसे अच्छा लगा। उन्होंने बड़े प्यार से कहा, "माइकेल बेटे, दूध पीकर सो जाओ, नहीं तो तबीयत बिगड़ जाएगी।"

"आंटी, नींद नहीं आ रही। लगता है, सिर फट जाएगा।"

"मैं सिर दबाती हूँ, तुम सोने की कोशिश करो।"

"नहीं आंटी, सिर दबाने से कुछ नहीं होगा। मैं सुबह से ही यह जानना चाहता हूँ कि ऐसा क्यों और कैसे हुआ? ग्रेसी तो शुरू से ही नर्स बनना चाहती थी, लेकिन अचानक नन क्यों बन गई?"

"कोई बात अचानक नहीं होती, बेटे। उसके पीछे और भी बहुत सी बातें होती हैं। और वे बहुत सी बातें मिलकर किसी नई बात को जन्म देती हैं।"

"आखिर वे कौन सी बातें थीं, जिनके कारण ग्रेसी को ऐसा निर्णय लेना पड़ा? यहाँ तो ग्रेसी के प्रसंग से हर आदमी बचने की कोशिश कर रहा है। कोई उसका नाम तक लेना नहीं चाह रहा, हालाँकि दु:ख, उदासी और तनाव सबके चेहरे पर है। लगता है, कोई उसके इस निर्णय से खुश नहीं।"

"यह सही है बेटे, कोई भी ऐसा नहीं चाहता था। खासतौर पर उसकी मम्मी तो बिल्कुल नहीं चाहती थीं, लेकिन उन्होंने ही उसके इस निर्णय का सबसे पहले और सबसे ज्यादा समर्थन किया था।"

"आखिर क्यों?"

"वह बड़ी अभागी लड़की थी, बेटे···" मिसेज डिसूजा का गला रुँध गया और बरबस ही एक उच्छ्‌वास उनके मुँह से निकल पड़ा।

"अभागी!" माइकेल ने आश्चर्य से कहा, "मैं उसे खूब अच्छी तरह जानता हूँ, आंटी। वह एक नेक और समझदार लड़की थी।"

"नेक थी, इसलिए तो अभागी थी···उसके अभागेपन के साथ कुछ और लोगों का भी अभागापन जुड़ा है।"

"रहस्य को इतना मत बढ़ाइए आंटी कि वह एक अनबूझ पहेली बन जाए।"

"तुम्हें पता है, वह कौन अभागी माँ थी, जिसने इस बच्ची को जन्म दिया था?"

"नहीं, शायद इसे कोई नहीं जानता।"

"लेकिन मैं जानती हूँ, ग्रेसी जानती है और मिसेज कोटियन जानती हैं, तुम जानना चाहते हो, वह कौन है?"

"हाँ।"

"वह है मिसेज कोटियन।"

"क्या?" माइकेल एक झटके से उठकर बैठ गया। उसे लगा, जैसे कोई हवाई जहाज उसके सिर पर बम गिराकर तेजी से गुजर गया हो। उसकी आँखें शून्य में टँगी रह गईं और मुँह खुला रह गया।

"हाँ बेटे, यह बिल्कुल सच है, मैंने वे सारी बातें खुद अपने कानों से सुनी हैं, जो एक रात मिसेज कोटियन ने खुद ग्रेसी को बताई थीं और दोनों सारी रात रोती रही थीं। तुम्हें पता नहीं कि मिसेज कोटियन कितनी अभागी महिला हैं? परमात्मा उनके मन को शांति दे, वह बहुत दुःखी महिला हैं।"

फिर मिसेज डिसूजा बड़े ही सहानुभूतिपूर्ण और दुःखी भाव से मिसेज कोटियन की दुर्भाग्यपूर्ण हिस्टरी बताने लगीं। उन्होंने बताया कि मिसेज कोटियन के पिता गरीब हिंदू थे और दूर किसी देहात में रहते थे। उनकी माँ अपने आठवें बच्चे को जन्म देकर मर गई थीं। यह दूसरी संतान थीं। इनसे बड़ा लड़का था। शेष तीन लड़के और तीन लड़कियाँ और थीं। इनके पिता इन सब भाई-बहनों को बहुत प्यार करते थे। उनकी एक ही इच्छा थी कि उनके बच्चे थोड़ा-बहुत पढ़-लिख जाएँ और कोई नौकरी करने लगें। उनके अपने खेत नहीं थे। वे मुखिया के खेतों में काम करते थे। जब फसल नहीं होती थी तो पास के कस्बे में कोई-न-कोई मजदूरी करने लगते थे।

बच्चों को उन्होंने कस्बे के सरकारी स्कूल में भर्ती करा दिया था। मिसेज कोटियन पढ़ने में तेज थीं और लड़की होने के कारण इनकी सारी फीस माफ थी। किताबों के पैसे भी सरकार से मिल जाते थे और बाद में वजीफा भी मिलने

लगा था। इसलिए इन्होंने किसी तरह मिडिल पास कर लिया, लेकिन इनके बड़े भाई को पिता ने अपने काम में हाथ बँटाने के लिए स्कूल से उठा लिया। वहाँ मिडिल से आगे पढ़ने की सुविधा नहीं थी। इसलिए इन्होंने घर का काम-काज सँभाल लिया।

ये अठारह साल की थीं और घर के साथ-साथ खेतों के काम में भी पिता का हाथ बँटाने लगी थीं। तभी एक दिन मुखिया के जवान बेटे ने इनके साथ बलात्कार किया। मुखिया इन्हीं की जाति का था। जब इनके पिता को इस घटना का पता चला तो उन्होंने मुखिया के आगे निवेदन किया कि वह उनकी बेटी को अपना ले। मुखिया ने उन्हें पिटवाया और घर में आग लगवाकर इन्हें गाँव से निकलवा दिया।

इनके पिता अपने सब बच्चों को लेकर इसी शहर में चले आए और मेहनत- मजदूरी करके किसी तरह गुजारा करने लगे। तभी यह बात जाहिर हुई कि ये माँ बनने वाली हैं। जाहिर यह किया गया कि ये विवाहित हैं और इनका पति बाहर काम पर गया है। फिर इन्होंने एक बच्ची को जन्म दिया और रात के अँधेरे में उसे उस चर्च के गेट पर रख दिया गया। वही बच्ची ग्रेसी है।

"लेकिन यह कैसे पता चला कि वह बच्ची ग्रेसी ही है?"

"तुम्हें पता नहीं कि ग्रेसी की बाईं जाँघ पर लहसुन का बड़ा-सा निशान है, जो जन्म से है। एक दिन मिसेज कोटियन ने वह निशान देख लिया था।"

"यह निशान तो चर्च की और लड़कियों की जाँघ पर भी हो सकता है।"

"हाँ, जरूर हो सकता है, लेकिन मिसेज कोटियन ने फादर से ग्रेसी की डेट ऑफ बर्थ पूछी थी और पता चला था कि उस दिन चर्च के गेट पर सिर्फ दो ही लड़कियाँ मिली थीं—एक मैडोना और दूसरी ग्रेसी, लेकिन मैडोना की जाँघ पर कोई निशान नहीं है। यह भी मिसेज कोटियन देख चुकी हैं।"

"ओह, लेकिन आंटी, मिसेज कोटियन का मिस्टर कोटियन से कैसे संबंध हो गया?"

"बात यह है बेटे कि एक दिन किसी एक्सीडेंट में इनके बड़े भाई और छोटी बहन की डैथ हो गई थी और तभी इनके पिता का मन शहर से हट गया था और ये लोग फिर किसी दूसरे शहर की तलाश में निकल गए थे। बच्चों की मौत

का सदमा तो था ही, गाड़ी में ही इनके पिता की तबीयत बहुत बिगड़ गई। गाँव के एक स्टेशन पर किसी साथी मुसाफिर ने बताया कि यहाँ मिशन अस्पताल है, जहाँ मुफ्त में ही इनके पिता का इलाज हो जाएगा। ये पिता और भाई-बहनों को लेकर वहीं उतर गईं। पिता ठीक हो गए। उन्हें इसी अस्पताल में काम भी मिल गया और रहने की जगह भी। बच्चों के पढ़ने-लिखने का इंतजाम भी हो गया। इसके लिए इन लोगों को प्रभु ईसु की शरण में जाना पड़ा। मिस्टर कोटियन उसी गाँव के हैं। वहीं उनकी मुलाकात हुई और शादी हो गई। जिस साल इन्होंने ग्रेसी को लिया था, उसी साल ये ट्रांसफर होकर यहाँ आए थे।"

"लेकिन इस बात से तो ग्रेसी और मिसेज कोटियन को खुश होना चाहिए था। फिर उसने नन बनने का निर्णय क्यों लिया?"

"हाँ, खुश तो होना चाहिए था, लेकिन दुर्भाग्य कभी अकेला नहीं आता, और इनका दुर्भाग्य ही था कि खुश होने की जगह ये दिनभर रोते रहे थे।"

"कुछ भी हो, आंटी, मैं तो एक सैनिक हूँ और सिर्फ एक बात जानता हूँ कि लड़ाई के समय हर सैनिक जीतने की उम्मीद में लड़ाई जारी रखता है। दुर्भाग्य की कल्पना में मैदान छोड़कर भाग नहीं जाता।"

"यह तो ठीक है बेटे, लेकिन लड़ाई दुश्मन के साथ जारी रखी जाती है, अपनों के साथ नहीं। जब तक ग्रेसी दुश्मनों को महसूस करती रही, तब तक उसने लड़ाई जारी रखी, लेकिन जब यह अहसास खत्म हो गया तो लड़ाई भी खत्म हो गई···अपनों में हार-जीत कैसी?"

"मैं कुछ समझा नहीं, आंटी।"

"न समझो यही अच्छा है···अरे, तुम्हारा दूध ठंडा हो गया, मैं अभी गरम करके लाती हूँ।" मिसेज डिसूजा हड़बड़ाकर बोलीं।

"अब आप भी बात टालता चाहती हैं, लेकिन ऐसे भाग नहीं सकेंगी; रही दूध की बात, वह मुझे वैसे भी पसंद नहीं। फिर ठंडे और गरम का क्या सवाल है, लाइए, मैं पिए लेता हूँ।" और उसने दूध का गिलास उठाकर पी लिया।

"क्या बताऊँ बेटे, तुम्हें तो पता ही है कि जब ग्रेसी यहाँ आई थी, तब मिस्टर कोटियन का उसके साथ कैसा व्यवहार था?"

जब ग्रेसी आई थी तो उसने कल्पना की थी कि मम्मी-डैडी का प्यार

मिलेगा। भाई-बहन मिलेंगे। रहने को अच्छा घर, पढ़ने के लिए स्कूल, खेलने और गप्पें लड़ाने के लिए नए दोस्त और पहनने के लिए अच्छे कपड़े मिलेंगे, लेकिन आते ही उसका सारा मोहभंग हो गया। पहले ही दिन उसे पता चल गया कि मिस्टर कोटियन अपने घर में एक बेटी नहीं, एक नौकरानी लाए हैं।

"जैसे ही वह गाड़ी से उतरी, मिस्टर कोटियन ने मिसेज डिसूजा को आवाज लगाकर बुलाया और कहा, इसे इसका कमरा और काम बता दो।

"वह हक्की-बक्की खड़ी रह गई। तभी उसके कानों से मिस्टर कोटियन की कर्कश आवाज टकराई, 'ऐसे मुँह बाये क्या खड़ी है? जा, अपना काम कर।'

"वह मिसेज डिसूजा के साथ चली गई। पहले अपने कमरे में बैठकर खूब रोई, फिर काम में लग गई।

"ग्रेसी ने अपनी नियति पहचान ली और परिस्थितियों के साथ समझौता कर लिया। वह मन लगाकर काम करने लगी। फिर भी उसे एक अकेलापन हमेशा कचोटता रहता। इस पूरे घर में वह सिर्फ मिसेज डिसूजा को ही अपना समझती थी। हालाँकि मिसेज कोटियन भी उसे प्यार करती थीं, लेकिन उनका प्यार उसे मात्र दिखावा और बड़े लोगों की दया-तुष्टि का माध्यम ही लगता था। उसने स्वयं को कुछ निश्चित सीमाओं में बाँध लिया था। नन्हे जॉर्जियस की मृत्यु के बाद वह कभी चर्च भी नहीं गई थी। अब चर्च में उसका था ही कौन? एक माइकेल था, वह भी देहरादून चला गया था।

इसी तरह काम करते-करते उसे चार साल बीत गए और उसने जवानी की दहलीज पर पाँव रख दिए। इस दहलीज पर पाँव रखना ही उसके दुर्भाग्य का मुख्य कारण बना।

एक शाम वह बाजार में भाजी खरीदने गई थी। भाजी का झोला उठाए वह सड़क पार कर रही थी कि अचानक एक गाड़ी उसके बिल्कुल पास आकर रुकी और वह उसके नीचे आते-आते बची। गाड़ी के अंदर से उसे एक लड़की का झल्लाया हुआ स्वर सुनाई दिया, "मरने के लिए और भी गाड़ियाँ हैं। मेरी ही गाड़ी को क्यों खराब करना चाहती है?"

ग्रेसी ने सिर उठाकर देखा तो देखती रह गई। वह लड़की मैडोना थी। जैसे

ही मैडोना ने उसे पहचाना, वह दरवाजा खोलकर दौड़ी आई और उससे लिपट गई, "अरे ग्रेसी, तुम!...यह तुमने क्या हालत बना रखी है? मैंने तो सुना था, तुम किसी बहुत बड़े सरकारी अफसर की बेटी हो गई हो...लेकिन ये झोला, ये सब्जियाँ...क्या है यह सब?"

"क्या अपना काम खुद करना अपराध है?"

"नहीं...लेकिन तुम्हारी गाड़ी कहाँ है, नौकर-चाकर कहाँ हैं?"

"गाड़ी गैरेज में गई है, नौकर छुट्टी पर हैं और चाकर...वह तुम देख ही रही हो, मैं अपनी चाकरी खुद कर रही हूँ।"

तभी पीछे से गाड़ियों के हॉर्न बजने लगे। ट्रैफिक जाम हो गया था। मैडोना चौंकी और ग्रेसी का हाथ पकड़कर जबरदस्ती खींचती हुई गाड़ी की ओर ले चली, "चल, चल, गाड़ी में बैठकर ही बात करेंगे।"

ग्रेसी सड़क पर तमाशा नहीं बनना चाहती थी, इसलिए मजबूरन उसे गाड़ी में बैठना पड़ा। मैडोना ने गाड़ी एक पार्क की ओर मोड़ दी और ग्रेसी को पार्क में पकड़ ले गई। हरी घास पर बैठते हुए उसने कहा, "अब सुना, क्या हाल-चाल है?" ग्रेसी मैडोना की आत्मीयता भरी बातें सुनकर रो पड़ी और अपनी सही स्थिति उसके सामने स्पष्ट कर दी। उसके हालात सुनकर मैडोना को भी बहुत अफसोस हुआ। फिर स्वयं को संयत करते हुए वह मजाक के स्वर में बोली, "तू तो बेवकूफ है...तेरे पास नई-नई जवानी है, भरपूर खूबसूरती है, फिर भी मिस्टर कोटियन को बेवकूफ नहीं बना सकी?"

"तूने सबको अपने ही जैसा समझ लिया है क्या?" ग्रेसी के चेहरे पर शर्मीली मुसकान छा गई।

"शरीर-रचना के हिसाब से तो तू मेरे जैसी ही दिखाई दे रही है।"

"अच्छा-अच्छा, तू रख अपनी शरीर-रचना अपने पास ही। मैं तो जा रही हूँ। अँधेरा हो गया है, सब लोग इंतजार करते होंगे।"

"ठीक है, रोज तू उनका इंतजार करती है। एक दिन वे तेरा इंतजार कर लेंगे तो घट नहीं जाएँगे!"

"तू मिस्टर कोटियन को नहीं जानती। वह बड़े ही अजीब किस्म के

झक्की आदमी हैं। पता नहीं क्या सोच बैठें और क्या आरोप लगा बैठें?"

"कुछ भी हो, लेकिन तू जल्दी तो नहीं जा सकेगी।"

"अरे चुड़ैल, यह मेरी नौकरी का सवाल है।"

"झाड़ू मार ऐसी नौकरी को!···तू मेरे साथ चल और मेरे घर में मेरी सहेली की हैसियत से रह। अरे, मैं तो भूल ही गई, आज मेरा बर्थ-डे है। मैं अपने फ्रेंड्स को इनवाइट करके लौट रही थी कि तू मिल गई। अब तो तू किसी तरह नहीं जा सकेगी···तुझे मेरी बर्थ-डे पार्टी में शरीक होना ही पड़ेगा, और हाँ, आज तेरा भी तो बर्थ-डे है, हम साथ-साथ मनाएँगे।"

"भाड़ में गया मेरा बर्थ-डे! मेरा क्या है, मैं तो रोज सुबह पैदा होती हूँ और रोज रात को मर जाती हूँ। खैर, छोड़ इसे···हाँ, अगर तू मुझे अपना वैभव दिखाना चाहती है तो मैं बिना देखे ही उसे स्वीकार किए ले रही हूँ, लेकिन मुझे जाने दे।"

"तुझमें यह हीनता की भावना क्यों घर कर गई है? अरी बेवकूफ, अच्छी सहेलियों में तेरा-मेरा नहीं होता।"

"मेरे पास कपड़े भी तो नहीं, फिर रात में अकेले लौटना···"

"फिर वही बात, एक दिन मेरे कपड़े पहन लेगी तो रानी साहिबा छोटी नहीं हो जाएँगी। रही अकेले आनेवाली बात, तो तू कहेगी तो पूरी बारात तेरे साथ कर दूँगी, वैसे मैं खुद भी पहुँचा सकती हूँ।"

और मैडोना ने उसे अपने घर ले जाकर ही छोड़ा। उसे पहनने के लिए अपना सबसे अच्छा स्कर्ट-ब्लाउज दिया और सभी से अपनी सबसे अच्छी सहेली के रूप में परिचय कराया।

पार्टी बड़े धूम-धड़ाके के साथ शुरू हुई। मैडोना ने अपने कई मित्रों के साथ डांस किया। कुछ नौजवानों ने उसके सामने भी डांस का प्रस्ताव रखा, लेकिन उसने नम्रतापूर्वक सबसे माफी माँग ली।

ग्रेसी ने पहली बार ड्रिंक भी ली, हालाँकि उसने बहुत मना किया, लेकिन मैडोना के आग्रह और लोगों के मजाक के कारण लेनी ही पड़ी। हालाँकि बहुत कम ली थी। फिर भी उसकी टाँगों और जबान में लड़खड़ाहट आ गई थी।

पार्टी आधी रात के बाद खत्म हुई। हालाँकि मैडोना ने काफी पी थी, लेकिन अभ्यस्त होने के कारण उस पर असर अधिक नहीं था। वह अपनी गाड़ी

से उसे छोड़ने गई। ग्रेसी बँगले के गेट पर ही उतर गई और लड़खड़ाती हुई अंदर चल दी।

घर के सब लोग सो गए थे। सिर्फ मिस्टर कोटियन ने काफी ड्रिंक कर ली थी और गुस्से में भरे अपनी पत्नी पर बिगड़ रहे थे, "तुमने ही उसे भेजा था। वह पैसे लेकर अपने किसी यार के साथ भाग गई होगी।"

मिसेज कोटियन रुआँसी-सी होकर कह रही थीं, "तुम तो उसके लिए हमेशा उलटा-सीधा ही सोचते हो। यह नहीं सोचते कि वह कहीं किसी मुसीबत में न फँस गई हो!"

तभी कॉल-बेल बजी। मिस्टर कोटियन लपककर दरवाजे पर पहुँचे और झटके से दरवाजा खोल दिया। ग्रेसी गिरते-गिरते बची। सब्जी का झोला उसके हाथ से छूट गया और सब्जी बिखर गई। मिस्टर कोटियन ने खींचकर एक चाँटा उसके गाल पर मार दिया और चीखे, "आ गई हरामजादी अपने यारों के साथ रात बिताकर और शराब में धुत्त होकर। ओ हो, तो साहबजादी को रात भर की कीमत नए स्कर्ट और ब्लाउज के रूप में मिली है।" मिस्टर कोटियन ने ग्रेसी का ब्लाउज झटके से खींचा तो सामने से पूरा फट गया। ग्रेसी ने अपने दोनों हाथ अपने वक्ष पर रख लिये और फर्श पर बैठ गई। मिस्टर कोटियन एकटक उसे देखते रह गए।

मिसेज कोटियन काफी देर से खड़ी यह सब देख रही थीं। अब उनसे बरदाश्त नहीं हुआ, वह आगे बढ़ीं और ग्रेसी को सहारा देकर अंदर ले गईं। उसे उसके कमरे में लिटा दिया और लाइट ऑफ करके चुपचाप अपने कमरे में चली गईं।

□

"और उस रात ग्रेसी के साथ वह सब हो गया, जो इसी उम्र में उसकी माँ के साथ हुआ था। फर्क सिर्फ इतना था कि इस बार मुखिया के लड़के की जगह खुद ही मुखिया—इस घर का मुखिया—मिस्टर कोटियन।" मिसेज डिसूजा ने रुँधे हुए गले से कहा।

माइकेल पर जैसे बिजली गिर गई। वह जड़ बना बैठा रहा। उसकी आँखें मिसेज डिसूजा के चेहरे पर चिपककर रह गईं। उसकी तंद्रा तभी टूटी, जब

मिसेज डिसूजा ने उसके कंधे पकड़कर हिलाए और कहा, "क्या सोचने लगे, बेटे? गरीब और यतीम लड़कियों का दुर्भाग्य उनकी जवानी ही होती है। दुःख सिर्फ इस बात का था कि इस घर से ग्रेसी की कुछ दूसरे ही किस्म की भावनाएँ जुड़ी हुई थीं।"

"लेकिन ग्रेसी ने ये सारी बातें मुझे क्यों नहीं बताईं?" माइकेल ने पूछा। उसका चेहरा काफी तना हुआ और गंभीर था।

"क्या बताती, बेटे? वैसे भी लड़कियाँ अपने दुर्भाग्य का ढिंढोरा नहीं पीटतीं।"

"अपनों को बताना ढिंढोरा पीटना तो नहीं है।"

"फिर भी किसी नए दुर्भाग्य की आशंका तो मन में रहती ही है और फिर उसने मुझे ही कहाँ इतनी आसानी से बताया था? मैं तो उसकी हालत देखकर समझ गई थी और उसे मजबूरी में मुझसे कहना पड़ा था।"

"क्या वह मजबूरी मेरे साथ नहीं जुड़ सकती थी?"

"नहीं, कोई औरत जितनी आसानी से किसी दूसरी हमदर्द औरत को अपना इस तरह का भेद बता देती है, उतनी आसानी से किसी पुरुष को नहीं बता सकती।"

"शायद इसी घटना के कारण ग्रेसी ने नन बनने का निर्णय लिया होगा?"

"नहीं, ऐसी बात नहीं। यदि यही बात होती तो यह निर्णय तीन साल पहले ही ले लिया गया होता। तीन साल का समय किसी घटना को भूल जाने के लिए कम तो नहीं होता।"

"फिर क्या बात थी?"

"बात थी सगी माँ के सामने उस दुर्भाग्य का खुल जाना। तुम सोच सकते हो, यह किसी भी माँ के लिए कितनी तकलीफदेह बात होगी, जब उसे यह पता चले कि उसके पति ने उसकी सगी बेटी के साथ ऐसा व्यवहार किया और फिर भी वह चुप रहने के लिए मजबूर हो।

"बेटे, कुछ भूलें ऐसी होती हैं, जिन्हें भूल जाने के लिए कुछ क्षण, कुछ घंटे और कुछ दिन ही काफी होते हैं, लेकिन कोई भूल ऐसी भी होती है, जो अकेली ही सारी उम्र रुलाने के लिए काफी होती है।"

"ग्रेसी उस दिन कमरे में बंद रही। मिसेज कोटियन भी सारे दिन उसे देखने नहीं आईं। उन्हें लगा कि ग्रेसी रात की मार-पीट के कारण कुछ नाराज होगी, लेकिन उन्हें वह मार-पीट ज्यादा अनुचित नहीं लगी थी। उनके अनुसार भी बिना सूचना दिए किसी लड़की को घर से बाहर रहने की इतनी सजा तो मिलनी ही चाहिए थी।

"दूसरे दिन ग्रेसी काफी स्वस्थ थी। उसके चेहरे पर एक खास किस्म की चमक थी। लगता था, जैसे उसने कोई खास फैसला कर लिया है। उस दिन उसने मिस्टर कोटियन के साथ डाइनिंग टेबल पर बैठकर ही खाना खाया। उनके साथ हँसकर बात की। मिसेज कोटियन को उसका यह अचानक परिवर्तन कुछ अजीब सा लगा, लेकिन वह खामोश ही रही।

"उस दिन के बाद इस घर में नए-नए आश्चर्य दिखाई देने लगे। मिस्टर कोटियन का स्वभाव बदलने लगा। उनके चेहरे पर छाई रहनेवाली मनहूसियत और तनाव की लकीरें हटने लगीं। घर वालों के प्रति उनके व्यवहार में नम्रता और सहनशीलता दिखाई देने लगी। बच्चे और मिसेज कोटियन जिस काम के लिए कहतीं, वह काम आनन-फानन में हो जाता। वह हँसी-मजाक में भी हिस्सा लेने लगे थे और हर समय स्मार्ट, स्वस्थ और सुंदर दिखने के लिए नए-नए विटामिन और प्रसाधन इस्तेमाल करने लगे थे।

"ग्रेसी के कमरे में नया फर्नीचर आ गया। ढेर सारे कपड़े और श्रृंगार का सामान आ गए। एक दिन मिस्टर कोटियन ग्रेसी को अपने साथ ले गए और उसका बैंक एकाउंट खुलवा आए। ग्रेसी और मिस्टर कोटियन में अकसर छेड़-छाड़, नोक-झोंक और हँसी-मजाक होता रहता और मिसेज कोटियन मुसकराकर रह जातीं। उनके मन में किसी भी तरह का शक और दुर्भाव नहीं था। वह खुश थीं। उन्हें लगता था कि ग्रेसी को बेटी का सही हक मिल रहा है। उन्हें क्या पता था कि उनका अपना हक छिनता जा रहा है?

"कभी-कभी ग्रेसी मजाक-मजाक में मिस्टर कोटियन की इतनी खिंचाई करती कि वह बौखला जाते। फिर स्वयं भी हँसकर और यह कहकर कि आज डैडी को खूब बनाया, सारी स्थिति सामान्य कर देती। ग्रेसी की हर फरमाइश तुरंत पूरी कर दी जाती।"

मिसेज डिसूजा ग्रेसी को समझातीं, "बेटी, तू जो कर रही है, वह अच्छा नहीं है। आग से खेलना बंद कर दे।"

"आंटी, आप मेरे बारे में ज्यादा सोचना छोड़ दीजिए। मैंने निश्चय कर लिया है कि मि टर कोटियन को जलाकर दूर से तमाशा देखूँगी।"

"इस तरह आखिर कब तक बचती रहेगी?"

"जब तक बच सकूँगी। और अगर कभी जलना ही पड़ गया तो इन्हें राख करके ही जलूँगी।"

"देख ले, अब तू अपना भला-बुरा समझने लायक हो गई है।"

"अब मैं बहुत कुछ समझने लायक हो गई हूँ, आंटी। आप बिल्कुल चिंता न करें।"

"लेकिन बेटी, मिसेज कोटियन से तेरी क्या दुश्मनी है? वह तो तुझे प्यार भी बहुत करती हैं।"

"आंटी, उनसे मेरी उसी सीमा तक दुश्मनी है, जहाँ तक वह मिस्टर कोटियन की पत्नी हैं। जहाँ वह मेरी मम्मी हैं, वहाँ मुझे उनसे पूरी हमदर्दी है। मैं आपसे वायदा करती हूँ कि उनके प्यार का मुझे हमेशा ध्यान रहेगा।"

"ठीक है, जैसा तेरे मन में आए कर···" और वह खामोश हो जातीं।

इसी तरह दिन गुजरते गए। ग्रेसी का बैंक-बैलेंस बढ़ता गया। सुविधाएँ बढ़ती गईं और घर पर अधिकार बढ़ता गया। एक दिन ग्रेसी मैडोना को अपने घर ले आई। दोनों ने अपने कमरे में बैठकर ड्रिंक ली, खाना खाया और स्कर्ट-ब्लाउज पहने ही सो गईं। कमरे की बत्ती जलती रही। रात में मिसेज कोटियन किसी काम से उधर आईं। ग्रेसी का कमरा खुला था। वह बत्ती बुझाने के लिए अंदर गईं। वे दोनों बेहोश सो रही थीं। उनकी स्कर्ट ऊपर खिसक गई थी। मिसेज कोटियन को ग्रेसी की बाईं जाँघ पर लहसुन का निशान दिखाई दे गया।

वह उसके नजदीक चली गईं। स्कर्ट को थोड़ा सा हटाकर ध्यान से उस निशान को देखा। उन्होंने मैडोना की जाँघें भी देखीं, वहाँ कोई निशान नहीं था। वह कुरसी खींचकर काफी देर ग्रेसी के पास बैठी रहीं। उनका मन कर रहा था कि वह ग्रेसी को जगाकर अपने गले से लगा लें और उसे सबकुछ बता दें; लेकिन कुछ सोचकर वह खामोश ही रहीं। फिर उठीं। उन्हें चादर ओढ़ाई और

बत्ती बुझाकर बाहर चली गईं, लेकिन वह उस रात सो नहीं सकीं। सारी रात ग्रेसी के कमरे के आसपास ही चक्कर काटती रहीं।

दूसरे दिन सुबह उन्होंने खुद चाय बनाई और अपने हाथ से ग्रेसी को देने गईं। पहले उन्होंने ग्रेसी और मैडोना को जगाया और चाय पिलाई। जब तक उन्होंने चाय खत्म नहीं कर ली, तब तक वह उनके सामने ही बैठी रहीं। यही स्थिति नाश्ते और लंच के समय भी रही। वह जबरदस्ती ग्रेसी को खिलाती रहीं और मुसकराती रहीं।

लंच के समय मिस्टर कोटियन ने मजाक के तौर पर पूछा भी, "क्या बात है—डार्लिंग, आज तुम कुछ ज्यादा ही खुश नजर आ रही हो?"

"क्यों, क्या खुश रहने का हक सिर्फ तुम्हें ही है?"

"यह बात नहीं, मेरा मतलब है कि आज ग्रेसी पर तुम्हारी कुछ ज्यादा ही कृपा है।"

"आखिर ग्रेसी मेरी बेटी है।"

"तुम्हारी बेटी तो डॉली भी है, लेकिन उसकी तरफ तो तुम देख भी नहीं रही।"

"डॉली छोटी बेटी है और ग्रेसी बड़ी···और फिर डॉली को तो जन्म से ही सारा सुख मिला है, लेकिन बेचारी ग्रेसी को···" वह अचानक खामोश हो गईं। उन्हें लगा कि वह एक अप्रिय प्रसंग छेड़ने जा रही हैं।

"उसके बाद ग्रेसी के प्रति उनका प्यार बढ़ता ही गया। उनके प्यार को देखकर ग्रेसी घबरा उठी और कुछ-कुछ उदास-सी रहने लगी।" मिसेज डिसूजा ने बताया।

"लेकिन इसमें उदास होने की क्या बात थी?" माइकेल ने पूछा।

"मैंने भी एक दिन ग्रेसी से उसकी उदासी का कारण पूछा था।" तब उसने कहा था, "आंटी, मुझे मिसेज कोटियन का यह पागलपन की हद तक प्यार देखकर कुछ डर-सा लगने लगा है। लगता है, अब मेरी योजना पूरी नहीं हो पाएगी।"

"बेटी, मैं फिर कहूँगी कि तुम उस जिद को छोड़ दो। मैंने उसे फिर समझाने की कोशिश की।" मिसेज डिसूजा ने कहा।

"फिर?"

"फिर क्या, वह नींद का बहाना बनाकर अपने कमरे में चली गई।"

"आखिर मिसेज कोटियन को कैसे पता चला कि मिस्टर कोटियन ने उसके साथ गलत व्यवहार किया है?"

पाँच जनवरी, सन् 72 को मिसेज कोटियन ने इस घर में ग्रेसी का पहला जन्मदिन मनाने का निर्णय किया था। शहर के बहुत से लोग इनवाइट किए गए थे। काफी रात गए तक शोर-शराबा, ड्रिंक और खाना होता रहा था। जब सारे मेहमान चले गए तो ग्रेसी को मिले सारे उपहार उसके कमरे में पहुँचा दिए गए। ग्रेसी सोने चली गई।

जब से ग्रेसी के साथ वह घटना हुई थी, मैंने अपनी बैड ग्रेसी की बैड वाली दीवार से सटाकर बिछा ली थी और मैं रात भर चौकन्नी सोती थी, ताकि वक्त-जरूरत मैं उसकी कुछ मदद कर सकूँ। मैं सोने जा रही थी कि मुझे ग्रेसी के कमरे में मिस्टर कोटियन की आवाज सुनाई पड़ी, "देखो, मैं तुम्हारे लिए सच्चे मोतियों का नेकलेस लाया हूँ। आओ, तुम्हें पहना दूँ।"

"इस समय नहीं डैडी, इस समय मैं बहुत थकी हुई हूँ, सुबह पहना दीजिएगा।" यह ग्रेसी की आवाज थी।

"डैडी, डैडी, डैडी! यह मत भूल लड़की कि मैं तुझे खरीदकर लाया हूँ। यह दिखावा बाहर के लिए तो ठीक है, लेकिन यहाँ नहीं चलेगा।" मिस्टर कोटियन की आवाज में झुंझलाहट थी।

"आपके संबंध में यह बात मैं कभी नहीं भूली और न कभी भूल सकूँगी, लेकिन कृपया इस समय चले जाइए।"

"ठीक है, आज तो मैं जा रहा हूँ, लेकिन कल भी तुमने मुझे झाँसा दिया तो मुझसे बुरा कोई नहीं होगा...पिछले कई सालों से तुम मुझे टालती आ रही हो और बेवकूफ बनाती चली आ रही हो, लेकिन अब ऐसा नहीं होगा...यह एक पत्र है, पढ़ लेना और कल सुबह मुझे जवाब दे देना।" और मिस्टर कोटियन गुस्से में भरे वहाँ से चले गए। कुछ देर तक कमरे में सिसकियों की आवाज भरती रही और फिर खामोशी छा गई। थोड़ी देर बाद ग्रेसी उठी और बत्ती जला दी।

"तभी मिसेज कोटियन भी ग्रेसी के कमरे में आ गईं। आते ही उन्होंने पूछा, 'अरे, यह किसका पत्र है? क्या माइकेल का? कहाँ है आजकल वह? कैसा

है ? इसमें छिपाने की क्या बात है ? पढ़ न···अरे, यह तो तेरे डैडी की हैंडराइटिंग है।···देखूँ तो क्या है इसमें···?' फिर थोड़ी देर तक छीना-झपटी-सी होती रही और कुछ मिनट बाद ही ग्रेसी और मिसेज कोटियन के रोने और सिसकने की आवाजें आने लगीं।

"ग्रेसी ने उन्हें रोते-रोते पिछली सारी बातें बता दीं। मिसेज डिसूजा ने एक गहरी साँस ली और कहना जारी रखा—

"रो मत बेटी, आखिर यह दुर्भाग्य तुझे तेरी माँ से ही मिला है।" और मिसेज कोटियन ने उसे अपनी सारी हिस्टरी सुना दी।

"माँ!" शायद ग्रेसी मिसेज कोटियन से लिपट गई थी। फिर मिसेज कोटियन सारी रात उसी कमरे में रहीं। सारी रात उस कमरे से सिसकियाँ उभरती रहीं।

"उस दिन के बाद इस घर में एक तनाव-सा रहने लगा। ग्रेसी ने अपने आपको लगभग अपने कमरे में ही बंद कर लिया। मिसेज कोटियन अकसर ग्रेसी के कमरे में ही सो जातीं। मिस्टर कोटियन का स्वभाव फिर से बदलने लगा, लेकिन उस बदलाव में झेंप, झल्लाहट और चिड़चिड़ापन अधिक था।

"अभी इस घटना को एक हफ्ता भी नहीं हुआ था कि तुम्हारे 'मिसिंग' का तार आ गया। तुम्हारा तार आते ही जैसे ग्रेसी पूरी तरह टूट गई और शायद तभी ग्रेसी ने निर्णय लिया था, लेकिन किसी संकोच और विचारों की अस्थिरता के कारण उसके प्रकट होने में कुछ महीने और लग गए।

"और जिस दिन यह फैसला बाहर आया, सारे घर में एक हंगामा सा मच गया। मिस्टर कोटियन ने बहुत समझाया, माफी भी माँगी, लेकिन मिसेज कोटियन ने जोरदार ढंग से निर्णय का समर्थन किया।"

"और आज वह हो गया, जो नहीं होना चाहिए था।" माइकेल ने गहरी साँस लेकर कहा और उसकी आँखें भर आईं।

"हाँ, शायद। लेकिन जैसी परमपिता की इच्छा। अच्छा बेटे, अब तुम सो जाओ, सुबह मुलाकात होगी।"

"शायद हो। लेकिन आंटी, जब आप ग्रेसी से मिलें तो उसे मेरी शुभकामनाएँ दे दें और कह दें, हम एक बार फिर यतीम हो गए हैं, लेकिन जिंदगी का यही आखिरी मोड़ नहीं है।"

□

राजनीति की शवयात्रा

चौधरी जॉन मोहम्मद करतार सिंह शर्मा आज ही दिल्ली घूमने हिंदुस्तान आए हैं। मुझे अजीब और अच्छे लगे, इसलिए दोस्ती कर ली। उनका नाम और 'हिंदुस्तान से आना' जिस तरह आपको अजीब लग रहा है, मुझे भी लगा था। परिचय के बीच में ही मैंने उनसे कहा था, "जनाब, आप पहले शख्स हैं, जो हिंदुस्तान से आए हैं। नहीं तो यहाँ जो भी आता है, यू.पी., बिहार, बंगाल, उड़ीसा, आंध्र, तमिलनाडु, कर्नाटक, महाराष्ट्र, गुजरात या पंजाब आदि से आता है···और उस पर आपका यह किलोमीटरी नाम···जवाब नहीं हुजूर का!"

वे पहले मुसकराए, फिर खुलकर हँसे, फिर बेहद गंभीर हुए और फिर बोले, "भाई, सच मानिए, आया तो मैं ठेठ हिंदुस्तान से ही हूँ···रही नाम की बात, तो आप इ.एम.एस. नंबूदरीपाद को पूरा खोलकर देख लीजिए, दक्षिण में नहीं जाना चाहते तो बिहार के राजा राधिका रमण प्रसाद सिंह को याद कर लीजिए और अगर ज्यादा ही नजदीक रहना चाहते हैं तो दिल्ली के सच्चिदानंद हीरानंद वात्स्यायन 'अज्ञेय' को ले लीजिए।"

मेरे मुँह से अचानक निकल पड़ा, "बस-बस साहब, रहने दीजिए और मत गिनाइए। मैं आपके नाम से सहमत हूँ···अगर आप इजाजत दें तो अपनी सहूलियत के लिए आपको चौधरी जे.एम.के. शर्मा कहने लगूँ।"

वे एक बार फिर मुसकराए, "मुझे कोई ऐतराज नहीं···आप चाहें तो एम.जी. आर. या के.पी.एस. मेनन भी कह सकते हैं। नाम में क्या है? नाम तो सिर्फ पहचान के लिए होता हैं और आप मेरी पहचान मत खोइएगा।"

और पहचान खोना तो दूर, मैं उनका गहरा दोस्त बन गया और उनके साथ

सारा दिन दिल्ली घूमता रहा। अजी घूमता क्या रहा, एक जगह से दूसरी जगह भागता रहा। अभी-अभी हम दोनों बुरे हाल होकर कमरे में लौटे हैं। चौधरी जे.एम. के. शर्मा के एक जूते की पेंदी निकल गई और वे बेपेंदी के होकर भागते रहे। मेरी एक चप्पल पता नहीं कहाँ छूट गई और दूसरी मैंने भागते-भागते छोड़ दी।

आज दिल्ली शहर के चौराहों पर अजीब करिश्मे देखे, अजीब दंगे देखे, अजीब हादसे देखे, करीब-करीब वैसे ही जैसे 'गंगाराम पटेल' के साथी बुलाकीदास नाई के हर शहरपना में देखे थे। फर्क सिर्फ इतना था कि बुलाकीदास के हर हादसे का मीजान पंडित गंगाराम पटेल मिला दिया करते थे और यहाँ अजीबोगरीब हादसों का मीजान मिलाने वाला मेरे पास कोई नहीं था। चौधरी जे.एम.के. शर्मा थे। सो उन्हें अपना ही मीजान नहीं मिल रहा था। वह बेचारे भागते-भागते ही काँपने लगे थे और कमरे तक पहुँचते-पहुँचते ही जूड़ी में गिर गए थे। उनके लाए हुए सारे हिंदुस्तान के कंबल उन्हें ओढ़ा दिए थे, लेकिन उनका काँपना बंद नहीं हुआ था, उनके दाँत जोरों से कटकटा रहे थे और उस कटकटाहट के बीच से कुछ शब्द निकल रहे थे, जिनके बारे में बिल्कुल नहीं कहा जा सकता कि वे 'गीता' के श्लोक थे या 'कुरान' की आयतें या 'ग्रंथ साहब' के सबद या 'बाइबिल' की लाइनें। उन बेचारे को यह भी होश नहीं था कि वह लुंगी लगाए हैं या पाजामा पहने हैं।…खैर, जाने दीजिए, इस बात को और हादसा सुनिए।

हमने दिल्ली परिक्रमा पार्लियामेंट स्ट्रीट सें शुरू की थी। अचानक चौधरी जे.एम.के. शर्मा के दिमाग में एक कीड़ा बुलबुलाया था कि वे अपने नाम का फायदा उठा सकते हैं। जब लोग अपने बाप, माँ, ससुर, जीजा, साले के नाम का फायदा उठाते हैं तो वे अपने ही नाम का फायदा क्यों न उठाएँ? उन्होंने चुपके से मेरे कान में कहा था, "यार, दिल्ली फतह की योजना दिमाग में आई है। परिक्रमा के दौरान जहाँ से भी गोट बैठ जाए, वहीं से मैं अपना नामांकन-पत्र दाखिल कर दूँ। मेरे नाम पर सभी जातियों और धर्मों के लोग अपना वोट दे देंगे। अगर हवा कुछ हजार वोटों की भी बँध गई तो किसी 'अच्छे' आसामी से पच्चीस-पचास हजार का सौदा कर लूँगा। हिंदुस्तान से दिल्ली आने का खर्चा-पानी तो निकल ही आएगा।"

अभी हम कुछ ही दूर चले थे कि एक चौराहे पर विशाल भीड़ नजर आ गई। धँसकर तमाशा देखने की तबीयत हो आई। हाँ, मैं आपको अपने कदों के बारे में बताना भूल गया था। भूलने का भी एक खास सबब था। अभी तक कदों की जरूरत नहीं हुई थी और अब जरूरत हुई तो बताना याद आ गया। चौधरी जे.एम.के. शर्मा अपने नाम से ढाई मीटर छोटे हैं और मैं भी उनसे खास बड़ा नहीं। सो, तमाशा देखने के लिए यहाँ हमारे कद काम आए। बैठकर बड़े आराम से भीड़ की टाँगें पार कर गए। अंदर क्या देखते हैं कि बीच चौराहे पर एक लाश पड़ी है—निहायत ही खूबसूरत और जवान नजर आनेवाली, बेहद पुरानी औरत की नंगी लाश। हम दोनों इस अजीब औरत की नंगी लाश को देखकर डर गए—जो निहायत खूबसूरत भी थी, जवान भी थी और बेहद पुरानी भी थी। डरकर हमने अपनी नजरें चूमा लीं। अब हमारे सामने विशाल भीड़ थी; पहले हमने भीड़ की या तो पीठ देखी थी या टाँगें देखी थीं, लेकिन अब चेहरे देख रहे थे और डर के मारे हमारी घिग्घी बँधी हुई थी। वह पूरी-की-पूरी बावरदी या बेवरदी एक ही चेहरे की भीड़ थी। हमें यह पूरा माहौल एक प्रेत लीला-सा लगा और हम भाग लिये।

भागते-भागते दूसरे चुनाव क्षेत्र में पहुँच गए। वहाँ भी एक बड़े चौराहे पर उसी निहायत खूबसूरत, निहायत जवान और बेहद पुरानी औरत की नंगी लाश पड़ी थी और उसे वही बावरदी या बेवरदी एक ही चेहरे वाली विशाल भीड़ घेरे खड़ी थी। चारों ओर माइक चीख रहे थे, लेकिन डर ने वहाँ भी हमें कुछ सुनने न दिया। हम भागते रहे। एक के बाद एक चुनाव क्षेत्र आता गया और हर चुनाव क्षेत्र के एक बड़े चौराहे पर उसी औरत की लाश और वही एक चेहरे वाली भीड़ मिलती गई। वैसे ही माइकों पर वैसी ही आवाजों की चीखें सुनाई देती रहीं। हर जगह एक ही हादसे से दो-चार होने के कारण डर कम होता गया।

□

आखिरी चुनाव क्षेत्र के चौराहे की भीड़ नजर आने लगी थी। अब हम आराम से चल रहे थे। मन से डर करीब-करीब खत्म हो चुका था।

हम टाँगों के बीच से देख आए थे कि चौराहे के बीचोबीच उसी निहायत खूबसूरत, निहायत जवान और बेहद फुरानी नंगी औरत की लाश पड़ी थी। हमने

भीड़ को भी पहचान लिया था—वही एक ही चेहरे वाली विशाल भीड़ थी। एक ही गले की अलग-अलग आवाजें उभर रही थीं।

एक आवाज, "भैयाजी, ये जो लाश पड़ी है, वह किसी साधारण महिला की लाश नहीं है। यह हमारी माताजी, बहनजी की लाश है, यह हमारे बच्चों की माताजी, बहनजी की लाश है। इन्होंने हमें पैदा किया, इन्होंने हमारी कलाइयों में राखियाँ बाँधीं, हमारे भाल पर विजय कामना के टीके लगाए। इन्होंने ही युद्धभूमि को प्रस्थान करते समय अर्जुन के हाथ में गांडीव, भीम के हाथ में गदा, शिवाजी के हाथ में भवानी और महाराणा प्रताप के हाथ में भाला थमाया। ये साक्षात् भारतमाता हैं। इन पर हमारा पहला और आखिरी अधिकार है। आप लोग शवयात्रा की तैयारी करें। हम इनके शव को संपूर्ण राष्ट्रीय सम्मान और जाति गौरव के साथ जलाएँगे।"

तभी दूसरी ओर के माइक चीखने लगे, "हाजरीने बिरादरान, इस नेक खातून की पाकीजा लाश पर हमारा खानदानी और पैदाइशी हक है। इसे सिकंदर महान् यूनान से अपने साथ लाया था और हिंदुस्तान से लौटते वक्त सहारा के रेगिस्तान में हमारे मरहूम आकाओं के पास छोड़ गया था। फिर यह हमारे आकाओं के साथ हिंदुस्तान आई और उनके साथ यहीं बस गई। हमारे आकाओं के आने से पहले हिंदुस्तान में इतनी हसीन, इतनी जवान और ऐसी तवारीखी खातूनें नहीं हुआ करती थीं। इसलिए यह हमारी है। आप लोग मैयत की तैयारी करें। हम इसे पूरे शाही और कौमी अदब के साथ दफनाएँगे।"

तीसरा माइक अंग्रेजी में चीख रहा था, "ये दोनों ही झूठ बोलते हैं। ये लेडी अंग्रेज बहादुर के साथ मुल्क बर्तानिया से इंडिया में आई थी। आखिरी वक्त में यह लॉर्ड माउंटबेटन के दफ्तर में रोती हुई देखी गई। लॉर्ड माउंटबेटन अकसर उसे अपनी गोद में बिठाकर प्यार से समझाते रहते थे कि वह यहीं रह जाए। इससे अंग्रेजी, अंग्रेजों और अंग्रेज भक्तों को बड़ी मदद मिलेगी। चलते समय अंग्रेज बहादुर इसे नौसिखिया देशी हुक्मरानों को दोस्ती की यादगार के तौर पर भेंट कर गए। यह अंग्रेजों की यादगार है, इसलिए मसाला भरकर इसे म्यूजियम में सजा दिया जाए।"

चौथी आवाज बीच में ही उभर आई, "नहीं, ये सब झूठ बोलते हैं, यह इनका चुनावी हथकंडा है। यह नेक औरत आदम के जमाने से एक फाहिशा का

रोल अदा करने के लिए मजबूर रही। हमसे पहले के हुक्मरानों ने इसके साथ बहुत बुरा सलूक किया। इसे कभी व्यक्तिगत संपत्ति घोषित किया और कभी सार्वजनिक संपत्ति करार दे दिया गया। कभी इसे कोठरी में नचाया गया, कभी कोठी में और कभी कोठे पर। इसे कई बार बीमारियाँ हुईं और उस वक्त इसे विरोधियों को सौंप दिया गया। फिर इलाज करवाया गया और फिर जलील किया गया। इसलिए हम इसकी आत्मा की शांति के लिए इसे गंगा में प्रवाहित करेंगे।"

अचानक चारों ओर माइक चीखने लगे—हम जलाएँगे···हम दफनाएँगे··· हम म्यूजियम में सजाएँगे···हम गंगा में बहाएँगे···जलाएँगे···दफनाएँगी··· सजाएँगे···बहाएँगे···पकड़ो, मारो···वो लिये जा रहा है। जाने न पाए···ये धर्म का सवाल है···ये सिद्धांत का सवाल है···पकड़ो···मारो···और दंगा शुरू हो गया।

एक ही चेहरे वाली भीड़ चारों और भागने लगी···आदमी मरने लगा, आदमी मारने लगा, आदमी आदमी पर गिरने लगा, आदमी को कुचलने लगा।

और हम दोनों सिर पर पैर रखकर भागे और भागते चले गए। चौधरी जे.एम.के. शर्मा काँपते-काँपते जूड़ी में गिर गए। वे अपने होश खो चुके थे और मैं अपने होश खोता जा रहा था। मुझे अपने कमरे में उस औरत की अनगिनत नंगी लाशें पड़ी दिखाई दे रही थीं। कमरे में एक ही चेहरे वाली भीड़ भरती जा रही थी। एक ही मंच पर अलग-अलग दिशाओं के माइकों पर बोलने वाले कुछ लोग खड़े एक-दूसरे के खिलाफ चीख रहे थे और उनके हाथ पीठ पीछे एक-दूसरे के हाथों से जुड़े हुए थे। सुबह जब नींद खुली तो मेरा सारा बदन दर्द कर रहा था। चौधरी जे.एम.के. शर्मा की कँपकँपाहट बंद हो गई थी और वे सो रहे थे।

मैं उठा और अखबार लेकर खिड़की पर खड़ा हो गया। खबर थी, "दंगे बंद हो गए हैं। उस औरत की सारी लाशें पुलिस ने अपने कब्जे में कर ली हैं। सारे नेता इस बात पर सहमत हो गए हैं कि सरकार उस औरत की लाश में जान डालने की कोशिश करे। चुनाव हो जाने और जान पड़ जाने के बाद नए चुने गए जन-प्रतिनिधि उसके मुँह से उसकी दास्तान सुनेंगे और तभी फैसला करेंगे कि उसे जलाया जाए या दफनाया जाए या ममी बनाकर म्यूजियम में सजाया जाए अथवा उसकी आत्मा की शांति के लिए उसे गंगा में प्रवाहित कर दिया जाए। तब तक के लिए शवयात्रा स्थगित की जा रही है।"

□

एक एहसास शताब्दियों पहले का

गाड़ी सिर्फ आधा घंटा लेट थी। ठीक एक बजे बंबई के विक्टोरिया टर्मिनस पर पहुँची। मैं आगे के डिब्बे में था। खिड़की से पूरे प्लेटफॉर्म पर झाँकता आया था, लेकिन मेरा दोस्त सिन्हा कहीं दिखाई नहीं दिया। प्लेटफॉर्म पर अपने मित्रों और संबंधियों की अगवानी करनेवालों की खासी भीड़ थी। मैं सोच रहा था, शायद भीड़ में कहीं खोकर रह गया होगा।

गाड़ी रुकी। बहुत से कुली डिब्बे में घुस आए, जिससे मेरे जैसे छड़े लोगों को उतरने में परेशानी होने लगी। मैं अपना सूटकेस और होल्डाल लिये किसी तरह दरवाजे पर आया। दरवाजे से कुछ ऐसे लोग अंदर आ रहे थे, जो कुली तो थे ही नहीं और न उनके चेहरों से किसी की अगवानी करनेवाली जैसी तेजी, उत्सुकता और खुशी जाहिर हो रही थी। हाँ, उनमें एक हड़बड़ी-सी अवश्य थी, वे दरवाजे और गलियारे में खड़ी लड़कियों, औरतों और आदमियों को धकियाते अंदर लपके जा रहे थे। एक-दो धक्के मुझे भी लगे, लेकिन मैंने कुछ खास ध्यान नहीं दिया। किसी तरह बाहर निकलकर प्लेटफॉर्म पर खड़ा हुआ तो देखा कि वे हड़बड़े लोग डिब्बे के दूसरे दरवाजे से उसी तरह औरतों-मर्दों को धकियाते हुए बाहर निकल रहे थे।

उनका यह कृत्य मेरी समझ में बिल्कुल नहीं आया। मैं अपना सामान दोनों हाथों से सँभाले हुए अभी इसके बारे में सोच ही रहा था कि मेरी पीठ पर जोरदार धौल पड़ी। मैं गड़बड़ा गया। सामान हाथ से छूट गया। मैंने गुस्से से घूमकर देखा तो एक खुशी आँखों में उतर आई। मेरा दोस्त सिन्हा पीछे खड़ा मुसकरा रहा था। हम दोनों गर्मजोशी से गले मिले। फिर उसने बाहर चलने की पेशकश की।

मैंने उसे दो मिनट रुकने का इशारा करते हुए कहा, "यार, एक तमाशा मेरी समझ में नहीं आया!"

"क्या गाड़ी में कोई तमाशा मंडली भी थी?" चारों ओर देखते हुए उसने कहा।

"क्या मतलब? ये तमाशा मंडली क्या चीज है?" मैंने पूछा।

"यार, महाराष्ट्र का एक लोकनृत्य है—लावनी, उसी को यहाँ के लोग 'तमाशा' कहते हैं।" और वह हँसने लगा।

"नहीं भाई, मेरा मतलब उस तमाशे से नहीं था। मैं तो उन लोगों के बारे में पूछ रहा था," मैंने काफी दूर जाते हुए लोगों की ओर इशारा किया, "वे लोग अभी इस दरवाजे से मुसाफिरों को धकियाते हुए डिब्बे में घुसे और बगैर किसी की ओर देखे या पहचाने उसी तरह अजीब-सी हड़बड़ी में दूसरे दरवाजे से निकल गए। यही क्रम मैंने उन्हें दो-तीन डिब्बों में दोहराते हुए देखा है। उनकी हड़बड़ी से तो लगता है कि वे किसी को ढूँढ़ रहे हैं, लेकिन उनके चेहरे और व्यवहार से ऐसा नहीं लगता।"

"ओह, तो ये पगारिये हैं," सिन्हा ने अजीब-सा मुँह बनाकर कहा।

"पगारिये! ये क्या होता है?" मैंने पूछा।

"ये लोग अपनी पगार उगाहने निकले हैं।" उसने बात को और भी रहस्यमय बनाते हुए मुसकराकर कहा।

"देख बे, सीधे बात कर। रहस्यवाद को दफन हुए कई दशाब्दियाँ गुजर चुकी हैं, अब तो उसकी हड्डियाँ तक सड़-गलकर मिट्टी बन चुकी होंगी।"

सिन्हा मेरी झुँझलाहट पर जोर से हँस पड़ा, फिर कुछ संयत होकर बोला, "ये जेबकतरे होंगे। हम लोग इन्हें 'पगारिये' कहते हैं। इनका काम भीड़ और हड़बड़ी में लोगों की जेबें साफ करने के साथ-साथ औरतों और लड़कियों के कुछ खास अंगों पर कुहनियाँ और कंधे मारना भी है। गाड़ियों में भीड़ की वजह से आजकल उनका सीजन है। माल के साथ स्पर्श-सुख भी भरपूर मिल जाता है।"

मेरा आश्चर्य बढ़ता जा रहा था। मेरा एक हाथ जेब से चिपककर रह गया था। सिन्हा कहे जा रहा था, "तू चाहे तो मैं तुझे अभी उस जगह ले चल सकता हूँ, जहाँ ये 'मामा' लोगों को 'टैक्स' बाँटेंगे और यात्रियों को माँ-बहन

की गालियाँ देंगे कि आजकल लोग माल-पानी जेबों की जगह औरतों की कुछ खास जगहों में छिपाकर चलते हैं। और फिर चटखारे ले-लेकर कुहनियों से नापे हुए अंगों का बखान करेंगे।" सिन्हा के मुँह से औरतों के संबंध में इन 'पगारिये' लोगों का बखान सुनकर मेरे मन में चाहे गुदगुदी की लहर-सी भले ही आई हो, लेकिन मेरे कस्बाई संस्कार ऐसी बातें कहने-सुनने और सोचने के आदी नहीं थे, इसलिए चेहरे पर वितृष्णा और अरुचि के भाव आने लाजिमी थे।

मैंने अपनी जेब की सलामती एक गनीमत समझी और हम लोग स्टेशन से बाहर निकल आए। बाहर आकर सिन्हा ने जो बात कही, उसने मेरे सारे उत्साह पर पानी डाल दिया। उसने बताया कि उसे मेरा पत्र तो समय से मिल गया था, लेकिन मुझे उस होटल में कोई जगह नहीं मिल सकी, जिसमें सिन्हा रहता है। मुझे यह जानकर बहुत दुःख हुआ कि हम लोग साथ नहीं रह पाएँगे। उसे भी इस बात का बेहद अफसोस था। फिर भी उसने मुझे सांत्वना दी, "मैंने कल से एक हफ्ते की छुट्टी ले ली है, इसलिए दिनभर हम लोग साथ ही रहेंगे, घूमेंगे।"

उसने बताया कि मेरे ठहरने का इंतजाम 'विजय निवास लॉज' में हुआ है, जो स्टेशन से सिर्फ पाँच या सात मिनट की पैदल दूरी पर है। उसने एक कुली लेने की बात की और मेरा कस्बाई बड़प्पन तुरंत इस बात को मान गया। हालाँकि अपने यहाँ इतना सामान उठाकर पाँच-सात मिनट क्या, मैं घंटे-दो घंटे भी पैदल चल सकता था। लेकिन यहाँ अपने इस 'नीम महानगरीय' दोस्त के साथ देहाती नहीं दिखना चाहता था।

हम लोग कुली के सिर पर सामान लदवाकर चल दिए। स्टेशन के घेरे से बाहर निकलकर उसने वी.टी. स्टेशन की बिल्डिंग दिखाई, जो काफी विशाल और भव्य है। स्टेशन के बाहर एक रेहड़ीवाले पर नजर गई, जिसे घेरे हुए चार-पाँच लोग खड़े थे। वह पैंटपीस बेच रहा था। बेचनेवाले ने एक पीस पर पेट्रोल जैसा कोई ज्वलनशील तरल डाला और उस जगह लाइटर जलाकर छुआ दिया। कपड़ा जलने लगा। कुछ देर बाद आग बुझा दी गई। मेरे आश्चर्य की सीमा नहीं रही, जब मैंने कपड़े को बेदाग पाया। उसे घेरे खड़े लोग तुरंत तीन-तीन, चार-चार पीस खरीदने लगे। कीमत भी कम थी, मैंने भी दो-चार पीस खरीदने की नीयत से जेब में हाथ डाला। सिन्हा झुँझला उठा और मुझे खींच ले चला।

"यार, बेवकूफी की भी हद है! पहले बंबई की ए-बी-सी-डी तो सीख ले, फिर खरीदारी करना।"

"क्या मतलब? यहाँ की ए-बी-सी-डी हमारे यहाँ की ए-बी-सी-डी से अलग है क्या?"

"अरे घनचक्कर, अलग ही नहीं, बड़ी अजीब और बहुत मुश्किल भी है।" वह हँसने लगा।

मेरी आँखें और मुँह फटे रह गए। आवाज बड़ी कोशिश से निकल पाई, "कैसे? कितना तो अच्छा कपड़ा था—फायर-प्रूफ, सस्ता और लोग किस तरह थोक में खरीद रहे थे!"

"मूर्ख, ये सब दिखावा था। जितने लोग खरीद रहे थे, वे सब बेचनेवाले के ही साथी थे। पैसे भी उसी के थे और माल भी पाँच मिनट बाद नए रैपर में लिपटकर कुछ और साथी खरीदारों के साथ उसी के पास आ जाएगा और भाव भी थोड़ा-बहुत ऊपर-नीचे हो जाएगा। ये सब तेरे जैसे घामड़ को झाँसा देने के लिए होता है।"

"ओह, तो ये भी नंबर दो के पगारिये हैं।" मेरे मुँह से अचानक निकल गया और हम दोनों जोर से हँस पड़े।

तभी कुली की झुँझलाती आवाज कानों में पड़ी, "काये को खाली-पीली धंधा का टैम खराब करता साब, पाँच मिनट का बोल के पाँच घंटा लगाएगा तो कइसे चलेगा!"

वाकई जगह-जगह पर रुकने के कारण कुली के साथ ज्यादती हो रही थी, इसलिए हम लोग आगे चल दिए। आगे फलों की रेहड़ियाँ थीं। युवक और युवतियाँ संतरे और केले खरीदकर खा रहे थे और एक-दूसरे के साथ धौल-धप्पा, हँसी-मजाक भी कर रहे थे। कुछ मजाक काफी खुल-खिल भी जाते थे, लेकिन लड़कियाँ खनकदार हँसी हँसकर लड़कों को चुटकियाँ काट लेती थीं। मुझे अपने यहाँ की छुईमुई कहीं नजर नहीं आई।

"अबे, आँखें फाड़-फाड़ के क्या देख रहा है, ये तेरे गाँव की लड़कियाँ नहीं, बंबई की लड़कियाँ हैं, जो तेरे जैसे को दिन में दस बार खरीद और बेच सकती हैं और तुझे पता भी न चलेगा! जिस तरह बनारस के राँड, साँड, सीढ़ी,

संन्यासी का कोई भरोसा नहीं, वैसे ही बंबई की बरसात और लड़कियों का भी भरोसा नहीं कि कब आठ दूनी चार का उलटा पहाड़ा पढ़ा दें।"

"लेकिन यार, शरम-हया भी तो कोई चीज है?" मैंने कहा। सिन्हा पहली बार कुछ गंभीर हुआ, "भाई मेरे, शरम-हया कोई मेकअप का सामान नहीं, जिसे चेहरे पर पोते घूमते फिरो··गुदगुदी होगी तो हम हँसेंगे ही, शरमाएँगे नहीं। शरम-हया दन्नपन की निशानी है। यह सामंती युग की देन है, जहाँ औरत बिस्तर पर नंगी लेटकर भी शरम-हया की चादर से तन ढक सकती है। क्या तुम उस 'बेडरूम कल्चर' को सही 'शरम-हया का कल्चर' कह सकते हो? आज न सामंत रहे, न उनका युग। फिर उनकी इस देन के शव को ढोकर हम वर्जित और कुत्सित सौंदर्य-चेष्टा को सौंदर्यबोध क्यों कहते रहें?"

"बाथरूम का नंगापन हम सड़क पर नहीं ला सकते!" मैंने भी तैश में आकर कह दिया।

"नंगापन कपड़ों का ही नहीं होता, विचारों का भी होता है। उस लिहाज से हम सड़क का खुलापन बाथरूम में क्यों नहीं ले जा सकते?" सिन्हा ने पूछा।

अब कुली सामान उतार देने की धमकी देने लगा था, इसलिए हम लोग खामोशी से चलने लगे। मेरे दिमाग में सड़क, बाथरूम, नंगापन—कपड़ों और विचारों का, बेडरूम कल्चर और पगारिये घूम रहे थे। पता ही नहीं चला कि कितनी सड़क नापी! होश तब आया, जब कुली को संबोधित करती हुई सिन्हा की आवाज कानों में पड़ी, "बाईं गली में घूम जाना।" मैंने देखा, यह एक पतली गली थी। उस गली को देखकर मुझे अपने कस्बे की 'गली पंडितान' याद आई। वैसी ही गंदी और ऊबड़-खाबड़। 'गली पंडितान' के नुक्कड़ पर भी एक पनवाड़ी की दुकान थी और इसके नुक्कड़ पर भी। दुकान पर बनियान और तहमद में खड़ा एक पहलवान टाइप आदमी पान चबा रहा था और रह-रहकर गली के बीचोबीच पिच्च से पीक थूक देता था। गली के दोनों ओर लोना लगी दीवारों के दो-मंजिले मकान थे। सामने एक मटमैला-सा छोटा बोर्ड टँगा था, जिस पर लिखा था—'विजय निवास लॉज—रहने का उत्तम स्थान'।

हम लोग लॉज की अँधेरी सीढ़ियाँ चढ़ने लगे। सीढ़ियाँ ऊबड़-खाबड़ लकड़ी की थीं, जिनके कभी भी टूट जाने का अंदेशा था। इन सीढ़ियों को

देखकर मुझे अपने घर की बाँस की पुरानी नसेनी याद आ रही थी, जिस पर चढ़ने में मैं हमेशा डरता था।

गिरते-पड़ते हम लोग ऊपर पहुँचे। वहाँ एक तंग-सी जगह में बिछे छोटे से तख्त पर नंगे बदन, सिर्फ जाँघिया पहने मैनेजर-कम मालिक विराजमान थे। उनका पसीने से भीगा काला-सा जनेऊ घिन पैदा कर रहा था। मेरा मन हुआ कि अभी लौट जाऊँ, लेकिन दोस्त का खयाल करके मन मार गया। फिर मैं बंबई में नया-नया आया था और दोस्त के अनुसार यहाँ की ए-बी-सी-डी भी नहीं जानता था।

सिन्हा ने ही उससे बातें कीं। उसने एक मैला-सा रजिस्टर खोला। उसमें मेरा नाम पहले से ही लिखा हुआ था, मुझे सिर्फ दस्तखत करने थे। मुझे रूम नंबर नौ मिला।

कमरे में जाने पर मुझे यह जानकर बेहद आश्चर्य हुआ कि टीन के पतरे से बने उस कमरे में मुझे लोहे की सिर्फ एक चारपाई मिली है। दूसरी चारपाई पर कोई और सज्जन थे, जो उस समय कहीं बाहर गए हुए थे। काफी झगड़े के बाद कुली पाँच रुपए लेकर चला गया। मैं सिर झुकाकर उस चारपाई पर इस तरह बैठ गया, जैसे किसी मैयत में आया होऊँ! वातावरण काफी भारी हो गया था। सिन्हा को भी शायद लग रहा था कि यह भारीपन दूर करने से दूर नहीं होगा, अपने आप ही होगा। उसे कुछ संकोच और अपराधी भाव-सा महसूस हो रहा था। उसने झिझकते हुए कहा, "अच्छा भाई, अब मैं चलता हूँ। जरा ऑफिस भी देख लूँ। आज सिर्फ आधे दिन की ही छुट्टी ली थी। शाम को आऊँगा और कल से तुम्हारे ही साथ समय गुजारूँगा, तुम थके होगे, आराम करो।"

मैंने कोई उत्तर नहीं दिया। मुझे पता ही न चला कि सिन्हा कब चला गया। मैं बैठा-बैठा सोच रहा था कि यह वह बंबई तो नहीं है, जहाँ मैं आना चाहता था। यह तो मेरे कस्बे से भी पुराना कोई कस्बा था। मुझे लग रहा था, जैसे कि किसी पत्थर की शिला पर बैठा हूँ और उसके टुकड़े तोड़कर उसी पर घिस रहा हूँ, ताकि शिकार खेलने के लिए नए पैबल्स बना सकूँ। बंबई का यह पंद्रह मिनट का सफर मुझे पंद्रह हजार साल पीछे खींच ले गया था।

□

अँधेरे से अँधेरे तक

"अरे भाई, आश्चर्य तो यह है कि मुझे पता है, मैं अपने घर जा रहा हूँ। यह भी पता है कि मेरे बीवी और बच्चे हैं। इससे बड़ा आश्चर्य यह है कि मुझे अपने बच्चों की संख्या सही-सही याद है और अगर आप मजाक न समझें तो सबसे बड़ा आश्चर्य है कि मेरे बच्चे मुझी को अपना पापा समझने, मानने और पहचानने में कभी भूल नहीं करते!" वह सज्जन मर्सिया और सोहर-गीतों के बीच से गुजर रहे थे। यदि उनकी आँखों में मिट्टी के दीपों-सी मद्धिम-पीली चमक न होती तो मुझे उनका चेहरा देखकर 'दीवाली' की रात कभी याद नहीं आती, एक ऐसी बियाबान रात में से मैं अपने आप को गुजरता महसूस करता, जिसमें रोशनी पर मजाक करने के लिए तारे भी नहीं होते।

"हाँ भाई, मैं झूठ तो बोलता हूँ—सिर्फ देर की स्थिति में ऑफिस में साहब से और घर में बीवी से, लेकिन मुझे यकीन है कि आप इन दोनों में से कोई नहीं।" और वह जोर से हँस पड़े, मैं भी अपनी झेंप और हँसी, दोनों को ही नहीं रोक सका। वह सज्जन फिर कहने लगे—

"अब आप ही देखिए, जब मैं घर से चलता हूँ, तब अँधेरा होता है और बच्चे सो रहे होते हैं और जब घर पहुँचता हूँ, तब भी अँधेरा होता है और बच्चे सो रहे होते हैं। उस समय मैं सोचता हूँ, जैसे बहुत कुछ घट जाने के बाद भी कहीं कुछ भी नहीं घटा है और मुझे लगता है या तो वक्त 'सुपरसॉनिक स्पीड' से भाग रहा है और हम ठहरे हुए हैं या हम 'सुपरसॉनिक स्पीड' से भाग रहे हैं और वक्त अपनी कब्र में जहाँ का तहाँ लेटा है।"

"आप ठीक कहते हैं भाईजान, हममें और वक्त में, दोनों में ही कहीं-न-

कहीं एक-एक कब्र जरूर है और उस कब्र के पूरे ठहराव के ऊपर से हजारों मील प्रति घंटे की रफ्तार से आँधियाँ और तूफान गुजर रहे हैं, लेकिन हम उन्हें उसी रफ्तारी रूप में महसूस नहीं कर पा रहे।" मैंने प्रश्नवाची उत्तर दिया।

"महसूस क्या खाक करें? महसूस भी वक्त के हिसाब से किया जाता है और हमारे पास वक्त ही कहाँ है···खासतौर पर महसूस-वहसूस करने के लिए फालतू वक्त! सप्ताह में सोमवार से शनिवार तक हम चलते हैं और वक्त हमारे साथ नहीं चलता, इतवार को वक्त चलता है और हम उसके साथ नहीं चल पाते। फिर भला बताइए, हम कुछ भी महसूस कैसे कर सकते हैं? व्यक्तिगत रूप से मुझे यह भी महसूस नहीं होता कि मैं आदमी हूँ या मेरी बीवी का स्वास्थ्य, सौंदर्य और रूप कैसा है अथवा मेरे बच्चों की सूरतें कैसी हैं?" वह आवेश में लगते हैं। उनके चेहरे पर अँधेरा और गाढ़ा होता जा रहा था।

"तब आप यह तो महसूस करते होंगे कि आप काम कर रहे हैं? और क्या काम कर रहे हैं?" मैंने अँधेरे का गाढ़ापन कुछ कम करने की कोशिश की, लेकिन वह बढ़ता ही गया।

"शायद नहीं," वह बोले, "शायद मुझे यह भी नहीं महसूस होता कि मैं कोई काम कर रहा हूँ। चार और चार, आठ···आठ और आठ, सोलह··· सोलह और चार, बीस जैसा हमारा काम हो गया है और रोज वही—चार और चार, आठ···रहता है। हम इसके आदी हो गए हैं, इसलिए महसूस करने का सवाल तक महसूस नहीं होता। जिंदगी में कहीं कुछ नयापन नजर नहीं आता। लगता है, हम जिंदगी को आगे बढ़कर जी नहीं रहे, सिर्फ दोहरा रहे हैं, या कहना चाहिए, सिर्फ रटे जा रहे हैं—ठीक बच्चों के पहाड़ा याद करने की तरह—दो एकम दो, दो दूनी चार···"

"खैर, यह भी मान लें कि आपको यह सब महसूस नहीं होता, लेकिन एक बात तो जरूर ही महसूस होती है और आप बता भी चुके हैं—आप घर जा रहे हैं, आपको पता है कि आपके बीवी-बच्चे हैं और बच्चे आपको अपना पापा समझने, मानने और पहचानने में भूल नहीं करते। इससे साफ जाहिर होता है कि आप अपने और अपनों के बीच एक खास संबंध जरूर महसूस करते हैं?" मैंने उनकी बातों में मजा लेते हुए सहसा पूछ लिया।

वह दो क्षण आँखें मूँदे बैठे रहे, फिर गहरी साँस छोड़ते हुए बोले, "यदि आप यही मानते हैं और संबंधों को इसी रूप में स्वीकार करते हैं, तब तो शायद मुझे कहना ही पड़ेगा—हाँ, मैं महसूस करता हूँ, लेकिन मैं ऐसा कह नहीं सकता; क्योंकि मैं ऐसा महसूस नहीं करता। यदि मैं वास्तव में ऐसा महसूस करता होता तो उसे संदिग्ध बनाने के लिए उसके साथ 'आश्चर्य' शब्द का प्रयोग नहीं करता। अब देखिए, मैं महीने में पूरा एक दिन भी अपने बच्चों को नहीं दे पाता। शायद एक दिन का आधा-चौथाई, आठवाँ या दसवाँ भाग ही बमुश्किल अपने बच्चों को एक महीने में दे पाता हूँ। शायद पूरा औसत आधे से दसवें के घेरे में ही घटता-बढ़ता रहता है।"

"क्या मतलब?" मेरी आँखें जरूरत से ज्यादा फैल गईं। "महीने में आपको चार इतवार तो मिलते ही हैं?"

वह जोर से हँसे, हँसते गए और जब रुके तो उसी गंभीर मूड में बोले, "आपने अभी बंबई के साँझ-सवेरे ही देखे हैं, दिन और रात नहीं देखे। आप नए-नए ठंडे और ठहरे हुए शहर से आए हैं। अभी पहले कुछ दिन रसिये-बसिये, मेरी तरह पूना में घर लेकर बंबई में काम कीजिए, औद्योगिकीकरण और औद्योगिक नगर के महत्त्व और परिणामों को परखिए, बीवी-बच्चों का जुगाड़ भिड़ाइए, उसके बाद बात कीजिए कि आपको बंबई कैसा लगा? आप क्या महसूस करते हैं?"

"वाह भाईजान!" मैंने हँसते हुए कहा, "इसका मतलब तो यह हुआ कि जब तक हम बीवी-बच्चों का जुगाड़ न भिड़ा लें और वह सब न कर लें, जो आपने कहा है, तब तक हमें कुछ भी महसूस करना बिल्कुल छोड़ देना चाहिए और धीरे-धीरे प्राकृतिक अनिवार्यता के फलस्वरूप महसूस करने की शक्ति से ही हाथ धो देना चाहिए?"

"हाँ, अब कुछ ढर्रे पर आए।" ठहाका लगाते हुए वह बोले, "जिस तरह महसूस करना छोड़ देने से धीरे-धीरे वह शक्ति ही नष्ट हो जाती है, उसी प्रकार बहुत सी बातों को एक साथ, बार-बार और बहुत समय तक महसूस करते रहने से किसी एक के संबंध में महसूस करना समाप्त और असंभव-सा हो जाता है, या कह सकते हैं कि अलग-अलग हर चीज के बारे में महसूस करने की शक्ति

नष्ट हो जाती है। आपकी और मेरी बातों का परिणाम एक ही निकलता है।"

"इसका अर्थ तो संबंधों के अस्तित्व को नकारना और दायित्वों से भागना हुआ?" अब श.यद मेरे चेहरे पर अँधेरा जमकर गाढ़ा होने लगा था।

"संबंध...दायित्व...संबंध...दायित्व...एक ही स्वर-लय, एक ही रूप और एक ही अर्थ में यह सब न जाने कब से सुनते आ रहे हैं और अब तो हम उस सब के इतने आदी हो गए हैं कि इस सुनने को भी महसूस नहीं कर पाते। अब इसे आप यूँ लीजिए कि मैं अँधेरे में घर से चलता हूँ और अँधेरे में ही घर पहुँच पाता हूँ, यानी कि अँधेरे में घर से घर तक की यात्रा करता हूँ। घर से घर तक की यात्रा—इसी से आप सोच सकते हैं कि यह दायित्वों से भागना नहीं है या कह सकता हूँ कि हममें भागने की शक्ति ही नहीं है और इस बात से यह भी जाहिर हो जाता है कि हमें कुछ भी महसूस नहीं होता। यदि महसूस होता तो घर को खूँटा बनाकर गोलाई में उसके इर्द-गिर्द घूमने से हम चक्कर खाकर गिर पड़ते या नई यात्राओं के संबंध में सोच-समझ और प्रयत्न कर सकते, और हमें ऐसा कर पाने की फुरसत ही नहीं है।"

"खैर, संबंधों की बात तो आप गोल ही किए जा रहे हैं?" मैंने मजाकिया लहजे में कहा।

वह मुसकराते हुए बोले, "भाई मेरे, कुछ नयापन महसूस करने के लिए संबंध, संस्कार और उनके नियामक विधान हमने बनाए हैं और जब हम उनके भी आदी हो जाते हैं, तब उनके बारे में भी कुछ महसूस नहीं कर पाते।"

"वाह-वाह!" मैंने तालियाँ बजाईं, "किस खूबसूरती से आपने गढ़ी-गढ़ाई बातें दोहरा दी हैं! इस सिद्धांत-रचना को छोड़िए और कुछ व्यावहारिक बताइए?"

"अच्छा, देखिए", उन्होंने अंधकार की मोटी-मोटी कई तहें अपने चेहरे पर जमाकर कहा, "अभी-अभी आपने महीने में चार इतवारों की बात की थी और मैंने दिन के आधे से दसवें अंश तक की बात कही थी। मेरा मतलब सिर्फ यही था कि छह दिन काम करने के बाद एक दिन मुझे आराम के लिए मिलता है—जिस दिन मैं अपने बच्चों को जीता-जागता देखता हूँ और बस इससे ज्यादा देखने का मौका नहीं मिल पाता। उस दिन अगले छह दिनों के खाने, पहनने और

जीने के दूसरे साधन जुटाने पड़ते हैं। कपड़े धोना, ढंग से अपनी सफाई करना, लोगों से मिलना-जुलना और अगले छह दिनों काम कर पाने के लिए आराम करना भी जरूरी होता है। बच्चों के भी अपने काम, खेल-कूद होते हैं। इस तरह यदि देखूँ तो मैं बच्चों को शायद दशमांश भी नहीं दे पाता और फिर मैं कह रहा हूँ कि मैं इन सबका और दे पाने-न दे पाने का आदी जो हूँ, इसलिए मुझे उस तरह कुछ भी महसूस नहीं होता, जैसा ठंडे और ठहरे हुए शहरों के लोगों को होता है और मेरी अपनी भाषा में या बंबई की अचेतन चेतना या अति चेतना के शब्दों में—मुझे कुछ भी महसूस नहीं होता। और अगर कुछ होता भी है तो सिर्फ यही कि अपने और अपनों के संबंधों के बीच कहीं कुछ टूट-फूट गया है, जिससे उनके खँडहर और खँडहरों के आसपास पड़े ईंट-पत्थरों के टुकड़े तो महसूस होते हैं, लेकिन जुड़ी हुई एक पूरी इमारत महसूस नहीं होती।

□

और मैं सोच रहा हूँ, यही है वह शहर, जिसकी याद आते ही मुझे परियों के किस्से याद आ जाते थे! परिस्तान के महमहाते बगीचे और उनमें मस्ती और एक खास अंदाज से घूमते हुए परीजातों को महसूस करता था और उनमें एक परीजात मैं भी था या शायद जादुई घोड़े पर चढ़कर मोतियों से ढके समुद्रतट पर सरपट दौड़ता हुआ परिस्तान का शहजादा! और अब···अब शायद उन सज्जन की तरह मैं भी कुछ महसूस नहीं कर पा रहा हूँ और महसूस करना भी नहीं चाहता, और यदि करता भी हूँ तो शायद वही खँडहर, खँडहर के आसपास पड़े ईंट-पत्थरों के टुकड़े। और लगता है, औद्योगिकीकरण के मजबूत कदम इन टुकड़ों को और बारीक कर देंगे, ये खँडहर और भी टूट जाएँगे और इनकी जगह नई इमारतें बनेंगी—नए संबंधों और संस्कारों के रूप में। हम उनमें रह सकेंगे—गहरी, मुक्त साँस ले सकेंगे, लेकिन तब भी शायद हम कुछ महसूस नहीं कर सकेंगे या शायद हमें कुछ भी महसूस करने की जरूरत ही महसूस नहीं होगी···!

□

क्षणों का विघटन

हजारों जिंदगियों के बीच एक ऐसी जिंदगी है, जो जी नहीं जाती, सिर्फ दिखाई जाती है और हजारों आदमियों के बीच एक ऐसा आदमी है, जो बोलता नहीं, सिर्फ इशारे करता है और उन इशारों पर उस 'सिर्फ दिखाई जानेवाली' जिंदगी में हरकत पैदा हो जाती है। एक ठहराव, जो कुछ क्षणों के लिए आता है, बिखर जाता है या एक क्षण, जो कुछ ठहरावों के लिए अपना होना (शायद) महसूस करता है, टूट जाता है। मुझे हर बिखराव और टूटने के बीच एक 'रेडक्रॉस' की गाड़ी खड़ी नजर आती है और विश्वास-सा होता है कि हमारी जिंदगियाँ अभी सुरक्षित हैं।

यह 'विश्वास-सा होना' मुझे बंबई जाने पर ही महसूस हुआ है और खासकर उस समय, जब मैं सड़क पार करने के लिए सड़क के बीचोबीच खड़े सिपाही के इशारे की प्रतीक्षा करता खड़ा होता हूँ। मैं देखना चाहता हूँ—सिपाही के इशारे; एक 'रेडक्रॉस' की गाड़ी, लेकिन दिखाई देता है—ऑफिस में रखा 'मस्टर', जिसे चपरासी उठाकर ले जाने ही वाला है और जिस पर मैंने अभी अपनी उपस्थिति के हस्ताक्षर नहीं किए हैं। मेरे आसपास जिंदगियों में हरकत होती है, ठहराव बिखरता है, एक क्षण टूटता है, 'रेडक्रॉस' और इशारे उभरने का आभास भर देते हैं और मैं सड़क पार कर जाता हूँ।

रोज 'लिफ्ट' लेने के लिए बाहर बरसाती तक 'क्यू' लगी रहती है। परिचितों में बेमतलब 'हलो' धक्के देकर निकाल बाहर की गई मुसकान और मन में लगी गालियों की महफिल के बीच से उठकर आई हुई 'गुड मॉर्निंग' का आदान-प्रदान होता है, इस आदान-प्रदान में मैं भी शरीक रहता हूँ और जानता

हूँ कि यह सब खोए हुए धुएँ की हलकी सी गंध भर है, जो खुद भी सिर्फ खो जाने के लिए ही है। 'लिफ्ट' आती है, चली जाती है। 'क्यू' छोटी होती जाती है, लेकिन समाप्त नहीं होती। यदि दो ही आदमी होते हैं, तो भी 'क्यू मैनर' में खड़े रहते हैं—आगे-पीछे।

□

लंच...लंच...लंच! लगता है, खाने से अलग एक निहायत मजाकिया किस्म की चीज है—लंच, जो ऑफिस की 'कैंटीन' या नजदीक ही वी.टी. स्टेशन की रेलवे 'कैंटीन' में सिर्फ 'क्यू' लगाने पर ही मिलती है। कुछ लोग लंच के लिए घर या होटलों से 'टिफिन' मँगाते हैं और वे 'टिफिन' 'क्यू' में खड़े होकर वफादार गुलामों की तरह अपने मालिकों की प्रतीक्षा करते रहते हैं।

मैं 'लिफ्ट' पर एक 'क्यू' से गुजरता हुआ लंच के लिए निकलता हूँ। फिर वही 'रेडक्रॉस' की गाड़ी—सिपाही के इशारे। सड़क पार करनी है। मेरे बगल में मेरे एक मित्र हैं, जो कुछ कह रहे हैं, लेकिन क्या? मैं ध्यान नहीं दे पा रहा हूँ। मेरे मित्र के सामने, थोड़ा दाएँ हटकर, एक लड़की खड़ी है, जिसने अपनी कमर बुरी तरह कस रखी है। लगता है, यदि थोड़ा सा कसाव कम हो जाए तो शायद वह खिसककर सड़क पर गिर पड़े। मित्र की निगाहें लड़की की कमर पर कस गई हैं, जैसे वह अंदाज लगा रहे हों कि किधर से बाँहें डाली जाएँ! उस लड़की के बगल में एक महिला खड़ी हैं, जिनकी उम्र 16 और 40 के बीच में कहीं भी 'फिट' की जा सकती है। मैं महिला को देखने लगा हूँ। मित्र एक उड़ती नजर उन महिला पर डालकर मुझसे कह रहे हैं—"अमाँ, गिरना ही है तो सड़क पर गिरो, गड्ढे में क्यों कूदते हो?..." दो क्षण रुककर फिर कहने लगते हैं, "भाई, यहाँ लड़कियों की जवानी गरमी की दोपहर की तरह जल्दी शुरू हो जाती है और देर तक बनी रहती है और लू का अहसास तो दिन ढले और पहर रात गए तक होता रहता है।"

इशारा मिल गया है। ठहराव बिखरने लगा है। सड़क की चौड़ाई समाप्त करती हुई भीड़ किनारे से किनारे तक की यात्रा पूरी करने के लिए दौड़ पड़ी है। न जाने क्यों, मुझे भीड़ का अस्तित्व, सबकुछ भूल जाने, अकेलापन अनुभव करने और सन्नाटे के ठहर जाने का अस्तित्व लगता है। मित्र के सामनेवाली लड़की गिरते-गिरते सँभल गई है। उसका चेहरा बिगड़ गया है, जैसे छींक

आते-आते रुक गई हो। मेरे मित्र की आँखों में शरारत और सहानुभूति के कुछ ऐसे भाव उभर आए हैं, जैसे कहना चाहते हों, 'चलिए, आपको डॉक्टर के पास ले चलूँ।'

रेलवे 'कैफेटेरिया' में कॉफी के शौकीनों की 'क्यू' लगी है, जिसकी दुम बाहर बरामदे में हिल रही है। दूसरी ओर 'कैंटीन' में एक भीड़ लंच ले रही है। हम दो खाली होनेवाली सीटों के इंतजार में खड़े हैं और मन-ही-मन दोहरा रहे हैं—'अमाँ, उठो, दूसरों को भी बैठने दो...न जाने कहाँ के मरभुखे आ जुटे हैं...!'

एक मेज पर बैठे चार व्यक्ति (शायद वे एक-दूसरे के परिचित या मित्र हैं) खाना खा चुके हैं, बैरे को 'बिल' का पैसा भी दे चुके हैं और जानते हैं कि शेष पैसे भी बैरे को ही 'टिप' में दे देंगे, लेकिन फिर भी बैठे हैं, सिर्फ इसलिए कि बैरा आए, वे इशारे में ही उससे पैसे रखे रहने के लिए कहें, वह उन्हें सलाम ठोंके और तब, वे भाई राजेंद्र यादव की नाप से भी कम, सिर्फ आधा इंच मुसकान होंठों पर सिकोड़कर चारों ओर नजर दौड़ाते हुए उठें।

□

"क्यों, आज उठने का इरादा नहीं है क्या?" मेरे मित्र कह रहे हैं।

"पाँच बज गए। समझ लो, कंपनी ओवरटाइम नहीं देगी...दिनभर तो ऑफिस में मरते ही हो, अब थोड़ी देर जी भी लो।" दूसरे मित्र भी आ गए।

"गुप्ताजी, काम काफी पड़ा है...।"

"अमाँ, छोड़ो भी...बढ़ाओ दुकान, चलो, 'न्यू एंपायर' में एक-एक कॉफी हो जाए और फिर फूटा जाए।"

जिंदगी का अर्थ पाँच बजे के बाद ऑफिस के बाहर खड़ा मिलता है और वह भी एक कप कॉफी के रूप में। कॉफी के बाद 'फूटना' जिंदगी में शरीक नहीं है। हाँ, एक चीज और है, जो जिंदगी में शरीक है और जिसे हम मुँह में पानी भर आने जैसी स्थिति में महसूस करते हैं और वह है—मोहन, वशीकरण, उच्चाटन मंत्रों के सम्मिलित आकार और सज्जावाली लड़कियों का बगल से गुजरना। कुछ लड़कियाँ बगल से गुजरीं तो लगा, जैसे चिकन, मटन, कीमा, कबाब की सुगंधित भाप उड़ाती प्लेटें सामने आ गई हैं, और एक मित्र कहने लगे—

"अरे भाई, जल्दी चलो, भूख लगी है।"

"हम अँधेरे के संस्कारों में पले हुए लोग रोशनी के अभ्यस्त नहीं हैं, इसलिए यदि हमें भूख भी लगती है तो अँधेरा ही याद आता है।" मेरे दूसरे मित्र, जो अभी तक खामोश चल रहे थे, अचानक बोल उठे।

हम 'कैपिटल' सिनेमा हॉल के सामने से गुजर रहे हैं। 'बुकिंग विंडो' से 'फुटपाथ' तक टिकट लेनेवालों की 'क्यू' लगी है। अंदर बरामदे में कुछ लड़कियाँ 'क्यू मैनर' में ही एक-एक कर 'वेटिंग मशीन' पर अपना वजन ले रही हैं। कौवे जैसी शक्ल बनाए कुछ मनचले छोकरे उनके आसपास मँडरा रहे हैं और काँव-काँव-सी फब्तियाँ कसकर (एक या आधा इंच के नहीं, पूरे अठारह इंच के) बेमतलब कहकहे लगा रहे हैं।

एक लड़का हमारे पास आकर कह रहा है, "सेठ, टिकट माँगता? एक रुपया पचहत्तर पैसेवाला अढ़ाई रुपया में।" हम उसकी ओर ध्यान दिए बिना कॉफी की तलाश में आगे निकल आए हैं और वह शायद नए 'सेठ' की तलाश में भीड़ में खो गया है।

एकाएक बरसात आ गई है। हम 'रेन कोट' पहने-पहने और लोग छाते खोलकर सिर पर ताने, तब तक सब बुरी तरह भीग गए और जब 'रेन कोट' पहनकर या छाते तानकर अपने को सुरक्षित अनुभव किया, बरसात एकदम बंद। लगा, सड़क पार करते-करते अचानक रुके रहने का इशारा हो गया है।

"टैरेलीन बहुत जल्दी सूखती है। बंबई के लिए टैरेलीन से उम्दा और कोई कपड़ा नहीं।" एक मित्र कह रहे हैं।

'न्यू एंपायर' रेस्तराँ आ गया है और हम पाँच बजे के बाद जिंदगी का अर्थ रखनेवाली जिंदगी जीने जा रहे हैं।

□

होटल तक जाने के लिए 'बस' का इंतजार है। मित्र जा चुके हैं। हर पाँच मिनट पर एक 'बस' सामने से गुजरती है, लेकिन वह या तो भरी आती है, इसलिए रुकती नहीं और रुकती भी है तो 'एक सवारी, दो सवारी' या 'दो ऊपर, दो नीचे' चिल्लाकर चल देती है। 'क्यू' बहुत धीरे सरक रही है। यदि सरकने की यही रफ्तार रही तो शायद एक घंटे में भी नंबर नहीं आएगा—मैं सोच रहा हूँ और आसपास क्रीम, पाउडर और पसीने की मिली-जुली गंध अनुभव कर रहा हूँ।

हीरो-हीरोइनों का 'ट्रेड मार्क' लगाए मर्द, औरतें आ-जा रहे हैं। कुछ 'क्यू' की लंबाई भी बढ़ा रहे हैं। सड़क पर चलनेवालों में आदमी कम और कारें, टैक्सियाँ अधिक हैं।

अपने आप में ही खोया हुआ शोर है, जिसके हम अभ्यस्त हो गए हैं। चारों ओर चीख-पुकारें हैं, जिनकी किसी तेज छुरे से हत्या कर दी गई है। 'क्यू' में खड़े होकर लोग बातें कम करते हैं, देखते, सोचते और महसूस अधिक करते हैं। लोग सिर्फ किनारों को महत्त्व देते हैं; बीच को नहीं। घर से ऑफिस, ऑफिस से घर! रास्ते में क्या घटना-दुर्घटना होती है, वह क्या करते-धरते हैं, इससे जैसे उन्हें कोई मतलब ही नहीं होता। जो कुछ भी होता है, वह 'चाहिए' की सीमा में बँधकर स्वचालित-सा होता रहता है। सहसा मुझे हलका सा धक्का महसूस होता है। पीछे एक अपरिचित महिला खड़ी मुसकरा रही हैं। यह भी सोलह से चालीस के बीच में 'फिट' हो सकनेवाली लगती हैं। उन्होंने पीछे से हलका सा धक्का देते हुए मेरे कान के पास मुँह लाकर धीमे से शायद कहा है, "कहीं घूमने चलिएगा?" मेरे कान गरम हो गए हैं। याद आ रहा है—डॉक्टर को 'ब्लड प्रेशर' दिखाना है। पीठ पर फिर धक्का महसूस होता है। मैं फिर मुड़कर देखता हूँ—वही मुसकान और मुझे फिर याद आता है—अरे, आज मुझे 'एंटी मलेरिया' के दफ्तर जाना था।

मैं 'क्यू से बाहर हो जाता हूँ और महिला की ओर क्रोध से देखता हूँ। वह कई तरह से मुँह बनाती है, जैसे कह रही हो—'आज बरसात होने से सड़क पर बन गए गड्ढों में थोड़ा सा तो पानी भर ही गया है, फिर भी यह हजरत यहाँ तक चले आए, लानत है।'

मुझमें और खड़े रहने की सामर्थ्य नहीं। टैक्सी लेकर चल देता हूँ।

खाने के लिए मेरा नंबर बीसवाँ था। एक घंटे की प्रतीक्षा के बाद खाना आया है और मैं अभी-अभी खाकर कमरे की खिड़की के पास खड़ा हुआ हूँ। खिड़की के बाहर एक ऊँची इमारत है, जिसकी छत पर मेरी जेब से भी छोटी पट्टी-सा आसमान टँगा है। उस पट्टी पर तीन-चार तारे टँके हैं, जो एक 'क्यू' में खड़े-से लगते हैं।

मेरे बगल के कमरे में रहनेवाले मित्र आकर कुरसी पर बैठ गए हैं और कह रहे हैं, "आपने कभी भंग पी है?"

"क्यों, भंग कैसे याद आ गई ?"

"कुछ नहीं, ऐसे ही।···हाँ, भंग की एक खासियत है कि उसे पीकर आप उदासी अनुभव करें तो उदास, खुशी अनुभव करें तो खुश! मतलब यह कि आप रोएँगे तो बेमतलब अकेले ही रोते जाएँगे, और यदि हँसेंगे तो यूँ ही बेमतलब अकेले ही हँसते जाएँगे।···बस, तो भाई साहब, आप बंबई को भंग का नशा समझ लीजिए। यहाँ आकर जो उदास रहता है, वह हमेशा उदास ही बना रहता है और खुश रहनेवाला खुश।"

उन्होंने मुखमुद्रा कुछ ऐसी बना रखी है, जैसे भंग ही पी ली हो। मुझे हँसी आ गई और बोला, "देखिए, कितना तो खुश हूँ, अभी-अभी खाने की 'क्यू' से निकला हूँ।"

"ओह, तो हुजूर 'क्यू' से परेशान थे, तो जनाब समझ लीजिए कि यहाँ लगाने के नाम पर सिर्फ दो ही चीजें हर काम के लिए लगती हैं—पैसा और 'क्यू'।" हम दोनों हँसने लगे। वह फिर बोले, "भाईजान, यहाँ आधी जिंदगी 'क्यू' में खड़े-खड़े गुजर जाती है। आधी की आधी भाग-दौड़ में। शेष की आधी काम करने में; शेष सोने और 'क्यू' के सपने देखने में, और मजा यह कि सपने भी आते हैं तो 'क्यू' लगाकर। कभी लगता है कि हम सिर्फ 'क्यू' लगाने के लिए ही जिंदा हैं, कभी लगता है—नहीं-नहीं, हम जिंदा रहने के लिए ही 'क्यू' लगाए हुए हैं और कभी तो ऐसा भी लगने लगता है कि हमें मरने के लिए भी शायद 'क्यू' लगानी पड़ेगी!" वह जोर से हँसने लगे और फिर कुरसी से उठते हुए बोले, "खैर, छोड़ो इन बातों को। अच्छा, गुड नाइट।"

"गुट नाइट।"

मित्र चले गए हैं और मैं सोच रहा हूँ—सचमुच हजारों जिंदगियों के बीच एक ऐसी जिंदगी है, जो जी नहीं जाती, सिर्फ दिखाई जाती है, और जिसके होने का विश्वास क्षणों के विघटन के सहारे होता है और वह है मेरी जिंदगी, बंबई की जिंदगी, वह जिंदगी, जो 'क्यू' में खड़े-खड़े गुजर जाती है और गुजरने का अहसास तक नहीं होने देती।

□

स्पर्शहीन टकराव

मेरे चारों ओर कुछ आवाजें हैं, जो सुनाई नहीं देतीं। मेरे कंधों पर कुछ गीले-गीले, बोझिल साये आकर टिक गए हैं, जिन्हें मैं पकड़ नहीं पाता, हटा नहीं पाता। मेरी पलकों में हजारों पलकें विभिन्न ज्यामितिक आकारों में सिमटकर बंद हो गई हैं, जिनकी चुभन और सिहरन तो अनुभव करता हूँ, लेकिन उन्हें देख नहीं पाता। और...और मैंने अपनी हथेलियों की तमाम रेखाएँ तोड़कर खिड़की से बाहर फेंक दी हैं; खिड़कियाँ-दरवाजे बंद कर उन पर मोटे परदे डाल दिए हैं और मुट्ठियाँ बंद कर चुपचाप लेट गया हूँ, ताकि वे टूटी हुई रेखाएँ फिर से आकर मेरी हथेलियों से न चिपक जाएँ। लेकिन ऐसा क्यों है? शायद इसलिए कि मैं जिन रास्तों से गुजर रहा हूँ, वे रास्ते किसी स्थान विशेष तक नहीं जाते, नए-नए रास्तों में खो जाते हैं और अपने साथ ही मुझे भी कभी न खत्म होनेवाले रास्तों का सिलसिला बना लेते हैं...या शायद इसलिए कि मैं एक गाढ़े और 'साउंड प्रूफ' धुँधलके में बंद कर दिया गया हूँ...या शायद इसलिए भी कि अपने चारों ओर खड़ी संशयों की भीड़ में मैं स्वयं भी एक संशय बनकर जिऊँ और हर क्षण को नए संशय का जन्म मानकर उससे बचता रहूँ।

□

मि. रामन छह महीने से मेरे 'रूम-पार्टनर' हैं और हम दोनों एक-दूसरे का पूरा नाम तक नहीं जानते। मैं सिर्फ यही जानता हूँ कि मि. रामन किसी 'शिप' पर जूनियर इंजीनियर हैं। वे जानते हैं कि मैं 'टाइम्स' में काम करता हूँ। वह मुझे कभी 'मोडगल' और कभी 'मुडुगुलु साहब' पुकारते हैं। मैं कई बार उन्हें सही उच्चारण—'मुद्गल' समझा चुका हूँ और वह हर बार 'मोडगल' या 'मुडुगुलु'

पर ही आ गए हैं। अब मैं उनके इसी उच्चारण का अभ्यस्त हो गया हूँ, इसलिए मुझे कभी नहीं खटकता कि वह मेरे नाम का गलत उच्चारण कर रहे हैं।

हम साथ-साथ रहते हैं, साथ-साथ घूमते हैं, साथ-साथ खाना खाते हैं और घंटों बातें करते रहते हैं, फिर भी लगता है, हमारा साथ सिर्फ 'गुड नाइट' और 'गुड मॉर्निंग' कहने भर के लिए है। वह जापान, रूस, ब्रिटेन और अमेरिका घूम आए हैं और बराबर जाते रहते हैं। लेकिन लगता है, वे इनमें से किसी को भी नहीं जानते, वैसे ही जैसे वह मुझे नहीं जानते, जैसे मैं होटल के मालिक से अकसर मुलाकात और बातें होने पर भी उसे नहीं जानता। जैसे होटल में रोज एक-सी ही सब्जियाँ बनती हैं, वैसे ही वह भी रोज इन देशों के बारे में एक-सी ही बातें करते रहते हैं। उनका विश्वास है कि जिसने अपनी जवानी में जापान (जापान से उनका मतलब जापानी लड़कियों से होता है) नहीं देखा, उसे समझना चाहिए, उसने अपनी जवानी नहीं देखी, वह कभी जवान हुआ ही नहीं।

"देखिए," मैं कहता हूँ, "आपको जापान जाना बहुत अच्छा लगता है और मुझे पान खाना। जापान और पान में कितना साम्य है!"

वे बेचारे हिंदी अधिक नहीं समझते, लेकिन जापान और पान का साम्य समझ गए हैं, इसलिए पान खाने का शौक पाल लिया है। जब भी वह मुझसे जापान जाने की बात कहते हैं, मेरा एक ही उत्तर रहता है, "मि. रामन, जब आप मेरे साथ होते हैं तो मुझे लगता है कि सारा जापान मेरे साथ है।" और हम दोनों हँसने लगते हैं।

वह मुझसे विदेशों की सुंदर और सस्ती बहुत सी चीजें लाने का बार-बार वादा करते हैं और मैं जानता हूँ कि उन्होंने अपने विदेशी मित्रों से हिंदुस्तान की बहुत सी चीजें लाने का वादा किया होगा, लेकिन वह यहाँ की एक भी चीज कभी बाहर नहीं ले गए।

मैं ऑफिस से लौटा हूँ और पार्टनर से पूछ रहा हूँ, "क्यों भाईजान, सुबह कोई सज्जन मुझे पूछने आए थे?" (मैं उन सज्जन का हुलिया बताने लगता हूँ।)

पार्टनर कुछ याद करते हुए कहते हैं, "हाँ, आए तो थे, लेकिन वह आपको नहीं पूछ रहे थे, वह तो किसी···किसी···शायद 'आबत नारायण' या कुछ इसी

तरह के सज्जन को पूछ रहे थे।" और मैं बुरी तरह हँसने लगा हूँ। कहता हूँ, "अरे भाई, यह मेरा ही नाम है।"

वह झेंप गए हैं, बार-बार माफी माँग रहे हैं। हम कॉफी मँगाकर पीने लगे हैं, लेकिन वह अब भी बीच-बीच में माफी माँग लेते हैं और कहते हैं, "पार्टनर, रियली आइ एम वेरी सॉरी, अगर मुझे मालूम होता कि वह आपको ही पूछ रहे हैं तो मैं उन्हें क्यों जाने देता?"

और मुझे लग रहा है, हमारी दृष्टि भीड़ की दृष्टि हो गई है; हमारा अस्तित्व भीड़ का अस्तित्व हो गया है। मैं सोच रहा हूँ—शायद हममें से प्रत्येक को पहचानने के लिए एक भीड़ को पहचानना पड़ेगा और किसी भी भीड़ को पूरी तरह समझ और पहचान पाना न तो संभव ही है और न इतनी किसी को फुरसत ही है।

□

एक सज्जन हैं, जो मेरे साथ लोकल ट्रेन से गोरेगाँव जा रहे हैं। वह कई बार मुझे मिले हैं और हर बार उनसे मेरा नए सिरे से परिचय कराया गया है। अब भी मुझे उनका नाम याद नहीं आ रहा और फिर से पूछने की न तबीयत है, न हिम्मत और न जरूरत ही महसूस कर रहा हूँ। वह मुझे अपना मित्र कहते हैं, मैं भी उन्हें अपना मित्र मान रहा हूँ, कह भी रहा हूँ। मुझे मित्र का अर्थ गाड़ी में चढ़ने और अगले स्टेशन पर उतर जाने जैसा ही लगने लगा है।

वह सज्जन कह रहे हैं, "भाईजान, हम शहरी लोग गुमनाम पड़ोसियों, अजनबी दोस्तों और मुर्दा रिश्तेदारों से घिरे हैं···" मैं अपने गालों पर चाँटों जैसी तिलमिलाहट महसूस कर रहा हूँ। मुझे लग रहा है, जैसे वह जान गए हैं कि मुझे (इतनी बार बताए जाने के बाद भी) उनका नाम याद नहीं। मैंने अपनी दृष्टि खिड़की से बाहर कर ली है और उनकी बातों के समर्थन में बेमतलब हूँ-हूँ करता जा रहा हूँ। मुझे दिखाई दे रही हैं—पटरी के किनारे-किनारे सड़े हुए बदबूदार पानी से घिरी झोंपड़ियाँ, झोंपड़ियों के बाहर चीं-ची करती मुरगियाँ, जो अंडे भी देती हैं और गोश्त भी; और झोंपड़ियों के अंदर बार-बार खाँसते हुए बीमार, अपाहिज कबूतर, जो टूटी और झूलती हुई चारपाइयों जैसे घोंसलों में घिरकर, पालतू मुरगियों को अपने अंडे और अपना गोश्त दूसरों के हाथों सौंपते हुए देख भर सकते हैं, कुछ कर नहीं सकते।

उन सज्जन ने मेरे कंधे पर हाथ रख दिया है। वह शायद कोई महत्त्वपूर्ण बात कहने जा रहे हैं। मैं उनकी ओर देखने लगा हूँ। वह कह रहे हैं, "मुद्‌गल साहब, आप बंबई में नए-नए आए हैं…"

(जो भी मिलता है, वह अपना अनुभव और उस्तादी दाँव देने के लिए सबसे पहले यही कहता है—'नए आए हैं बेचारे!' और मैं यह 'नए आए हैं, नए आए हैं' सुनते-सुनते परेशान हो गया हूँ।) मैं उनकी बात बीच में ही रोककर मजाकिया लहजे में कह रहा हूँ, "जी हाँ, नया आया हूँ, इसीलिए कोई भाड़ खाली नहीं मिला।"

वह शायद मेरी बात नहीं समझे हैं और कहे जा रहे है, "…वैसे बंबई कुछ भी नहीं, दूर-दूर तक फैली हुई एक भीड़ है, जिसमें चलनेवाला हर आदमी एक-दूसरे को चोर, उचक्का, धोखेबाज और अपना दुश्मन मानकर चल रहा है। और मजा यह कि हर आदमी का ध्यान अपनी जेब पर नहीं, दूसरे की जेब पर है।" और मेरा हाथ अचानक अपनी जेब पर चला जाता है। 'पर्स' सुरक्षित पाकर मुझे हँसी आ जाती है। मैं सोचने लगता हूँ—शायद यह व्यक्ति अर्ध-सत्य बोल रहा है—हमारा ध्यान भले ही दूसरे की जेब पर रहे, लेकिन हाथ अपनी ही जेब सँभाले हैं और यह यहीं नहीं, हर जगह होता है, यहाँ कुछ अधिक होता है, बस!

वह कहे जा रहे हैं, "वैसे यहाँ की जिंदगी 'जॉण्डिस' से पीड़ित है। यह विकृत यौन-भावनाओं की जिंदगी है, अपाहिज कुंठाओं की जिंदगी है। आपको जो तेजी दिखाई देती है, वह इन्हीं चीजों के लिए अशांति की द्योतक है।"

"चलिए, यही सही! लेकिन इससे लोगों के मन में (इस तेजी के रूप में) विज्ञान का समर्थन तो बढ़ा है और उनकी जिंदगी में एक खास ढंग की क्रमबद्धता आई है।" मैंने कहा।

वह थोड़ा जोर से बोले, "अजी, जिसे आप खास ढंग की क्रमबद्धता कहते हैं, वह वास्तव में खास ढंग की क्रमहीनता है।"

"कैसे?" मैंने चौंकते हुए पूछा।

वह विजय-गर्व भाव से मुसकराए, बोले, "आप यूँ समझिए कि आदमी ऑफिस से घर और घर से ऑफिस आने को तो क्रमबद्धता मान लेता है, लेकिन ऑफिस और घर में कितनी क्रमबद्धता चलती है, इस पर ध्यान नहीं देता।

ऑफिस में आप एक काम कर रहे हैं, तभी आज्ञा मिली, 'वह छोड़कर पहले यह कीजिए', और आप वैसा करने लगे। अब बताइए, कहाँ रही क्रमबद्धता ?"

मैं उनकी क्रमहीनता और क्रमबद्धता से ऊब-सा गया हूँ, इसलिए फिर खिड़की के बाहर नजर दौड़ाने लगा हूँ, लेकिन वह कहे जा रहे हैं, "हाँ, बंबई में एक चीज अवश्य महत्त्व की है और वह है तटस्थता। लगता है, बंबई कोई नगर न होकर 'गवर्नमेंट ऑफ इंडिया की पॉलिसी' है।" हम दोनों हँसने लगे हैं। आसपास दो-एक चेहरे और हैं, जिन पर हँसी खेल गई है। वह फिर कहने लगे हैं, "यहाँ न किसी से फालतू राम-राम, न किसी से फालतू सलाम, बस अपने काम से काम। किसी के मरने, किसी के जीने का यहाँ की जिंदगी पर कोई खास असर नहीं पड़ता।" और मैं मन-ही-मन दोहरा रहा हूँ—जैसे आपकी बातों का मेरे ऊपर और आसपास बैठे लोगों के ऊपर कोई खास असर नहीं पड़ रहा। लेकिन प्रत्यक्ष में हाँ-हाँ''हूँ-हूँ करता जा रहा हूँ। अचानक वह मुझे उठाने लगे हैं, "अरे भाई, जल्दी उठो, गोरेगाँव आ गया।"

"ऊँ, गोरेगाँव!" मैं चौंक पड़ता हूँ और उतरने की उतावली में फँस गया हूँ, क्योंकि गाड़ी सिर्फ एक मिनट ही रुकती है।

□

रात के बारह बजे हैं। मैं अभी-अभी अपने मित्र नंदन के घर (गोरेगाँव) से लौटा हूँ। पार्टनर सो गए हैं। मैं 'बिइंग एंड नथिंगनेस' पढ़ने की कोशिश कर रहा हूँ, लेकिन कुछ समझ में नहीं आ रहा है; किताब बंद करके रख देता हूँ। 'एज ऑफ सस्पिशन' उठाता हूँ, उसे भी रख देता हूँ। सोचता हूँ, कुछ लिखूँ, लेकिन क्या ? कुछ समझ में नहीं आ रहा। सामने दीवार पर एक छिपकली चिपकी है और धीरे-धीरे अपने शिकार की ओर बढ़ रही है। तार पर टँगे तौलिए पर मक्खियाँ सो रही हैं; मैं उन्हें उड़ाने लगता हूँ। फिर सोचता हूँ—सोते हुए को जगाना ठीक नहीं। फिर ध्यान आता है—यदि पार्टनर सवेरे-ही-सवेरे सिर्फ 'गुड मॉर्निंग' कहने के लिए मुझे जगा सकते हैं तो क्या मैं 'गुड बाय' कहने के लिए इन्हें नहीं जगा सकता ? और मुझे हँसी आ जाती है।

मैं अन्यमनस्क-सा, बिना लाइट बुझाए ही चारपाई पर लेट जाता हूँ, लेकिन नींद नहीं आती। मुझे लग रहा है, मेरे चारों ओर आवाजें बिक रही हैं; अचेतन दृष्टि और सचेतन होंठों के साये मेरे होंठों पर झुकते आ रहे हैं। मेरे

करीब, और करीब एक भीड़ सिमटती आ रही है—अविश्वासों और संदेहों की भीड़! एक आठवें प्रकार की 'एंबिग्विटी' है, जो मेरे बगल में सो गई है—वह 'साउंड प्रूफ' भी है, 'वाटर प्रूफ' भी और 'शॉक प्रूफ' भी। मुझे दि खाई दे रहा है—एक गहरे अँधेरे की चादर है, जो मुझे उढ़ा दी गई है। दूर, बिजली के नंगे तारों से लिपटी हुई जवान लोरियाँ हैं, जो सुलाते-सुलाते खुद सो गई हैं। कुछ रोशनियाँ हैं, जो आत्महत्या के इरादे से समुद्र में कूदी थीं, लेकिन लहरों ने उन्हें अचेत अवस्था में लाकर किनारे की रेत पर पटक दिया है। चंद लाशें हैं, जिनके सिरहाने बैठकर दुआएँ माँगी जा रही हैं; पैताने खड़े होकर आशीर्वाद दिए जा रहे हैं; बगल में झुककर इंजेक्शन लगाए जा रहे हैं और आशा की जा रही है कि वे जी उठेंगी। दूर, किसी वीराने से उठती हुई सितार की लहरें हैं और इंद्रधनुष के बीज हैं, जो मेरी चारपाई के नीचे उगते जा रहे हैं।

अभी-अभी पार्टनर ने मुझे 'गुड मॉर्निंग' के लिए जगाया है और मुझे लग रहा है कि अभी-अभी जो कुछ मैंने देखा है, वह सपना नहीं है, बल्कि एक जिंदगी हैं—बंबई की जिंदगी, जो इन सारे रंगों, दृश्यों और आकारों से मिलकर बनी है। यह एक ऐसी जिंदगी है, जिसे हम बिना टकराव महसूस किए हुए जीते हैं। और मैं सोच रहा हूँ, बंबई ही नहीं, शायद हर बड़े औद्योगिक और आधुनिक नगर की जिंदगी ऐसी ही स्पर्शहीन होती होगी!

□

अंधे सूरज का अनुशासन

पूर्ण सूर्य-ग्रहण का दिन जैसे-जैसे नजदीक आता जा रहा था, लोगों के दिल-दिमाग पर एक दहशत छाती जा रही थी। प्राकृतिक और अप्राकृतिक खतरों की भविष्यवाणियाँ हो रही थीं। और उसी दिन मुझे बंबई (अपने घर) पहुँचना था। पत्नी की हिदायतें आ रही थीं कि या तो एक दिन पहले आ जाऊँ या बेशक एक दिन बाद आऊँ, लेकिन उस दिन सफर न करूँ। लेकिन मैं रिजर्वेशन में बँधा हुआ था, मजबूरी थी। मैंने लिख दिया था—'चिंता मत करो, उस दिन भी गाड़ियाँ चलेंगी और रोज की ही तरह भरी हुई चलेंगी।' जवाब में वे सारी हिदायतें आ गई थीं, जो रेडियो, टेलीविजन और अखबारों की कृपा से हर आदमी को जबानी याद थीं। मैंने घर के सभी लोगों को अच्छी तरह आगाह कर दिया था कि कोई भी मुझे लेने स्टेशन पर न आए।

आखिर 15 फरवरी आई और 'पश्चिम एक्सप्रेस' से मेरी यात्रा प्रारंभ हो गई। सूर्य-ग्रहण दूसरे दिन बंबई के नजदीक सफर में ही होना था। मन में तमाम आशंकाएँ उभर रही थीं—खासतौर से बच्चों को लेकर। जब भी आँखें बंद करता, दोनों बच्चों की सूरतें उभर आतीं—मासूम और अंधी, और उन दोनों के लिए जार-जार रोती हुई पत्नी की सूरत। बार-बार आँखें खोलता, चेहरा पोंछता, सर्दी के बावजूद पसीने का अहसास भिगो जाता।

डिब्बे में बंद लोग बाहर से शांत और निश्चिंत लग रहे थे, लेकिन अधिकांशत: बातें सूर्य-ग्रहण के बारे में ही कर रहे थे। मेरे बगल में बैठे वृद्ध सज्जन पूछ रहे थे, "क्यों साहब, ग्रहण के समय तो गाड़ियाँ बंद हो जाएँगी न?"

"क्यों?" मैंने पूछा।

"क्यों क्या, पता नहीं आपको, उस समय भयानक भूचाल आएगा, आँधियाँ चलेंगी, बिजलियाँ कड़केंगी और दिन में तारे नजर आएँगे···"

"सो तो है," मैं स्वभावत: कुछ मजाकिया लहजे में आ गया था, "जब आदमी के एक जोरदार तमाचे में किसी-किसी को सूरज के चमकने के बावजूद तारे नजर आ जाते हैं तो यह तो प्रकृति का तमाचा है, जाहिर है, आदमी के तमाचे से ज्यादा जोरदार होगा और उस समय तो सूरज की रोशनी भी छिन चुकी होगी···रही भूचाल की बात, सो पिछले कई दिनों से रेडियो, टेलीविजन और अखबार रोज ही आ रहे हैं···"

तभी तीसरे सज्जन नेताई अंदाज में बोले, "भैया, इंदिराजी आ गई हैं, सो अब जो कुछ न हो जाए, थोड़ा है···आते ही सूरज की बत्ती गुल कर दी तो हमारी-तुम्हारी क्या बचेगी···अब तो इस देश का भगवान् ही मालिक है···"

एक पहलवान टाइप सज्जन गुर्राए, "साले को अभी उठाकर फेंक दूँगा तो चिल्लाएगा—इंदिरा ने फिंकवा दिया···'सूरज गिहन' में इंदिराजी कहाँ से आ गईं? 'गिहन' लगना था, सो लग रहा है···इसमें कोई क्या कर लेगा? अगर कोई दूसरा आ जाता तो क्या 'गिहन' रुक जाता?"

नेता टाइप सज्जन ही-ही करते हुए बाथरूम में घुस गए। मैंने फिर आँखें बंद कर लीं और फिर दो मासूम अंधे बच्चों की बिसूरती आवाज—'पापा, आप कहाँ हैं' और बिलखती हुई पत्नी के अहसास की पीड़ा झेलने लगा।

□

लोगों ने सुबह से ही डिब्बे की सारी खिड़कियाँ बंद कर ली थीं। बड़ोदरा निकल चुका था···सूरज भी निकलनेवाला था। काँच की खिड़कियों के पार लोगों की निगाहें अकसर चली जाती थीं। चाय, नाश्ता और खाना सुबह से ही यात्रियों ने छोड़ दिया था—भारतीय संस्कार ग्रहण में खाने की वर्जना करते हैं। पूरे डिब्बे में कीर्तन शुरू हो गया था। मुसलमान भाई डिब्बे के फर्श पर चद्दर बिछाकर खुदा से दुआ कर रहे थे।

खिड़कियों के पार सूरज की रोशनी बुझती जा रही थी। कीर्तन की ध्वनि तेज हो गई थी। अचानक एक तेज झटके के साथ गाड़ी रुक गई। लोग एक-दूसरे से टकरा गए। कीर्तन की तेज और भोंडी आवाज थम गई। औरतें और बच्चे रोने लगे। लोग चिल्लाने लगे, 'भूकंप आ गया···भूकंप आ गया!' सभी

को अपनी-अपनी जान की चिंता थी, वे अपने साथियों और साथ सफर कर रहे अपने बीवी-बच्चों की जान को भूल गए थे। बहुत से लोग गिरते-पड़ते गाड़ी से बाहर कूद गए।

दस मिनट बाद गाड़ी चली। लोगों को यह जानकर बड़ी निराशा हुई कि 'भूकंप नहीं आया था', पंद्रह-बीस भैंसों का झुंड गाड़ी के सामने आ गया था। पता नहीं कैसे, सारे डिब्बे में हवा फैल गई कि भैंसें ग्रहण के प्रभाव से अंधी हो गई हैं और पगला गई हैं। बस, फिर क्या था, कीर्तन शुरू! मुझे अचानक हँसी आ गई—भैंसें चाहे पगलाई हों या न हों, लेकिन यात्री जरूर पगला गए थे।

□

गाड़ी दादर स्टेशन पर रुकी। मुझे यहीं उतरना था। ग्रहण लगा और खत्म हो गया, लेकिन दादर तक कीर्तन चालू था।

ग्रहण का सही रूप और सही आतंक मुझे बंबई में देखने को मिला। स्टेशन सुनसान पड़ा था। कुली नदारद थे। ठसाठस भरे रहनेवाले लोकल गाड़ियों के प्लेटफॉर्म एकदम खाली थे। पूरा दादर स्टेशन एक खाली पड़ी विशाल भुतहा हवेली-सा लग रहा था।

किसी तरह सामान घसीटकर बाहर निकला। बाहर टैक्सियों का मेला उजड़ चुका था। कुल जमा चार टैक्सियाँ थीं। कोई भी नजदीक की सवारियाँ उठाने को तैयार नहीं था। घाटकोपर और उससे आगे के लिए सौ रुपए सवारी का रेट चल रहा था—और लोग झख मारकर दे रहे थे।

अंत में सिर्फ तीन सवारियाँ बचीं। एक मैं—बांद्रा पूर्व के लिए और दो—माँ-बेटे—बांद्रा पश्चिम के लिए। एक घंटे इंतजार करने के बाद इकलौती टैक्सी आई। हम लोग पचास-पचास रुपए भाड़ा तय करके बैठ गए। हालाँकि सही भाड़ा आठ रुपए बनता था।

पहली बार मुझे लगा कि आतंक अपने आप में कितना बड़ा 'लॉ एंड ऑर्डर' होता है? आतंक के अनुशासन का अहसास बंबई की सड़कें देखकर हुआ। अस्सी लाख की आबादी वाला शहर मुर्दों का शहर लग रहा था। रात-दिन, हर पल शोर-शराबे में डूबे रहनेवाले शहर में मौत की खौफनाक खामोशी छाई थी। लगता था, किसी छूत की महामारी ने नगर खाली करवा दिया है। पान की दुकानें और होटल तक बंद थे। सड़कों पर 'आदम बू' तक नहीं थी। मैंने

सड़कों की वीरानी देखकर महसूस किया कि पचास रुपए भाड़ा शायद गलत नहीं है। मन में बच्चों को देखने की बेचैनी भरने लगी। लगने लगा कि अचानक पूरा शहर अंधा, गूँगा और बहरा हो गया है। किसी कोने से शोर नहीं उठ रहा था। सड़कों पर बी.ई.एस.टी. की एक भी बस नहीं थी, एक भी टैक्सी या कार नहीं थी। पटरियों पर एक भी लोकल गाड़ी नहीं। सबकुछ फॉसिलाइज्ड-सा लग रहा था। बीच सड़क पर कुत्ते निर्भय सो रहे थे या मरे पड़े थे, पता नहीं; लेकिन उनमें किसी भी तरह की हरकत नहीं थी। एक जगह दो-तीन चूहे मरे पड़े थे, बाकी सब साफ और सपाट था। टैक्सीवाला कह रहा था, "साब, अपुन को मुंबई में आए 'एकोनतीस' बरस हो गया, पन या माफिक बंद आजून तलक देखा नईच।"

मुझे उसकी बात बिल्कुल सही लग रही थी, मैंने भी बंबई के बहुत से 'बंद' देखे थे। कई बार शिवसेना ने 'संपूर्ण बंद' करवाए थे, लेकिन उसमें शिव सैनिकों और पुलिस 'बंदोबस्त' की हलचल तो नजर आती थी, लेकिन उस दिन सिविल पुलिस या ट्रैफिक पुलिस तक नदारद थी। ग्रहण का अपना बंदोबस्त था—ठंडा, सुनसान और आतंक भरा।

घर पहुँचा तो पत्नी और बच्चे इंतजार कर रहे थे और पूरी तरह ठीक-ठाक थे। उन्हीं से पता चला कि सारी कॉलोनी के बच्चे और माँएँ ठीक-ठाक थे।

□

आतंक के बीच उभरती शक्लें

शीत लहर मौसम की ही नहीं, स्थितियों की भी होती है और स्थितियों की शीत लहर ज्यादा तकलीफदेह होती है—यह बात मैंने राजधानी में पिछले दिनों जाती तौर पर महसूस की। मेरे आवास-क्षेत्र (लॉरेंस रोड से अशोक विहार तक) में एक-एक दिन में दो-दो, तीन-तीन जगह हत्याएँ, डकैतियाँ और चोरियाँ हो रही थीं। लोगों में असुरक्षा की भावना और आतंक की कँपकँपी भर गई थी। शाम का हलका अँधेरा होते ही बाजार बंद हो जाते थे, सड़कें सूनी नजर आने लगती थीं। घरों में बच्चों का शोर थम जाता था। जरा-सी आहट और शोर होते ही कान चौकन्ने हो जाते थे और दिलों की धड़कनें तेज। कुछ लोग तो अच्छी तरह बंद दरवाजों के पास भारी अलमारियाँ खिसकाकर सोने की कोशिश करने लगे, ताकि हत्यारों और डाकुओं को दरवाजा खोलने में कुछ तो दिक्कत पेश आए। लेकिन वे सो कहाँ पा रहे थे? वैसे भी एक बेइज्जत मौत की दहशत पालकर कोई सो भी कैसे सकता है? इतनी आत्म-सतर्कता के बावजूद वारदातें हो रही थीं और पुलिस विभाग वारदातों की रोकथाम में नाकारा होकर रह गया था।

एक ठिठुरती शाम कॉलोनी के लोगों ने अर्जेंट मीटिंग बुलाई। तय हुआ कि कॉलोनी के लोग अपनी और अपने परिवार की हिफाजत के लिए रातभर पहरा देंगे, पहरा रात ग्यारह बजे में सुबह पाँच बजे तक चलेगा। पहरे की व्यवस्था पर काफी बहसें हुईं। कुछ लोग तो इसे एक अहमकाना हरकत मान रहे थे। मैं भी उनमें से एक था। मेरी दलील थी कि इस तरह चोरों से तो बचा जा सकता है, लेकिन हत्यारों और डाकुओं का सामना नहीं किया जा सकता। कोई भी भीड़ किसी के पकड़े जाने पर तो बहादुर हो सकती है,

लेकिन हथियारबंद लोगों को पकड़ने के लिए आगे नहीं बढ़ सकती—"आखिर म्याऊँ की गरदन में घंटी कौन बाँधेगा?"

एक लालाजी कुछ ज्यादा ही जोश में थे। वे चीख उठे, "हम बाँधेंगे··· और कुछ नहीं भी किया जा सका, तो शोर मचाकर उन्हें एक जगह अटकाने की कोशिश तो की ही जा सकती है···।"

मेरे पीछे से एक नौजवान चिल्लाया, "लाला, कम-से-कम धोती तो मर्दानी पहनकर निकलना···।"

लालाजी झल्ला उठे। मुझे हँसी आ गई और मुँह से निकल गया, "भीड़ कम-से-कम आड़ का काम तो देती ही है···।"

कुछ लोग बीच में आ गए, "साहब, यह तो सामूहिक सुरक्षा है, एक साझे की जिम्मेदारी है···यह समय आपसी झगड़े का नहीं, कुछ-न-कुछ करने का है···मानवीय नैतिकता और मानवीय सद्भाव का है···हो सकता है, हमारा यह कदम गलत हो, लेकिन एक-एक कर मर जाने या लुट जाने से अच्छा है, जूझकर लुटें-मरें···मरना तो आखिर है ही, फिर सुरक्षा के प्रयत्न में साझे की मौत क्यों न मरें?"

और हम लोगों का विरोध शांत हो गया। पूरी कॉलोनी को चार हिस्सों में बाँटकर हर हिस्से में प्रति रात दस-दस आदमियों की ड्यूटी लगा दी गई।

□

एक छोटा सा फ्लैट—एक कमरे का। उसमें हम सिर्फ दो आदमी—एक मैं, दूसरे मेरे मित्र महावीर। यूँ रोज ही पढ़ते-लिखते रात का करीब एक तो बज ही जाता है, एक रात पाँच बजे तक भी जग लेंगे। वैसे हमें लुटने की ज्यादा चिंता नहीं थी—'चंद तसवीरें बुता और चंद हसीनों के खतूत' वाली बिरादरी से ताल्लुक रखने के कारण—'चंद पढ़ने की किताबें, चंद कागज-फाइलें···' ही हमारी संपत्ति है···इस लिहाज से हम नंगे ही हैं और नंगे को कोई क्या लूटेगा··· और हम भी मानसिक रूप से पहरेदारी को तैयार हो गए। हमने सुविधानुसार शनिवार की ड्यूटी ले ली, ताकि इतवार को जमकर सोया जा सके। लेकिन इत्तिफाक ऐसा हुआ कि जिस शनिवार को हमें ड्यूटी देनी थी, उस दिन हम दोनों को ही बाहर जाना पड़ गया। हमने बाकायदा मोहल्ले के मुखिया लाला से माफी माँगी और वादा किया कि अगले शनिवार को हम दोनों ही ड्यूटी दे देंगे।

दूसरा शनिवार आ गया। हम सुबह से ही मानसिक और शारीरिक रूप से पहरेदारी की तैयारी करने लगे। सच पूछा जाए तो ऑफिस में भी पहरेदारी का रिहर्सल करते रहे। शाम से ही बादल घिरने शुरू हो गए। तीखी हवा चलने लगी। खबरें आ रही थीं कि आसपास के इलाके में बारिश हुई है और हिमाचल प्रदेश में हिमपात हुआ है। शायद इसीलिए उस दिन कुछ सर्दी ज्यादा थी।

शाम को आना ही था, इसलिए आई भी। रात भी आई। हम लोगों ने जल्दी खाना खा लिया। चार-चार बार चाय पी ली। तीन स्वेटर, एक कोट और एक ओवरकोट पहन लिया। दरअसल यह सब सर्दी भगाने के लिए उतना नहीं था, जितना कि चाकू या छुरे की गहरी चोट न खाने के लिए था। सवाल मरने से उतना नहीं जोड़ रहा था, जितना घाव, अस्पताल और रोटी से जोड़ रहा था, शायद यही वजह रही हो कि उस दिन हमने रोज से कुछ ज्यादा ही खाना खाया था—पता नहीं, कल नसीब हो, न हो, हालाँकि हमें पता था कि पिछले दिनों पहरा देनेवाले हर आदमी को दूसरे दिन सही-सलामत खाना नसीब हुआ था।

□

आखिर ग्यारह बज ही गए। हम कमरे का ताला लगाकर सड़क पर आ गए। हमारे पास न लाठी थी, न डंडा और न सरिया, चाकू, छुरा और पत्थर ही। हम खाली हाथ डाकुओं और हत्यारों से मोहल्ले को बचाने के लिए सड़क पर थे। हम दोनों ने अर्थपूर्ण दृष्टि से एक-दूसरे को देखा, जैसे कहना चाहते हों कि कमरे का ताला खुला ही छोड़ दिया जाए तो अच्छा हो, भागने की स्थिति में ताला खोलने की हड़बड़ी और देरी से तो बचेंगे! और हम मुसकराते हुए लालाजी के घर की ओर चल दिए।

मैंने लालाजी के घर का दरवाजा खटखटाया और महावीर ने आवाज लगाई, "गुप्ताजी...गुप्ताजी!"

जवाब नदारद। अंदर जलती हुई एकमात्र बत्ती भी किसी ने बुझा दी। हमें बड़ा बुरा लगा, ताव भी बहुत आया। दरवाजा और भी जोर से खटखटाया, आवाज भी काफी तेज की। झुँझलाहट में महावीर के मुँह से एक हलकी सी गाली भी निकल गई। अंदर से कई लोगों की फुसफुसाहटें उभरीं—'आ गए...आ गए...' और अलमारियाँ खिसकने की आवाजें आने लगीं। हमारी हँसी छूट गई।

बड़ी मुश्किल से लालाजी ने खिड़की का एक पल्ला थोड़ा सा खोला और

गोली लगने के डर से दीवार की आड़ में खड़े होकर रोते हुए-से पूछा, "कौ··· कौ···कौन है ?"

हमारे पेट में हँसी घुमड़ रही थी, लेकिन गंभीरता से समझाने की कोशिश कर रहे थे, "गुप्ताजी, घबराइए नहीं, हम हैं फलाँ···फलाँ···आपके ऊपरवाले··· पहरे की ड्यूटी देने आए हैं···कुछ लाठियों-शाठियों का इंतजाम तो कर दीजिए···"

जब लालाजी ने हमें पहचान लिया तो आवाज में कड़क पैदा हो गई, "यहाँ खड़े-खड़े क्या कर रहे हैं ? पहरा दीजिए···लाठियों का खुद इंतजाम कीजिए··· आखिर और लोग भी तो करते हैं···अभी दूसरे लोग भी आ जाएँगे, उन्हीं से माँग लीजिएगा···" और धड़ाक से खिड़की ही बंद नहीं हुई, खिड़की का परदा भी दुरुस्त हो गया। लालाजी काफी देर तक नींद में खलल डालने के लिए हलकी-हलकी गालियाँ भी देते रहे।

□

आधा घंटे में बाकी आठ लोग भी आ गए, लेकिन लाठी और डंडे सिर्फ चार आदमियों के पास थे, तीन अपनी जेबों में पत्थर भरे थे और शेष दो, यानी कि मैं और महावीर, खाली हाथ और खाली जेब थे।

दो बजे तक पहरा सामान्य चलता रहा···हम लोग सरकार, पुलिस-व्यवस्था, चोर, डाकू और हत्यारों को एक-सी शब्दावली में कोसते रहे··· बादल गहरे होते गए, हवा तेज होती गई—हमारी लाठियों की खट्-खट् से भी तेज और अचानक पूरे क्षेत्र की बिजली चली गई···हमें आपस की शक्लें ही भुतहा लगने लगीं।

काफी देर बाद पास के खाली पड़े खेतों की ओर से कुछ आवाजें उभरीं। कुछ लोग खेतों में चल रहे थे···दूसरी ओर दूर केंद्रीय स्कूल के मैदान के किनारेवाली सड़क से किसी जीप या कार की हेड लाइट चमकी। पहरुओं में खलबली मच गई। सभी लोग खेत और मैदान की ओर मुँह करके चिल्ला रहे थे और उलटे पैर घरों की ओर भाग रहे थे—'आ गए···आ गए···दो तरफा हमला हुआ है···सावधान···जागते रहो···मुकाबले के लिए बाहर आ जाओ', इसी शोर के बीच दूर जीप या कार की ओर से फायर की आवाज उभरी···

हर घर में लोग सावधान थे और दरवाजों की ओर अलमारियाँ, मेजें,

कुरसियाँ आदि खिसकाने में जुटे थे···पहरुए अँधेरे में गिरते-पड़ते नजदीक के घरों की ओर भाग रहे थे··· किसी के मुँह से आवाजें नहीं निकल रही थीं। पहरे पर निकले बहादुर पतियों और बेटों के लिए पत्नियाँ और माँएँ दरवाजे नहीं खोल रही थीं···हम दोनों भी भागकर अपने कमरे में दुबक गए, क्योंकि हमारे दरवाजे खुद हमीं को खोलने थे···

सुबह खबर मिली कि त्रिनगर से कुछ लोग खेतों में फारिग होने के लिए आए थे···गोली गश्त पर निकली पुलिस-जीप से लोगों का शोर सुनकर चली थी···पुलिस ने बड़ी मुस्तैदी के साथ खेत में आए लोगों को पकड़ लिया था··· उनके पास सिर्फ उतरे हुए पाजामे और खाली लोटे मिले थे।

□

दास्तान दीक्षित पंडित रामदयाल चमार की

बनारस से करीब पच्चीस-तीस मील दूर एक गाँव। गाँव के बीचोबीच एक सड़क। सड़क के एक किनारे समाज में सवर्ण कहे जानेवाले लोगों की बस्ती और दूसरी ओर किनारे से कुछ हटकर चमारटोला। चमारटोले में पंडित रामदयाल दीक्षित। रामदयाल दीक्षित के घर की अलगनियों में और मुँडेरों पर सूखता चमड़ा और घर-आँगन में रची-बसी कच्चे चमड़े की गंध। पंडित रामदयाल दीक्षित भी अब उसी गंध में रच-बस गए हैं। वही गंध उनके लिए अगरू की गंध है। वही हवन की गंध है! क्योंकि उनके अनुसार वही सही आदमी की गंध है। हमदर्दी, अपनेपन और प्यार की गंध है और सबसे ऊपर, एक पूरे मोहल्ले या टोले की ही नहीं, हिंदुस्तानी समाज के एक काफी बड़े समुदाय की जिंदगी की गंध है।

इस गंध का इतना सही, नजदीकी और गहरा अहसास मुझे न हो पाता, अगर मैंने फिल्म्स डिवीजन बंबई में पंडित रामदयाल दीक्षित पर लोकसेन ललवानी की निहायत साफ-सुथरी और खूबसूरत डॉक्यूमेंटरी फिल्म न देखी होती। यही फिल्म थी, जिसने मुझे रामदयाल दीक्षित के दर्प को समझ पाने और महसूस कर पाने का आधार दिया।

दीक्षितजी आसपास के कई इलाकों में घूमे हैं। हिंदी की कई बोलियाँ जानते हैं। इसलिए उन्होंने अपनी गामटी भाषा को कई बोलियों के साथ यथासंभव शहरुआ बनाते हुए बताया, "जब हम यहाँ आए तो मारे बास के खड़ा रहना भी दूभर। नाक बाँधकर कब तक रहते! सो खुली नाक रहने की आदत डाली। न खाना खाया जाए और न पानी पिया जाए। बास के मारे जी मचलाए। उलटी

के साथ खाया-पिया सब बाहर। लेकिन साहब, जो उलटी हमारे घरवालों और नाते-रिश्तेदारों ने हमारे मुँह पर की, यह वैसी नहीं थी। वह उलटी तो आज तलक हमारे मुँह पर चिपकी हुई है, 'हमार कसूर' सिर्फ इतना था कि हमने इन बड़ी जातिवालों की तरह एक चमार लड़की को रखैल नहीं बनाया, उसकी इज्जत के साथ लुका-छिपी नहीं की। दिल आया तो बाकायदा ब्याह रचा लिया। बस्स, इन केर नाक कटि गइल। इन बड़ी जातिवारेन की नाक बड़ी कमजोर होती है बाबू, बात-बात मा कटत-जुरत रहिल बा। नाक का भा, पतुरिया केर लहँगा हुई गवा-छिन उतरल, छिन चढल…"

"शादी के बाद आपके घरवालों ने आपके और आपकी पत्नी के साथ कैसा सलूक किया?" एक प्रश्न।

"सलूक मत कहा बाबू, जुलम कहा, आज तलक देहिया पिरात बा। वो मार मारा कि दस दिन होश नहीं रहा। येही घर माँ आँख खुला, देखा, हमार औरत बगल माँ असाध पड़ी रहल। पता चला, हमें बचाने की खातिर मार खाई। मारे बास के खुपड़िया फटै लागिल। बस्साब, फिर हौले-हौले ई बास मगज माँ, देही माँ रचि-बसि गवा। अब तो और बास सुहाती ही नहीं…"

"फिर कभी घरवालों से मिलना हुआ है?"

"हुआ क्यों नहीं बाद, 'नीक' होकर हम अपना हक माँगने गए थे। सो फिर जुतिया दिए गए। चाचा, ताई, भाई, भावज कहै लगिन—'यहाँ का हक तो याही जूता में है, बाकी हक चमारटोला में अपने रिश्तेदारन से माँगो। पहले बच गए थे, अब नहीं बचोगे। हक भाइयों का होता है। लेकिन ढेर और बामन का भाईचारा कैसा?' सो बाबू, तब से हम ढेर हैं। सबसे डंके को चोट कहते हैं कि अब हम पंडित रामदयाल दीक्षित नहीं, सिर्फ रामदयाल चमार हैं—बामनटोला के लोग मजाक उड़ाकर पंडित रामदयाल चमार कह देते हैं, सो हम उसका भी बुरा नहीं मानते…"

"इन लोगों ने आपका हक छीना, घर-द्वार, खेत-टिपरिया, खरपतवार, सबकुछ छीन लिया, ऊपर से हत्या की सीमा तक मारा भी, तब आपने पुलिस में रपट क्यों नहीं लिखाई? पुलिस और सरकार कुछ-न-कुछ तो आपकी मदद कर ही सकती थी?"

प्रश्न सुनकर दीक्षितजी एक विद्रूप हँसी हँसे, "किस पुलिस की बात कर रहे हैं, बाबू? पुलिस भी तो बामन-ठाकुरों जैसी बड़ी जातिवालों की ही है। 'ढेर और

ढोर' को कौन पूछता है, दो लाठी मारो और हकल दो जिधर चाहो! साँच कहें तो कहि नहिं जावे, झूठ कहें तो नाहिं पुसावै। बाबू, इज्जत और औरत तो कपूर की माफिक चीज होत बा—ढँकी रहिल तो ठीक, उघरिल तो खतम! सो साब, सच जानकर हमार इज्जत काहे उघारत बा··· ?" काफी देर सन्नाटा रहा। फिर गहरी साँस के साथ दीक्षितजी की आवाज आई, "रपट की तो पुलिस से भी मार खाई, तीन दिन थाना पर जेहल माँ बंद रहे···मेहरारू का फजीहत भवा सो अलग···सो साब, वो दिन और आज का दिन, फिर न हम बामनटोला गए और न थाने।"

"अब आपको इस चमारटोले में कैसा लगता है? यहाँ के लोग कैसा व्यवहार करते हैं आपके साथ?"

"बाबू, अब तो यही हमारा घर है और घर सभी को अच्छा लगता है।"

उनकी गहरी साँस में दर्द था और आँखों में भीगी चमक, जैसे उनका आहत सवर्ण टिहुक उठता हो। थोड़ी सी खामोशी के बाद फिर बोले, "अब तो यही लोग हमारे भाई-बंधु हैं, यही नाते-रिश्तेदार हैं। अगर ये भी हमें सहारा न देते, हमें न अपनाते तो हम कहाँ जाते? ये ही लोग हमें मरने से बचाया; ये ही लोग हमें थाने की जेहल से छुड़ाया। ये ही लोग हमें प्यार-अपनापा दिया। ये ही हमें अपनी थोड़ी सी जमीन में से कुछ जमीन दी खेती-बारी करके गुजर-बसर करने के लिए। सर ढकने को छत, पहनने को मोटा-झोटा कपड़ा और दो जून पेट भरने को अनाज मिल जाए तो और आदमी को चाहिए ही क्या? सो इन नए रिश्तेदारों से मिल ही रहा है।"

"आप और क्या करते हैं?"

"जो दूसरे चमार करते हैं, वो ही हम भी करते हैं—चमार बनकर पंडिताई-पुरोहिताई तो करने से रहे···बामनटोलावालों ने हमें अपने मरे जानवर देने बंद कर दिए हैं। सो दूसरी जगह के जानवर लेते हैं। खाल हमसे नहीं उतरती, लेकिन उतरी खाल को छील-सुखा के रँग जरूर लेते हैं और खेत-पात का काम कर लेते हैं··· हाँ, सबेरे-साँझ घंटे-डेढ़ घंटे पूजा पर जरूर बैठते हैं···बगैर पूजा किए खाना नहीं खाया जाता"

"बच्चे?"

"हाँ, बाबू, दुई ठौ हैं···पास की पाठशाला में पढ़ते हैं और खाली बखत में घर-खेत का काम देखते हैं।"

"स्कूल में जाति क्या लिखाई है?"

"चमार के बच्चों की जाति चमार ही होगी, बामन तो हो नहीं सकते।"

उनकी आवाज में हलका सा आक्रोश उभर आया।

"स्कूल के दूसरे बच्चे उनके साथ कैसा व्यवहार करते हैं?"

"जैसा चमारों के बच्चों के साथ किया जाता है। प्यास लगे बेर बड़ी जाति के बच्चे ओक से पिला देते हैं। हमार बच्चा पानी केर बरतन नाहिं छुई सकत बा।"

"बच्चों के भविष्य के बारे में क्या सोचते हैं?"

"सोचना क्या है, जो हमारी तकदीर में था, वह हम भोग रहे हैं और जो बच्चों की तकदीर में होन बदा, सो वे भुगिहैं। सुनत रहा कि सरकार बच्चों को बाप की जाति देती है, महतारी की जाति नाहिन देत बा। अगर ऐसन भवा तो वे न बामन रहेंगे, न चमार। पता नहीं भगवान् उनसे कौन सा खेल खिलवाए!"

"आप बच्चों को भाग्य और भगवान् के भरोसे क्यों छोड़ना चाहते हैं? जिस तरह आप समाज से लड़े, परंपरा तोड़ी और एक प्रगतिशील कदम उठाकर अपनी जिंदगी अपने ढंग से जीने का स्वतंत्र निर्णय लिया; उसी तरह बच्चों में स्वतंत्र अस्तित्व बनाने और स्वतंत्र निर्णय ले सकने का माद्दा पैदा कीजिए। क्या आप नहीं चाहते कि आपके बच्चे कुछ बनें?"

"कौन बाप नहीं चाहता कि उसकी औलाद कुछ बने? लेकिन खाली चाहने से क्या होता है? हमारे पास न तो साधन हैं और न इतनी बड़ी-बड़ी बातें समझने की अकल। खैर, जो कुछ होना होगा, हो जाएगा। अभी तो हमारी पूजा का बखत हो रहा है, सो हम माफी चाहते हैं। राम राम!"

और पंडित रामदयाल दीक्षित से खुला साक्षात्कार भी हो गया। लेकिन कहानी खत्म नहीं हुई। यह सही आदमी की तकलीफों की, रामदयालों के दर्द की, वर्ण और वर्ण से जूझते हुए बहुसंख्य जन की यंत्रणाओं की एक बहुत लंबी कहानी का एक बहुत छोटा सा अंश है, जिसे उजागर नहीं होने दिया जा रहा, उसे परत-दर-परत ढका जा रहा है। आखिर कब तक आदमी के जीने का हक पुलिस के डंडे और तथाकथित बड़ों के जूते में दबा रहेगा?

□

परिवर्तनवादियों के बीच

आगरा से दूर एक देहात। देहात में छत-से-छत मिलाए खड़े कच्चे-पक्के घर। इन्हीं घरों में एक मेरे बचपन का घर और उसके आसपास फैले मेरे बचपन के साथी—जिनके साथ खेतों में कबड्डी, खलिहानों में आँख-मिचौली और भुतहाताल के किनारे गुल्ली-डंडा खेला करता था। उन साथियों में से अधिकांश मेरी ही तरह रोजी-रोटी से बँधकर गाँव छोड़ गए हैं और जो वहाँ रह गए हैं, उनमें से कुछ आसपास के गाँव-कस्बे के प्राइमरी या मिडिल स्कूलों में अध्यापक हैं और खेती भी देखते हैं और कुछ सिर्फ खेती देखते हैं। जब भी कोई उन साथियों में से मिलता है तो लगता है—मेरा बचपन ही मिल गया है··· लेकिन वह मिला हुआ खयाली बचपन दो-चार घंटे या दो-चार दिनों से ज्यादा नहीं टिकता। खयाली बचपन की बातें कितनी दोहराई जा सकती हैं, लेकिन फिर भी दोहराई जाती हैं। कुछ बातें स्मृति से गिर जाती हैं और कुछ जुड़ जाती हैं। और बस, फिर हम एक-दूसरे से ऊबने लगते हैं—मेरे पास घूमने-फिरने के लिए समय नहीं होता और उनके पास घूमने-फिरने के लिए ही समय होता है। फिर भी हमारे बीच का बचपनी रिश्ता बदस्तूर जुड़ा रहता है।

कभी-कभी संयोग नए संदर्भों और अर्थों को जन्म दे जाते हैं और हमें आसानी से उनका पता भी नहीं चलता। यह भी एक संयोग ही था कि मेरे एक बचपन के साथी पिछले बीस वर्षों में सिर्फ दो बार मुझसे मिले और दोनों बार देश की स्थितियाँ बदली थीं। एक बार 1977 में वे मुझसे बंबई में मिले थे और इस बार 1980 में वे दिल्ली आए। वे उस बार भी नए-नए खुश नजर आए थे और इस बार भी नए-नए खुश नजर आए। उस समय भी चुनाव हुए थे और

सरकार बदली थी, इस बार भी चुनाव हुए हैं और सरकार बदली है। वह 'दूसरी आजादी' थी, यह 'तीसरी आजादी' है, लेकिन यह 'आजादी' से 'आजादी' तक की राजनीतिक यात्रा आम आदमी से कितनी जुड़ी और कितनी कटी है··· ? सवाल जुड़ने और कटने का नहीं, सवाल आम आदमी के हिस्सा लेने और अपेक्षाएँ पालने का है और उससे भी बड़ा और महत्त्वपूर्ण सवाल जिंदगी जीने की सहूलियतें पाने का है—उन सहूलियतों को पाने का, जो गलत वितरण के कारण आम आदमी के लिए गूलर का फूल बन गई हैं—जिनके लिए जिंदगी आदिकाल से आज तक जद्दोजहद करती आई है और अनंत तक करती रहेगी। ये सहूलियतें खेतों से कारखानों तक, गाँवों से शहरों तक और मतदाताओं से राजनेताओं तक अलग-अलग रूपों, आकारों, अर्थों और स्थितियों में फैली हैं और फैलती जा रही हैं।

हाँ, तो बात मित्र के आने और संयोगों के जुड़ने से शुरू हुई थी। इन मित्र के साथ दोनों ही बार सत्ता-परिवर्तन और स्थिति-परिवर्तन के साथ एक संयोग और जुड़ा था। बंबई में चलने से दो दिन पहले जुहू तट पर इन्हें लूट लिया गया था और दिल्ली में चलने से ठीक दो दिन पहले पुरानी दिल्ली स्टेशन के सामने एक मिनी बस में चढ़ते समय जेबें तराश दी गई थीं। दोनों ही बार वह खाली जेबें लेकर लौटे थे। जहाँ सामान्य जन के साथ यह खाली जेबों का सिलसिला एक नियति बनकर जुड़ा है, वहीं लुटेरों और जेबकतरों की स्थिति भी हर सत्ता की उपस्थिति में अप्रभावी है।

□

13 जनवरी की ठिठुरती भोर। धुंध की झीनी-सी शॉल में लिपटा हलका उजाला। मेरे कमरे की साँकल खड़की···फिर खड़की और खड़कती गई। मेरे मुँह से मवालियों जैसी भद्दी और वजनदार गाली निकल गई···अचानक जेहन में एक बात कौंधी—'प्यार और गुस्से में आदमी आदिम हो जाता है'—और मैं अकेले ही मुसकरा दिया। दरवाजा खोला तो दोस्त सामने था। हम सर्दी होने के बावजूद बड़ी गर्मजोशी से गले मिले।

"अच्छा हुआ तुम इतवार को आए, वरना एक छुट्टी खराब होती···" मेरे मुँह से वैसे ही निकल गया था, लेकिन वह बेचारा झेंप गया।

झेंप मुझे आई, लेकिन नकली ठहाका लगाकर उसकी पीठ पर हाथ

मारता हुआ बोला, "यार, मेरा मतलब सिर्फ इतना था कि आज की छुट्टी को अकेलेपन की बोरियत खराब कर देती। तुम आ गए हो तो दिन अच्छा गुजरेगा।" मित्र मेरी बात से संतुष्ट ही नहीं, खुश भी हो गया, लेकिन मेरे मन में आत्मग्लानि होती रही कि हम पढ़े-लिखे सफेदपोश लोग कितने चालाक और मक्कार हो गए हैं! मुझे लगा कि हमारी सामाजिक, राजनीतिक और तथाकथित सांस्कृतिक स्थितियों ने हमारे शरीर में खून की जगह मक्कारी भर दी है। पता नहीं यह हमारे पास हमारे रहनुमा राज-पुरुषों की धरोहर है या हमारे विकृत आभिजात्य का नकली दस्तावेज! उस दिन हम सवेरे ही सड़क पर आ गए। चूँकि हमारे गाँव में कभी-कभार शहरुओं के साथ अखबार आता है, आमतौर पर नहीं आता, इसलिए मेरे मित्र ने पिछले तीन-चार दिन के हिंदी अखबार साथ ले लिये। मैं सवालों के माध्यम से आनेवाली बोरियत की कल्पना करके डर गया। दरअसल बात यह थी कि पिछले कुछ दिनों से बड़ी मजेदार खबरें आ रही थीं और जब खबरें मजेदार आती हैं तो उनसे संबंधित सवाल बोरियत पैदा करते हैं और बोर खबरों के सवाल मजेदार होते हैं—कम-से-कम मेरे साथ यही होता रहा है। इसलिए जब मेरे साथ कोई गाँव का आदमी होता है और उसके पास मजेदार खबरोंवाला अखबार होता है तो मैं डर जाता हूँ। खैर, किसी तरह अपने डर को छिपाकर हमने यात्रा शुरू की।

पौन घंटा इंतजार करने के बाद बस मिली—वह भी मिनी बस, जिसमें सवारियाँ नहीं चढ़तीं, कंडक्टर की भाषा में तीस पैसे या साठ पैसे चढ़ते हैं। छुट्टी के कारण सवेरे-सवेरे भीड़ कम थी, इसलिए पिछली सीट पर टूटे काँचवाली खिड़की के पास हम दोनों को बैठने की जगह मिल गई। हालाँकि दो-तीन लोग खड़े थे, लेकिन सर्द हवा के कारण खुली हुई खिड़की के पास बैठने के लिए तैयार नहीं थे या साहस नहीं जुटा पा रहे थे।

अचानक सोचा हुआ डर उजागर हो गया। दोस्त ने एक अखबार परे हटाते हुए कहा, "यार, जब से इंदिराजी की जीत की खबरें आनी शुरू हुईं, तभी से सोने-चाँदी की बधिया बैठ गई···देख, देख (अखबार की ओर इशारा) भाव 400 रुपया एकदम गिर गया। 2,000 से 1,600 रुपया रह गया···यह तो जीत का कमाल है, सरकार बन जाए तो देखना···भैया रे, हम तो तुम्हारी भौजी के लिए

एक 'लड़' और एक जोड़ी 'ऐरन' (इयररिंग) बनवा लेंगे और अगर जुगाड़ बैठ गई तो 'बड़ी भोंड़' (बड़ी बेटी) के लिए एक ठौ अँगूठी...।"

"लेकिन यार, अपने इलाके में सूखा पड़ा है, फसलें उजड़ गई हैं, ऐसी स्थिति में स्कूली कमाई से अनाज खरीदोगे या सोना?" मैंने पूछा।

उसकी खुशी बुझ गई। आँखों में रात भर गई। वह मरी-सी आवाज में बोला, "सो तो ठीक है भैया, नांजु तो पहली चीज ए पेटु भन्न कौ...सोनों-चाँदी तौ भरे पेट पै ई सुहातु ए..." जब आदमी दुःखी होता है तो उसे अपने माँ और अपनी बोली याद आती है और उन्हें भी आ गई।

मैंने सांत्वना दी, "इसमें दुःखी होने की बात नहीं, यदि इंदिराजी ने पहले की ही तरह तस्करी रोक दी तो सोना वाकई और भी सस्ता हो सकता है..." पता नहीं, दोस्त ने मेरी बात सुनी भी या नहीं, वह फिर खबरों में डूब गया था—उसके सामने खबरें बिखरी थीं—'आलू, प्याज, सब्जियाँ सस्ती, मिट्टी का तेल सड़कों पर...चीनी लुढ़की...डालडा खुले बाजार में...पुलिस सतर्क...चोरियाँ, डकैतियाँ रुकीं।' ...और सामने के पृष्ठ पर छपा था—'कल रात राजधानी में तीन कत्ल, चार डकैतियाँ...गाजियाबाद में एक स्कूटर-सवार को गोली मार दी गई, कातिल फरार...पुलिस मुस्तैदी से कातिलों और डकैतों की तलाश में...।'

□

'इंदिरा गांधी जिंदाबाद...देश की नेता इंदिरा गांधी...' आदि नारों के जोरदार शोर ने हमारा ध्यान भंग किया। लोग जुलूस बनाकर नारे लगाते हुए, उठे हाथ का झंडा लिये श्रीमती गांधी के निवास पर उन्हें बधाई देने और उनकी जीत पर खुशी जाहिर करने जा रहे थे। ट्रैफिक रुक गया था। नारों के शोर में बसों, ट्रकों, टैक्सियों और स्कूटरों का घरघराता शोर दब गया था। बस में बैठे हुए लोग सर्दी से लापरवाह खिड़कियाँ खोलकर बाहर झाँकने लगे थे।

मित्र ने लगभग चीखते हुए पूछा, "क्या विजय के पहले ही दिन से इतनी भीड़ जा रही है..." वह उतावलेपन और खुशी में पूछे जा रहा था, "इंदिराजी वाकई अकेली नेता हैं, इस मुलुक की...क्या और भी किसी नेता के लिए इतना उत्साह दिखाई दिया है, जनता में?"...

"क्यों नहीं, यही लोग, यही चेहरे, ठीक इसी तरह तीन साल पहले जनता

पार्टी के नेताओं को बधाई देने उमड़े थे···ये वे लोग हैं, जो हर शक्ति, हर सत्ता के साथ होते हैं···ये जानेवाले को विदाई दें या न दें, लेकिन आनेवाले के स्वागत में पहली पंक्ति में खड़े दिखाई देना चाहते हैं···हमारी राजनीति सिर्फ आनेवालों की राजनीति है···एक ही चेहरेवाली इस भीड़ को जगहें और रास्ते बदलते देर नहीं लगती। इसके पीछे शक्ति का भय उतना नहीं, जितना अपेक्षाओं की पूर्ति का अहसास है।"

"तो इसमें गलत क्या है ? हम जब खेत में गेहूँ बोते हैं तो उससे गेहूँ काटने की ही उम्मीद करते हैं, घास काटने की नहीं···उम्मीद पर ही तो दुनिया जी रही है···" मित्र भावुक होता जा रहा था।

"वह तो ठीक है, लेकिन गेहूँ में बालियाँ निकलने और उनके पकने का इंतजार तो करते हैं···सूखे की मारी जमीन घास भी नहीं उगा पाती···जनता सरकार का तो हाल देख ही चुके हो, कितने बहुमत से आई थी और कैसी हालत में चली गई··· ?" मैंने कहा।

"लेकिन उनका नेता एक नहीं था, उनकी विचारधारा एक नहीं थी, उनका बोलना और करना एक नहीं था।···ऐसे कहीं सरकार चलती है ?" मेरे मित्र ने नया सवाल उठाया।

"यह सही है कि सरकार ऐसे नहीं चलती···सरकार सख्ती और शक्ति से चलती है, लेकिन शक्ति का सही इस्तेमाल हर आदमी नहीं कर सकता···और यदि कोई करने में समर्थ भी हो, तो भी सारी शक्ति का व्यक्ति-केंद्रित हो जाना लोकतंत्र के लिए बहुत अच्छी चीज नहीं है···" मैं कुछ-कुछ बोरियत महसूस करने लगा था।

तभी ट्रैफिक साफ हो गया। नारे लगाती भीड़ आगे निकल गई और हमारी मिनी बस एक धक्के के साथ आगे बढ़ गई। हमें अगले स्टॉप पर ही उतरना था, इसलिए खड़े हो गए और रास्ता रोके खड़ी भीड़ को धकियाते हुए बस के दरवाजे की ओर बढ़ चले। बस रुकी और एक आश्चर्य ने मुझे स्तब्ध कर दिया—सामने बस में चढ़नेवालों की भीड़ कतार बाँधे खड़ी थी। मेरे मुँह से अचानक निकल गया, "वाह! दिल्ली की बस के लिए कतार!" लेकिन 'देखिए कब तक···' और मैं हँस पड़ा। हम बाजार की ओर मुड़ गए। कुछ

दुकानों पर दो-दो 'मूल्य-सूचियाँ' टँगी दिखाई दीं। एक पर कुछ दिन पहले के भाव अंकित थे और दूसरी पर ताजा। मुझे बचपन में पढ़ा गड़बड़ रामायण का एक पद याद आया—

"हनुमान की पूँछ में लागि न पायी आगि,
लंका सारी जरि गई, गए निसाचर भागि।"

मैं हँस पड़ा—"यह कतारों और सूचियों का सिलसिला वक्ती तौर पर हमेशा रहा है।"

मित्र चारों ओर के नजारे देखता हुआ चल रहा था और मैं सोच रहा था—शक्ति और सत्ता बदलते ही चीजें कितनी जल्दी अपने अर्थ और संदर्भ बदल देती हैं! लोगों में भयमूलक प्रसन्नता और प्रसन्नतामूलक भय खामोशी से अपना काम करने लगते हैं। परिवर्तन की प्रक्रिया जिस तेजी से आदमी की सोच और व्यवहार को बदलती है, उसी तेजी से आदमी को नहीं बदल पाती! काश, वह पहले आदमी को बदलती तो हर युग का सही आदमी इन परिवर्तनवादियों के बीच साँस लेते रहने को बाध्य न होता!

□

मिश्रित संस्कृतियों का शहर

'विजय निवास लॉज' टीन के पतरे का छोटा सा कमरा। कमरे में ढाई फीट चौड़ी लोहे की चारपाई और उस एक चारपाई तक ही सीमित मेरा आवास। जितनी जगह में एक बकरी भी बँधने से इनकार कर दे, उतनी जगह में मुझे बाँध दिया गया था। सामने की चारपाई पर बिछी चादर का एक कोना ऊपर उठ गया था। उसके नीचे से मैला, धब्बेदार, पैवंद लगा गद्दा झाँक रहा था। मेरी हिम्मत अपनी चारपाई पर बिछी सफेद, साफ चादर उठाकर गद्दा देखने की नहीं हुई। मुझे लगा कि यदि मैं अपना गद्दा देख लूँगा तो शायद उस चारपाई पर सो नहीं सकूँगा, हो सकता है, उलटी भी हो जाए।

जब कोई खूबसूरत सपना अचानक बदशक्ल बन जाए, तो मन में तकलीफ होती है, वैसी ही तकलीफ मुझे हो रही थी। मैंने बंबई के बारे में जैसी कल्पनाएँ की थीं, वह वैसी नहीं लगी। मेरा मन तुरंत वापस जाने के लिए हो रहा था। पता नहीं कितनी देर तक मैं इन्हीं विचारों में खोया रहा। अचानक ध्यान भंग हुआ। कोई मुझे दरवाजे के पास खड़े होकर 'गुड आफ्टर नून' कह रहा था। मैंने देखा, वह एक नौजवान था। उसने साफ-सुथरे कपड़े पहने हुए थे।

वह कमरे में आया और बोला, "मुझे रामन कहते हैं। मैं आपका सीनियर साथी हूँ।"

"क्या मतलब ?" मैंने आश्चर्य से पूछा। वह मेरे लिए एकदम अपरिचित था और उम्र में भी छोटा लग रहा था।

वह हँसने लगा और अंदर आकर मेरे पास खड़ा हो गया, "मैं इसी कमरे में रहता हूँ, इसलिए साथी हूँ और आपसे पहले आया हूँ, इसलिए सीनियर।"

मुझे भी हँसी आ गई। मुझे रामन काफी दिलचस्प लगा। मैंने उठकर उससे हाथ मिलाया। हम दोनों एक ही चारपाई पर बैठ गए।

रामन की बातों से पता चला कि वह मैरिन इंजीनियर है और 'थर्ड इंजीनियर' की परीक्षा देने आया है। अपने जहाज के साथ वह अकसर बंबई आता रहता है। 'फोर्थ इंजीनियर' की परीक्षा भी उसने बंबई से ही दी थी। वह हमेशा 'सागर विहार' में ठहरता था, लेकिन इस बार उसे वहाँ जगह नहीं मिल सकी, इसलिए यहाँ ठहर गया। उसने बताया, "बंबई में हर चीज मिल सकती है, लेकिन रहने के लिए जगह मिलना बहुत मुश्किल है।"

"इसे आप रहने लायक जगह कहते हैं?"

"इसमें कमी ही क्या है? छत है, दीवारें हैं, खिड़की है, दरवाजा है, चारपाइयाँ हैं, गद्दे, तकिया, चद्दरें हैं और चारपाई के अभिन्न साथी खटमल हैं। और चाहिए ही क्या?"

खटमल का नाम सुनकर मेरे सारे शरीर में सिहरन-सी दौड़ गई। रामन मेरी हालत देखकर हँसने लगा। फिर बोला, "अभी आपने महानगर की रहने लायक जगहें देखी कहाँ हैं···रात को चलिएगा, मैं दिखाऊँगा। बहुत से परिवारों के लिए यहाँ के फुटपाथ बिना छत और दीवारों के घर हैं। पानी के खाली पाइपों में गृहस्थियाँ बसती हैं, बच्चे पैदा होते हैं। यहाँ की झोंपड़-पट्टियाँ या स्लम एरिया दुनिया भर में मशहूर है। उनमें जिंदगी के सारे कार्यकलाप होते हैं।"

"क्या यही बंबई है, जिसे देखने के लिए लड़के-लड़कियाँ घर से भाग खड़े होते हैं?" मैंने पूछा।

"नहीं, यह बंबई का एक दृश्य है। एक-दूसरे के विरोधी यहाँ बहुत से दृश्य हैं। उन्हें बताया नहीं जा सकता, सिर्फ महसूस किया जा सकता है। ये सारे दृश्य मिलकर ही बंबई बनते हैं। देश-विदेश की मिश्रित संस्कृति का ही नाम महानगर है।"

हम लोग अभी बातें कर ही रहे थे कि मेरा दोस्त सिन्हा आ गया। रामन को देखकर वह थोड़ी देर ठिठका, फिर हँसता हुआ उसकी ओर बढ़ आया, "मिस्टर रामन, आप! कब आए?" दोनों के हाथ मिले।

"एक हफ्ता हो गया। पुराने अड्डे पर गया था, लेकिन वहाँ से बैरंग लौटना पड़ा, तब से यहीं हूँ।"

उनकी बातों से पता चल गया कि वे दोनों 'सागर विहार' होटल से ही एक-दूसरे से परिचित हैं। मुझे खुशी हुई कि रामन सिन्हा का मित्र है। ऐसे कमरे में रहने का क्षोभ कुछ कम हुआ।

हम लोग काफी देर तक बैठे गप्पें लड़ाते रहे। बंबई की धरती पर रात उतर आई है, इसका पता तब चला, जब रामन ने उठकर बत्ती जलाई। अब कमरे में रहने का मन किसी का भी नहीं था।

हम सड़क पर थे। सड़क क्या एक लंबी गली थी, 'बोरा-बाजार स्ट्रीट'। सामने एक उत्तर भारतीय होटल था—'पंचम पूरीवाला'।

चारों ओर रोशनियाँ जल गई थीं। बिजली की जगमगाती रोशनी में वह जगह दिन की अपेक्षा ज्यादा अच्छी लगी। कुछ संतोष हुआ कि मैं वाकई किसी शहर में आया हूँ, कस्बे में नहीं।

हालाँकि मैं बहुत थका हुआ महसूस कर रहा था। भूख भी बहुत थी, क्योंकि सारे दिन कुछ नहीं खाया था। हम लोग 'पंचम पूरीवाला' में पहुँच गए। छोटी-छोटी सँकरी मेजों पर छह-छह लोग बैठे थे। देहाती किस्म की धोती पर नीली बुश्शर्ट पहने एक लड़का एक हाथ में पूड़ियों की थाली उठाए और उँगलियों में सब्जी का डोंगा लटकाए मेजों के चक्कर लगा रहा था। एक मेज पर एक परिवार खाना खा रहा था। औरत दो बित्ते का घूँघट काढ़े थी और बार-बार अपने पति को टोहका मारकर फुसफुसा रही थी। शायद वह पूड़ियाँ मँगाना चाहती थी; क्योंकि तभी पति ने पूड़ी भरे मुँह को सियार की तरह ऊपर उठाकर परोसनेवाले को बुलाया और पत्नी की थाली की ओर पूड़ियों का इशारा किया। पत्नी ने सब्जी भरे हाथों से घूँघट और नीचा कर लिया। मैं जोर से हँस पड़ा। रामन और सिन्हा भी मेरा आशय समझकर हँसने लगे।

मेरी नजर में महानगर के होटल और घूँघट में कोई तालमेल नहीं बैठ रहा था। ऐसे दृश्य मैंने देहाती मेलों में देखे थे या अपने कस्बे में कचहरी के पासवाले होटल में कभी-कभार दिखाई दे जाते थे। बंबई जैसे शहर में मेरे लिए यह अजूबा बात थी। सिन्हा ने बताया—"इसमें आश्चर्य जैसी कोई बात नहीं। यहाँ तुम्हें आदिकाल से आगामी सदी तक के तमाम दृश्य दिखाई दे जाएँगे।"

खाना खाने के बाद हम लोग गली-दर्शन के लिए निकले। टैक्सियों और

कारों की भीड़ में हथगाड़ियों की उपस्थिति मेरे मन में महानगर की अनुभूति नहीं जमने दे रही थी। मुझे बार-बार कस्बे की ओर लौटना पड़ रहा था। फिर भी इस मिश्रित संस्कृति में मुझे मजा आने लगा था। अब मैं पहले की तरह बोर और परेशान नहीं था।

फुटपाथों पर सब्जियाँ बिक रही थीं। खरीदारी करनेवालों में गुजराती वर्ग की अधेड़ महिलाएँ अधिक थीं। गली के दोनों ओर छोटी-मोटी और गंदी-सी दुकानें थीं। हम लोग बाएँ फुटपाथ पर थे। अचानक सामने के फुटपाथ से जुड़ी एक दुकान दिखाई दी। उस पर साइन-बोर्ड लगा था—'अब्बास एंड को-ऑइल पेंट, हार्डवेयर, पाइप फिटिंग एंड वायर नैटिंग स्टोर'।

मैंने सिन्हा को कोहनी मारकर उस दुकान की ओर इशारा किया और कहा, "अब्बास साहब ने बड़ी सटीक दुकान खोली है। वे अपनी कहानियों में ऑइल पेंट, पाइप फिटिंग और वायर नैटिंग ही तो करते हैं।" सिन्हा हँसने लगा।

जगह-जगह बिसाती, परचूनिए, तंबोली दरजी और छोटे-छोटे हिंदू होटल थे। हम लोग चाय पीने की नीयत से एक हिंदू होटल में घुस गए। यहाँ चार मेजें थीं, जिनमें से एक भरी थी और तीन खाली थीं। भरी मेज पर चार हथगाड़ीवाले मजदूर बैठे थे। उनके शरीर पर फटी हुई गंदी बनियानें और नेकर थे। वे नौकर को मेज पर फटका (झाड़न) मारने का ऑर्डर दे रहे थे। हम लोग भी एक मेज घेरकर बैठ गए। काउंटरवाला आदमी हाथ में गंदा-सा तौलिया लिये आया और मेज पोंछकर खड़ा हो गया।

"तीन चाय!" सिन्हा ने कहा।

"चालू या पेशल?" उस आदमी ने पूछा।

"पेशल।"

मैंने 'पेशल' और 'चालू' का फर्क पूछा तो रामन, जो काफी देर से खामोश था, बोल उठा, "यार, यहाँ चाय की एक किस्म हो तो फर्क भी बताया जाए···यहाँ तो पच्चीस किस्म की चाय मिलेंगी। किस-किस का फर्क पूछोगे?"

"क्या मतलब?"

"मतलब यह कि चालू, पेशल, गुलाबी, बादशाही आदि-आदि और···" हम लोग हँसने लगे।

'पेशल' के नाम पर घटिया चाय पीकर जब हम लोग दुकान से बाहर आए, तब मेरे सिर में धमक-सी शुरू हो गई थी।

अभी सिर्फ दस बजे थे और रामन तथा सिन्हा के अनुसार बंबई की रात्रिकालीन जिंदगी अब शुरू हुई थी, लेकिन मैं आराम करने की जरूरत महसूस कर रहा था। इसलिए मैंने अपने दड़बों में लौटने की इच्छा जाहिर की। और हम लोग रात की जिंदगी देखे बगैर ही वापस लौट लिये।

□□□